劍香刀殺

검향도살 7

태사검 新무협 판타지 소설

초판 1쇄 찍은 날 § 2006년 10월 25일
초판 1쇄 펴낸 날 § 2006년 11월 5일

지은이 § 태사검
펴낸이 § 서경석

편집장 § 문혜영
편집 § 장상수

펴낸곳 § 도서출판 청어람
등록번호 § 제1081-1-89호
등록일자 § 1999. 5. 31
어람번호 § 제2-1043호

주소 § 경기도 부천시 원미구 심곡1동 350-1 남성B/D 3F (우) 420-011
전화 § 032-656-4452 팩스 § 032-656-4453
http://www.chungeoram.com
E-mail § eoram99@chollian.net

ⓒ 태사검, 2006

ISBN 89-251-0373-7 04810
ISBN 89-251-0022-3 (세트)

劍香刀殺

검향은살

Fantastic Oriental Heroes

완결 7

박항진 비밀

태사검 新무협 판타지 소설

도서출판
청어람

목차

第61章

은천마국, 그 창건의 비사

　모처럼 겨울 사냥을 나선 영천왕은 멧돼지를 쫓다가 그만 눈으로 형성된 다리가 무너지면서 벼랑으로 떨어지는 위기를 겪게 되었다.

　궁술과 창술 등 무예를 두루 단련해 온 그였지만 내공 수련은 그다지 염두에 두지 않았기에 그의 경공 신법은 대단치 않았다. 다행히 그는 한 고인에 의해 구해질 수 있었다.

　노인의 별호는 탁세무현(濁世無賢).

　스스로를 전설적인 귀곡선인의 문하로 밝혔을 뿐 내력에 대해서는 알려진 바가 없다.

　영천왕은 자신의 목숨을 구해준 은인이기에 탁세무현을 왕부로 초대해 귀빈으로 예우했다.

　탁세무현은 무공뿐 아니라 학식과 바둑, 기예 등에도 능한 재사였다. 영천왕은 그를 접하면서 바둑과 서화를 배웠고, 상승 절기까지 터득하게 되었다.

영천왕은 그의 재주를 높이 인정해 두 왕자의 왕사(王師)로 삼았다. 당시 금룡왕자는 열한 살, 은룡왕자는 다섯 살이었다.

같은 왕자라 해도 금룡왕자는 영천왕의 적자였기에 진정한 군왕의 아들이었고, 은룡왕자는 서자의 신분이라 왕부에서의 지위가 크게 비교되었다.

탁세무현은 왕사의 신분으로 영천왕과 자주 독대를 하면서 실로 엄청난 계획을 추진하였다.

바로 무림계를 통합하는 무림일통의 원대한 계획이었다.

영천왕은 황숙의 신분으로 무료한 생활에 크게 염증이 나 있는 상황이었다.

유약한 황제가 간신배들에게 둘러싸여 있기에 그는 정치에 전혀 관여하지 않았으며 황제와의 면담도 갖지 않았다. 공연히 황도를 자주 방문해 황제의 의견과 충돌할 경우 내란이 야기될 우려가 있기 때문이었다.

군왕은 존귀한 황족의 신분이라 물질적으로는 풍족했지만 지극히 외로운 존재였다.

나라를 위한 충정으로 정치에 적극적으로 관여했다가는 자칫 모반죄에 연루될 우려가 있기에 대신들과의 교류도 자제해야 한다. 친구도 함부로 사귈 수 없으며 전직 관료들과의 대면도 조심해야 한다.

또한 대부분의 왕부는 황도와 멀리 떨어진 곳에 위치하며 황제의 허락이 있어야만 황도를 방문할 수 있다.

영천왕 역시 용이 되지 못한 몸이기에 사치와 향락으로 무료함을 달래야 했다. 그런 그에게 무림의 존재는 대단히 흥미로운 세상이었다.

무림은 황제의 지배를 받지 않는 별개의 세상이었다.

왕조는 이삼백 년도 못 가 패망하지만 무림계는 천 년의 세월 동안 그들 나름대로 통합과 분열을 반복하며 유지해 왔다. 한 가지 의외로운 사실은 그 오랜 세월 동안 무림계를 일통한 단체가 전혀 없다는 점이었다.

영천왕은 탁세무현의 제안을 기꺼이 수용했다. 이후 엄청난 물자와 수만의 인력을 동원하는 대역사가 이루어졌다.

대마단의 이름은 은천마국(隱天魔國).

지역은 항산 이남의 지역 천 수백 리에 해당되었다.

군왕의 단순한 취흥이라 하기에는 너무도 엄청난 사업이라 황실에서도 우려를 표명했다. 이에 영천왕은 황실의 보조를 일체 마다하고 강남 부호들의 지원을 받아 은천마국 창설을 추진했다.

대부분 상인 출신인 강남 부호들은 강남제일의 부호 백인국(白仁國)을 상왕(商王)으로 받들었기에 그의 결정을 절대적으로 따랐다. 영천왕은 백인국과 오랜 지기였기에 그를 왕부로 불러들여 자금 지원을 요청했다.

상상도 못할 신세계 창설에 백인국도 충격과 경악에 젖었지만 영천왕의 강력한 의지에 자금 지원을 약속했다. 물론 백인국은 상인답게 그에 상응하는 조건을 걸었다.

황실에 필요한 물자 중 절반을 강남상단에서 우선 구매한다는 조건이었다.

강남상단은 재력이나 규모 면에서 강북의 상단들을 압도했지만 황실과 교류가 없는 것을 아쉬워했다. 황실에 필요한 모든 물품은 전통석으로 강북의 상단들이 독점해 왔던 것이다.

영천왕은 단 한 통의 서찰로 강남 상인들의 오랜 숙원을 해결했다.

북경과 강북의 상단들은 엄청난 타격을 받았지만 영천왕의 뜻이라는 말에는 감히 불만을 토로할 수가 없었다. 어느 누구도 감히 강인한 성품의 영천왕과 담판을 지을 엄두를 내지 못한 것이다.

막대한 자금 문제가 해결되면서 은천마국의 건설 계획은 빠른 속도로 진행되었다.

강제로 차출되는 부역이 아니었기에 동원된 인부들은 소정의 보수를 받을 수 있었다. 이는 빈민들에게 있어 굶주림을 면할 수 있는 은전과도 다름없었다.

덕분에 호남북을 비롯한 안휘와 강서성 일대의 백성들은 식솔들을 안정시킬 수 있었고, 물품 구매가 원활히 이루어지면서 상인들도 적지 않은 소득을 올릴 수 있었다.

이른바 자금의 순환이었다.

사실 백인국은 지원된 자금이 다시 상계로 흡수될 것임을 잘 알고 있기에 어마어마한 자금 지원도 마다하지 않았던 것이다. 그리고 그에게는 마국칠상 중 보상(寶相)이라는 직위가 주어졌다.

탁세무현은 불문의 육도윤회를 본떠 육계창설을 계획했다. 육도(六道)란 천상계, 수라계, 인간계, 축생계, 아귀계, 유명계를 말한다.

영천왕은 자금 투입과 지역적인 한계를 고려해 아귀계와 축생계를 제외하였고, 은천마국 자체가 인간계였기에 창설될 삼계는 유명계와 수라계, 은마계로 결정되었다.

어마어마한 지하 세계인 유명계가 가장 어려운 난공사였다. 사고가 너무 많이 발생해 인부들을 투입하기가 어렵게 된 것이다.

영천왕은 생각보다 너무 많은 희생이 따르자 은천마국 창설에 대해 조금씩 회의를 느끼게 되었다.

새로운 세상을 창설해 특별한 취홍을 즐기려 했지만 그는 포악한 군왕이 아니었다. 백성들의 고초를 무시할 만큼 냉정했지만 일부러 그들을 괴롭히는 악정을 강행할 만큼 폭군은 아니었다.

이에 탁세무현은 백성들을 동원하는 노역 대신 새로운 방안을 내놓았다.

그것은 각 성의 뇌옥에 감금돼 있는 죄수들을 동원해 유명계 건설 현장에 투입하는 방안이었다. 뇌옥에 갇힌 죄수들이 줄어들면 관청에서도 반겨할 것이며, 죄수들에게 유명십팔옥의 형벌을 가하면서 작업까지 시킬 수 있는 일석삼조의 교묘한 계책이었다.

영천왕은 쾌히 수락했고, 뇌옥은 좁고 늘어나는 죄수 때문에 고민하던 관청에서도 쌍수를 들어 환영했다. 물론 관리들은 죄수들이 어떤 용도로 차출되는지는 전혀 몰랐다.

수천 명의 죄수들이 투입되면서 유명계 공사는 점차 골격을 갖춰갔다.

수라계 창설은 그다지 어렵지 않았다.

탁세무현은 스스로 귀상(鬼相)이 되어 사파와 녹림, 마도인들을 대거 영입해 철마병, 동마사, 은마령, 금마장으로 분류했다. 그 와중에 사파의 거목을 영입한 것은 실로 대단한 성과였다.

녹천사왕(綠天邪王) 궁사흘(宮思紇)!

그는 사파와 녹림을 총괄하는 흑도의 총수로서 천중육기 중 일인에 해당되는 절세고수였다. 귀상은 황궁무고 내의 절세 비급과 신병 번천도(飜天刀)를 예물로 삼아 그를 설득할 수 있었다.

궁사흘이 칠대마상 중 패상이다.

십 년에 걸친 대역사가 진행되는 와중에 금룡왕자는 당당한 성년으로 성장하면서 총상의 중직을 맡았다.

그는 황궁무고에서 찾아낸 수많은 절기를 연성했고, 약고에서 진귀한 영약을 복용했기에 절세고수로 성장했다. 서화금 세 동자를 대동한 그는 강호를 유람하면서 풍류제일공자라는 별호까지 얻게 되었다.

그는 전대의 은거고수들을 하나씩 찾아내 태상전을 더욱 강화시켰다.

혈상을 영입하기 위해 전설적인 양심신공 비급과 검보, 도경을 아낌없이 건넸고, 요상을 설득하기 위해 젊음을 유지할 수 있는 주안과와 환희마경을 건넸다. 그리고 무서운 살인마왕 천잔혈마(天殘血魔)를 삼 초의 대결로 제압해 잔상으로 삼았다.

이로써 태상전 칠대마상이 편성되었다.

마지막으로 은천마국을 대표할 국주가 필요한 상황이었다. 국주의 존재는 상징적이지만 마상들이 기꺼이 복속할 수 있는 절대자의 위엄을 갖춘 자가 되어야 했다. 또한 군림은 하되 야망이 없는 자이어야 했다.

귀상은 오랜 수소문 끝에 세상 깊이 칩거해 있는 한 은거고수를 찾아냈다.

천세무광(千世武狂) 하후전(夏候戰)!

그는 평생토록 무공을 수련하는 데에만 전념해 온 무광이었다. 세상의 모든 무공을 두루 섭렵하고 새로운 무공을 창안하는 것이 그의 삶의 전부였다. 세상에 어찌 돌아가던 그에게는 관심 밖이었다.

은천마국의 국주로 그보다 더 적합한 사람은 없었다.

총상은 황궁무고를 뒤져 강호에서 절전된 수십 종의 비급을 찾아내 예물로 삼았다. 그와 귀상은 하후전에게 무공을 수련할 수 있는 최상의 조건을 약속하고 국주로 추대하는 데 성공했다.

한데 하후전의 사제가 나타나 강하게 저지하는 바람에 한바탕의 격돌을 벌여야 했다. 그의 무공은 지극히 고강해 총상과 버금갈 정도였다.

결국 하후전이 나서 사제를 물리치고 당당히 은천마국의 국주에 올랐다.

국주와 칠대마상, 삼계.

은천마국은 비로소 골격을 갖추게 되었고, 그 후는 지속적인 보강 공사와 수라계의 확대에 주력해 현재의 은천마국을 완성하게 된 것이다.

왕부의 은룡왕자가 은천마국의 일원으로 가세한 것은 팔 년 전이었다.

귀상의 지도로 지략과 무공을 습득한 그는 불과 십사 세의 나이에 위험한 임무를 자처했다. 최고의 자객 집단인 천예사원에서 자객술을 배운 후 천예사원을 격파하겠다는 포부였다.

그와 금룡왕자는 이복형제 사이이지만 신분의 격차는 하늘과 땅이었다. 혈통을 중시하는 영천왕에게 있어 적자인 금룡왕자만 아들이었고 은룡왕자는 그저 하찮은 평민 후궁의 자식일 뿐이었다.

금룡왕자는 왕부의 전격적인 지원을 받아 절세고수로 성장했지만 은룡왕자에게는 그런 특혜가 주어지지 않았다. 은룡왕자가 이렇듯 모험을 각오한 이유도 스스로 성장하겠다는 오기 때문이었다.

무려 칠 년 만에 그는 원하는 대로 특급 자객이 되었고, 천예사원을 와해시키는 전공을 세웠다.

그가 천예사원의 자객 대다수를 살해하는 가혹한 침공을 결정한 이유는 수련 기간 중 하찮은 자객에게 당한 수모를 설욕하기 위함이었다. 비록 서자 출신이라도 군왕의 아들이라는 그의 자존심은 누구보다 높았던 것이다.

이후 그는 태상전 마상들의 지원을 받아 척살단을 창설하게 되었다.

만일 그가 일검향을 비롯한 천예사원 자객들의 침투를 받아 패배하지 않았다면 능히 또 하나의 마상 직위에 올랐을 것이다.

2

몇날 며칠을 들어도 다 듣기 힘들 만큼 엄청난 비사였다.

하나하나가 충격이며 아직도 숱한 의혹이 남아 있었다. 하지만 그 모든 것을 다 알려고 한다면 끝이 없을 것이다. 금룡왕자가 오랜 시간에 걸쳐 대략적인 비밀을 털어놓았지만 겨우 윤곽만 드러냈을 뿐이다.

금룡왕자는 자리를 털고 일어서며 금포를 가다듬었다.

"더 묻고 싶은 게 있나?"

일검향은 소리없이 흐르는 시냇물을 내려다보며 고개를 저었다.

"충분히 들었소. 너무 많은 이야기를 한꺼번에 듣다 보니 오히려 어지러울 정도요."

"지난 얘기는 그만 하기로 하세. 과거보다는 현재가 중요한 상황이니까."

"그럼 현재 상황에서 묻겠소. 영천왕 전하는 자신이 만들어놓은 세상에 흡족해하시오?"

금룡왕자가 다소 심각한 표정을 지었다.

"아버님께서는 마국의 삼계를 두루 살펴보시고는 내심 우려가 크셨네. 당신께서 예상했던 세계보다 더 엄청났고, 보고를 들었던 것보다 더 막강한 조직으로 변질되었음을 알게 되셨지. 그리고 이미 은천마국이 당신의 영향력을 벗어났음을 절감하셨네."

"그래도 총상이 태상전을 장악하고 있지 않소?"

"장악하고 있다는 표현은 잘못됐네. 저들은 내 신분을 존중해 사소한 의견만 따를 뿐일세. 마국에 대한 통제와 관리는 태상전 마상들의 합의에 의해 이루어지는데 대부분 귀상에 의해 결정되네. 난 마국 내에 머물러 있는 시간도 많지 않고 마국에 깊이 관여하고 싶지 않아 한 달에 잠시만 태상전을 방문할 뿐일세."

일검향은 태상전 내에서의 분열과 대립을 어느 정도 감지할 수 있었다.

"총상을 수행하는 패상은 믿을 만한 사람이오?"

"마국 내에서 나 자신을 제외하고 신뢰할 사람은 아무도 없네. 아우인 은룡도 마찬가지일세. 하지만 패상과는 충분한 합의를 보았네. 은천마국의 삼계를 성공적으로 해체시키는 데 동조해 준다면 마국의 전력을 그에게 양도해 주기로 했네. 패상은 강력한 조직을 바탕으로 당당히 흑도대종사로서 군림하게 될 것이네."

"그렇다면 제거해야 할 마상들은 귀상과 혈상, 잔상과 요상 넷이오?"

"그러하네. 그들을 절대적으로 추종하는 혈마공들의 반발을 어떻게 무마하느냐가 문제지만 일단 그들 넷만 제거하면 태상전을 장악할 수 있네."

일검향은 동산 쪽으로 시선을 고정시켰다.

"만일 사도맹주를 제압한 대법을 해소시켜 주었다면 총상의 계획은 보다 수월하게 달성될 수 있을 것이오."

"내가 사도진성을 제압해 마국으로 압송한 이유는 사실 그와 동조할 생각이었네. 하지만 그는 너무 고지식한 사람이라 의가 아니면 타협하지 않는 열혈의 협사일세. 그는 나를 포함해 태상전 칠대마상 모두를 죽일 수 없다면 협력하지 않겠다고 했네."

"능히 그럴 사람이오. 그는 위대한 사문을 둔 의인이오. 마로써 마를 제압하는 것은 원치 않고 오로지 의로써 마를 제압하려 했을 것이오.”

금룡왕자는 그와 어깨를 나란히 했다.

“맞아, 진정한 의인이지. 난 그를 풀어줄 생각도 했었지만 그가 의천맹으로 돌아갈 경우 천하대전이 벌어질 것이 우려되었네. 아버님께서는 천하에 큰 분란이 없기를 원하셨고, 왕부의 명예가 훼손되지 않는 상황에서 마국이 해체되기를 바라셨네.”

“이처럼 엄청난 사단을 일으키신 분께서 너무 쉽게 마무리를 지으려 한다고 생각지 않소?”

일검향의 냉소적인 비난에 금룡왕자가 준엄하게 말을 받았다.

“말 삼가하게. 아버님이 다정하신 분은 아니지만 냉혹한 군왕도 아닐세. 그분께서 나라와 백성을 깊이 생각지 않았다면 보다 공격적인 방법으로 은천마국을 해체시키려 하셨을 것이네.”

“총상, 내가 총상과 동조하는 이유는 오로지 사문과 동문들의 복수를 위해서요. 천하가 어찌 되든 난 관심이 없소. 피를 봐야 할 상황이면 피를 보는 게 마땅하오.”

“그 말은 마음에 드는군. 일단 마상 넷을 제거한 이후 사태를 다시 논의하세나.”

금룡왕자는 냇가를 따라 천천히 걸음을 옮겼다.

일검향이 그의 등을 향해 나직이 외쳤다.

“일도살부터 죽이게 해주시오!”

일순 금룡왕자의 표정이 차갑게 굳어졌다.

형제는 부모를 제외하면 세상에서 가장 가까운 혈족이다. 단지 두 마디[二寸]. 비록 어머니가 틀린 이복형제라도 이촌이라는 촌수는 바뀌지 않는다.

금룡왕자는 일도살과 왕부에서 함께 자라왔지만 장소부터 달랐다. 금룡왕자는 별도의 전각과 시녀, 하인들이 고루 갖춰진 내전에서 원하는 모든 것을 가질 수 있었지만, 일도살은 바깥채에서 갖은 설움과 무시를 당하며 살아야 했다.

금룡왕자는 일도살의 그런 신세를 잘 알기에 간혹 자신의 전각으로 불러들여 함께 지내려 했지만 일도살의 마음은 이미 굳게 닫힌 상태였다. 탁세무현을 함께 왕사로 삼게 된 이후 다소 형제애가 회복되리라 예상했지만 그 혼자만의 희망이었다.

일도살은 갈수록 냉혹해졌고, 그를 대할 때도 형이 아니라 상전을 섬기는 듯했다. 그렇다 해도 금룡왕자에게 있어 일도살은 동생이다. 동생의 목숨을 자객에게 내준다는 것은 지극한 고통이 아닐 수 없었다.

몸을 돌린 금룡왕자가 답답한 한숨을 내쉬었다.

"일도살에 대한 용서는 기대할 수 없겠지?"

"물론이오."

"그는 지금 사심마관에 있네. 자네에게 당한 부상이 워낙 심해 죽음의 수련을 선택한 것일세."

"대체 사심마관이 뭐요?"

"국주 천세무광의 연공실이네. 천세무광은 사상 최강의 마공을 터득하기 위해 수년 동안 사심마관에 틀어박혀 있네. 그의 성격은 아주 괴팍해 무공을 수련하기만 할뿐 남에게 전수하는 경우는 거의 없네. 하기에 그에게 무공을 전수받기 위해서는 목숨을 걸어야 하지. 자네가 만일 일도살을 죽이려 한다면 천세무광과 겨뤄야 하는데 이미 금강불괴지신에 이른 그를 이기기란 불가능하네."

일검향은 상대가 누구이건 조금도 두려움이 없었다.

“난 일도살만 죽일 것이오. 만일 마국주가 방해를 한다면 그와도 싸울 수밖에.”

“역시 자객다운 답변이로군.”

금룡왕자는 잠시 생각에 잠기다가 말을 이었다.

“자네가 사심마관에 입관하면 분명 천세무광과 격돌하게 될 것이네. 그래서는 우리에게 승산이 없어. 내가 먼저 사심마관에 들어가 일도살을 데리고 나올 수 있는지 알아보겠네.”

이때였다. 금마원 내로 녹색 빛이 날아들었다. 빛은 이내 패상으로 변환되었다.

일검향이 그를 향해 물었다.

“모든 사람들이 분명 마국을 벗어났소?”

패상은 고개를 돌리며 냉담하게 응수했다.

“내 말은 믿지 못할 테니 직접 확인해 보아라.”

일검향은 또 다른 인기척을 감지하고는 옆으로 돌아섰다. 냇물을 거슬러 날렵하게 날아오는 사람은 놀랍게도 추가영이었다.

그녀는 일검향 앞에 내려서며 활달하게 말했다.

“안심하세요, 검랑. 다훠 언니를 비롯해 요진선궁의 동문들과 사부님까지 모두 마국을 벗어났어요. 제 눈으로 분명히 확인했어요.”

일검향은 그녀를 모질게 질책했다.

“왜 그들과 함께 떠나지 않았어? 왜 이런 바보 같은 짓을 한 거야? 왜 나를 이토록 힘들게 만드는 거야?”

“검랑, 우리가 왜 함께 마국으로 뛰어들었지요? 죽음 따위가 뭐기에 당신과 헤어져야 합니까?”

“가영……”

"가요. 누가 먼저 죽든 우리는 최후까지 함께 있기로 한 약속을 지켜야 합니다."

추가영은 의연한 미소를 지으며 일검향의 팔짱을 꼈다.

금룡왕자는 두 사람을 번갈아 보고는 낭랑한 웃음을 터뜨렸다.

"하핫, 자객에게 이런 순정파 여인이 있을 줄은 정말 몰랐네. 부럽군. 진정 부러운 한 쌍이야."

그는 허공으로 둥실 떠올랐다.

"패상은 잠시 계시오. 가능할지 모르겠지만 사심마관에 들어가 일도살을 데리고 나와야겠소."

패상이 급히 그를 만류했다.

"기다리시오, 총상. 귀상이 태상전 마상들을 대동해 사심마관 수련장에서 총상을 기다리고 있소?"

금룡왕자가 이내 바닥으로 내려섰다.

"그렇다면 저들을 제거하려는 계책이 누설되었단 말이오?"

"그런 것 같지는 않소. 교교를 통해 일도살의 소재를 알려준 이상 일검향이라면 사심마관으로 향할 것임을 예상한 것이오. 태상전은 성역이라 일검향의 진입을 허락할 수 없기에 사심마관으로 유도한 것이라 사료되오."

금룡왕자는 신중한 표정으로 눈을 가늘게 떴다.

"아직 눈치를 채지 못했다면 제거할 기회는 있군."

그는 일검향과 추가영에게 자신의 작전을 설명했다.

"사 대 사의 대결이라면 충분히 승산이 있네. 자네가 잔상을 삼 초만 막아준다면 내가 혈상을 제압하겠네. 패상의 무공이라면 충분히 요상을 막아낼 수 있을 것이네."

추가영이 눈빛을 반짝이며 물었다.

"그럼 귀상은 제가 상대하는 겁니까?"

"그래, 귀상의 무서움은 지략과 계책이지 무공은 다른 마상들에 비해 한 수 떨어진다. 죽이겠다는 생각은 버리고 그자의 도주만 최대한 저지해라."

금룡왕자는 패상에게 시선을 돌리며 그의 의지를 확인했다.

"패상에게 약속한 흑도대종사 권좌는 보장하겠소. 마국을 해체해도 절반에 달하는 전력은 남아 있을 테니 패상은 사파와 녹림, 마도를 아우르는 거대 문파를 창건할 수 있을 것이오."

패상은 가볍게 포권을 취했다.

"배려에 감사드리겠소. 총상은 마국이 해체되는 순간 왕부로 귀환하시오. 무림천하의 문제는 무림인들이 해결하는 것이 순리요."

"알겠소. 무림이 매력적인 세상이기는 해도 내게는 어울리지 않는 것 같소. 난 왕부로 돌아갈 것이오."

둥실 떠오른 금룡왕자가 시냇가 상류를 따라 날아갔다.

"갑시다!"

2

사심마관의 수련장으로 여명의 빛이 스며들고 있었다. 사심마관 역시 실내에 위치해 있지만 금라마관처럼 반사광에 의해 밤낮이 구별되었다.

수련장 바닥에서는 엷은 운무가 피어오르고 있어 마치 구름 위에 펼쳐진 평지처럼 신비감이 느껴졌다. 여명이 스며들자 암회색 허공에서

별처럼 빛나던 야명주가 급격히 빛을 잃었다.

수련장 한쪽으로 네 사람이 서 있었다.

귀상, 혈상, 잔상, 그리고 색기가 넘쳐흐르는 삼십대 초반의 미부.

미부는 아슬아슬한 속옷을 그대로 드러낼 만큼 과감한 옷차림이었다. 풍만한 육봉은 가벼운 움직임에도 출렁거렸고, 몸의 절반을 드러낸 피부는 기름을 바른 듯 윤기가 흘렀다. 입가에 도도한 미소를 머금고 있는데 가는 실눈이 절로 눈웃음을 쳤다.

뭇 사내를 매료시킬 농염한 색기의 소유자인 그녀가 바로 요상(妖相)이었다.

그녀는 천하에 산재한 기루와 청루, 다원, 여인지문을 총괄하는 책임자로 장안제일의 기루 수월루의 최고 총수가 바로 그녀였다.

그녀는 늘씬한 허리에 감은 연도(軟刀)를 매만지며 둔부를 흔들었다.

"어째 총상께서 늦으시네요? 패상과 함께 출동했는데 설마 자객 한 놈 제압하지 못했겠어요?"

그녀의 코맹맹이 음성은 은근하면서도 달콤했다. 사실 그녀의 나이는 환갑을 훨씬 넘었지만 주안과를 먹고 회춘대법을 연성해 삼십대 나이로 보이는 것이다.

귀상은 구름과 같은 연기가 뭉게뭉게 피어오르는 수련장 건너편을 응시했다.

"그 자객이 보통 놈이 아닐세. 천사명왕의 분신이라 해도 과언이 아니지. 요상은 가급적 나서지 말게. 요상의 환희색음공(歡喜色淫功)은 어떤 사내라도 유혹할 수 있지만 놈은 예외이니까."

"호호, 사실 놈을 꼭 한번 만나고 싶어요. 수월루에 뛰어들어 월아영의 심장에 젓가락을 꽂았다면 도저히 인간일 수 없지요. 놈의 가슴을 쪼개 정말 심장이 있는지 확인해야겠어요.”

잔상이 외눈을 번득이며 말을 받았다.

“흐흐, 그전에 내가 먼저 겨루겠다. 일견삼전은 반드시 지켜야 할 규칙이지. 놈이 내 삼 초를 받아낸다면 요상 마음대로 해라.”

이때 혈상이 한마디 던졌다.

“왔다.”

수련장 허공으로 나선형 통로가 형성되었다. 나선형 통로를 따라 크게 선회하며 네 사람이 날아들고 있었다. 스스로 신법을 펼치는 것이 아니라 마치 어떤 강인한 힘에 이끌리는 것 같았다.

털썩! 털썩!

먼저 두 명이 바닥으로 떨어졌다. 금색 고리에 휘감긴 두 사람은 일검향과 추가영이었다. 외견상 금룡왕자의 환주금천강에 제압된 모습이었다.

이어 금룡왕자와 패상이 내려서자 귀상을 비롯한 사대마상이 일제히 예를 올렸다.

“총상을 뵙소.”

금룡왕자는 목례로 답례를 하고는 천천히 섭선을 저었다.

“늦었소.”

보통 늦었다고 말하는 사람은 미안해하기 마련인데 그는 늦었다는 말을 하면서도 미안해하는 기색이 전혀 없어 보였다.

패상이 소매를 젓자 무형진기에 이끌린 일검향과 추가영의 몸이 바로 세워졌다.

일검향은 사대마상을 직시할 뿐 표정 변화가 없었지만 추가영은 포로가 된 것이 분한 듯 소리를 빽빽 질렀다.

"이 사악한 놈들아! 다시 한 번 겨뤄보자! 이따위 사술 말고 정식으로 대결하잔 말이야!"

요상이 둔부를 씰룩거리며 앞으로 다가섰다.

"호호호, 과연 총상이십니다. 공연히 야단법석을 떨었군요? 이렇게 간단히 해결될 문제를 갖고 말입니다."

한바탕의 대결이 무산되자 잔상은 기분을 잡친 듯 몸을 옆으로 틀었다. 혈상 역시 냉막한 눈빛으로 일검향을 쏘아보고는 고개를 돌렸다.

추가영은 사대마상을 빠르게 쓸어보고는 생각을 굴렸다.

'아, 이자들이 바로 구름 위에서 세상을 내려다본다는 마상들이로군. 혈상과 잔상은 대하는 것만으로도 끔찍해.'

그녀와 일검향은 환주금천강에 제압돼 있는 듯 보이지만 사실 금색 고리는 몸에 둘러졌을 뿐이다. 혈도와 경맥이 전혀 제압되지 않았기에 언제든 출수할 수 있는 상태였다.

금룡왕자와 패상은 일검향과 추가영을 대동해 사대마상 쪽으로 다가섰다.

"귀상의 노파심이 지나쳤소. 한낱 자객의 침투가 두려워 사심마관으로 장소를 옮긴단 말이오?"

귀상은 음산한 웃음을 지었다.

"총상, 어찌 자객이 무서워 태상전 마상들 모두가 사심마관에 집결했겠소? 우리가 두려워하는 상대는 따로 있소."

총상은 의아한 눈빛으로 추가영을 돌아보았다.

"설마 이 어린 계집을?"

"물론 아니오."

귀상은 옥홀을 가슴께로 치켜들었다.

“우리가 두려워하는 상대는 바로 총상이오.”

금룡왕자는 짐짓 의아한 표정을 지었다.

“왜 나를 두려워한단 말이오?”

“총상, 난 한때 왕사(王師)로서 총상을 지도한 적이 있었소. 그렇다면 신분의 고하를 떠나 스승과 제자의 관계일 수도 있는데 어찌 제자로서 스승을 시해하려는 것이오?”

금룡왕자는 섭선을 접으며 어이가 없는 듯 고개를 흔들었다.

“허어, 귀상은 여태 실수가 없는 분이셨는데 갑자기 무슨 말을 하는지 모르겠군.”

찰나지간 장내의 분위기가 싸늘하게 냉각되었다.

귀상 측의 네 명과 금룡왕자 측의 네 명은 본능적으로 상대방이 더 이상 동료가 아님을 직감했다. 서로가 적임을 확인한 이상 선제 공격을 가하는 쪽이 유리하다. 사전에 작전을 구상한 금룡왕자 측의 반응이 조금 더 빨랐다.

금룡왕자는 섭선에 환주금천강을 주입시켰고, 금색 고리를 벗어 던진 일검향과 추가영은 자신이 맡아야 할 상대를 공격하기 위해 최고조의 공력을 운집했다.

그러나 누구도 예기치 못한 변괴가 발발했다.

번쩍!

패상의 번천도가 뻗어 나간 방향은 그의 상대인 요상이 아니었다. 섬전과 같은 도기가 금룡왕자의 등 뒤 명문혈로 파고든 것이다.

“크으윽!”

치명적인 요혈을 찔린 금룡왕자는 석상처럼 굳어지며 울컥 피를 토했다.

세상에 적수가 드문 절세고수인 데다 노화순청에 이른 공력을 지닌 그였지만 배후의 기습은 꿈에도 생각지 못했다. 혈상을 노린 공격에 전력을 기울이던 순간이었기에 기습을 감지했을 때는 이미 번천도가 명문혈로 파고든 뒤였다.

예리한 번천도는 요혈을 관통하고서도 계속 파고들며 그의 심장까지 노렸다.

패상의 입가에 회심의 미소가 짙게 피어올랐다.

한데 이때였다. 섬광이나 파공성 하나 들려오지 않는 가운데 번천도를 쥔 패상의 팔뚝이 댕강 잘려졌다.

"악!"

고통스런 비명과 함께 패상은 연기처럼 사라졌다. 그 바람에 금룡왕자는 심장이 터져 즉사하는 참살을 모면할 수 있었다.

"왕자님?"

추가영은 금룡왕자를 부축해 급히 뒤로 미끄러졌다.

대신 그 자리에 일검향이 내려섰다. 자청검을 어깨에 걸친 그는 귀상을 직시했다.

"네가 귀상 탁세무현이냐?"

귀상은 음침한 웃음을 흘렸다.

"크훗, 내 별호까지 알고 있다면 이미 마국에 대한 모든 내력을 들었겠구나? 오냐, 내가 귀상이다."

"이미 총상의 계책을 알고 있었던 것이냐?"

"물론이다. 총상이 삼 년 전 사도진성을 마국으로 끌어들일 때부터 꾸며왔던 발칙한 음모를 간파하고 있었다."

금룡왕자를 기습한 패상은 요상의 치료를 받고 있었다.

만일 일검향이 그의 목을 베려 했다면 금룡왕자는 그의 번천도에 의해 심장이 찔려 죽었을 것이다. 물론 그 역시 목없는 시체가 되었겠지만. 일검향은 금룡왕자를 구할 의도였기에 그의 목이 아니라 팔을 벤 것이다.

귀상은 일검향의 발검 자세를 살피고는 고개를 저었다.

"진정 놀랍군. 불과 하룻밤 사이에 전설의 쾌검을 터득했단 말이냐?"

일검향은 배신을 몹시 증오했기에 패상 쪽으로 시선을 돌렸다.

"궁사흘, 명색이 흑도대종사라는 자가 이런 비열한 기습을 펼친단 말이냐?"

"네놈은 언제나 기습을 펼치지 않느냐?"

"난 자객이다. 암습과 기습은 자객의 본분이다. 넌 이미 총상과 굳게 약조를 해놓고 왜 배신을 한 것이냐?"

패상이 냉소를 치고는 말을 받았다.

"금룡왕자는 무림을 너무 우습게 보았다. 마상들을 죽이고 태상전을 장악한 다음에는 나마저 제거하려 했다. 결과가 뻔한데 흑도대종사 자리를 주겠다는 얄팍한 흥정에 응할 수는 없지 않겠느냐?"

틀린 말은 아니다. 그의 말대로 금룡왕자는 패상마저 죽일 계획을 세웠을 것이다.

음흉한 마상들을 제거하려는 금룡왕자의 말살책은 사실 너무 순진한 계획일 수 있었다. 그런 엄청난 계책은 보다 치밀했어야 했으며 보다 빨리 추진했어야 옳았다.

일검향은 마상들이 급하게 공격해 오지 않자 금룡왕자 쪽으로 다가섰다.

금룡왕자의 죽음은 세상이 뒤집혀질 대사건일 수 있었다. 단순한 죽음이 아니라 피살이기 때문이다. 더군다나 태상전 마상들에 의해 계획된 살인이기에 이런 사실이 영천왕에게 보고되면 과연 어떤 대규모 살상이 벌어질지 예상하기도 힘들었다.

금룡왕자는 가부좌를 튼 채 앉아 있었다.

치명적인 중상을 입었지만 워낙 내공이 심후하기에 아직 목숨을 보존하고 있는 상태였다. 추가영은 행여 그가 죽을까 두려워 등에 꽂힌 번천도를 뽑지 못하고 있었다.

"좀 어떠신가?"

일검향이 옆으로 내려서자 추가영이 난감한 표정을 지었다.

"상처가 워낙 깊어요. 겨우 심맥이 유지되고 있지만 조금만 무리하면 회생이 불가능합니다."

"일단 칼을 뽑아야겠군."

"심장이 다칠 수도 있는데 괜찮겠어요?"

"어떤 상태이든 위험하기는 마찬가지야."

일검향은 번천도의 칼자루를 힘껏 쥐었다. 찔린 방향 그대로 뽑아내야 하기에 상당한 주의가 요구되는 시술이었다.

츠윽!

번천도가 뽑히자 금룡왕자는 다시 피를 토해냈다. 하지만 요혈을 막은 칼이 뽑히자 이내 피가 돌면서 회색 빛 안색이 다소 회복되었다.

그는 스르르 눈을 뜨며 침통하게 입을 열었다.

"역시… 무림은 살벌하군."

"……."

"나의 어리석음 때문에… 자네와 대백랑까지… 죽게 되었군."

"잠시 운공을 하시오. 저들은 내가 상대하겠소."

“일검향……..”

“무슨 말씀을 하시려는지 알고 있소. 하지만 누가 죽게 될지는 겨뤄봐야 알 일이오.”

일검향은 추가영에게 금룡왕자에 대한 호법을 주지시키고는 다섯 마상들을 향해 다가갔다.

귀상은 요상에게 넌지시 권유했다.

“패상의 부상이 심하니 요상이 어서 모시게나. 속히 돌아가 치료를 하게.”

패상은 천으로 친친 동여맨 팔뚝을 내보였다.

“내 팔이 이 꼴이 되었는데 어찌 돌아가라는 것인가? 놈의 목이 베어지는 것을 보고 싶네.”

“시간이 꽤 걸릴 것이네. 어쩌면… 못 볼 수도 있을 테고.”

패상은 일검향을 잠시 쏘아보다가 고개를 끄덕였다.

“믿기 어렵지만 귀상의 말이니 믿을 수밖에.”

그는 혈상과 잔상을 돌아보았다.

“절대 방심하지 말게. 자칫 내 팔처럼 자네들 목이 잘릴 수도 있으니까.”

요상은 아쉬운 눈빛으로 일검향과 마상들을 둘러보았다.

“아쉽군요. 정말 볼 만한 싸움일 텐데.”

그들은 이내 두 줄기 빛으로 화해 수련장을 벗어났다.

세 명의 마상만 남게 되자 잔상이 몸을 말아 회전하며 일검향의 앞으로 내려섰다.

“네놈이 일검향이란 자객이냐? 은마계까지 침투한 최초의 잠입자임을 감안해 기꺼이 상대해 주겠다.”

"네가 잔상이냐?"

"크크, 지독히도 오만한 놈이군. 네놈은 대선배에 대한 최소한의 예우도 없단 말이냐?"

일검향은 외다리에 외팔, 그리고 애꾸인 잔상을 유심히 살폈다. 모습은 다소 바뀌었지만 금살명단에 올라 있는 누군가의 인적 사항과 유사함을 떠올릴 수 있었다.

"혹시 천잔살마(天殘殺魔)로 불리웠던 살인마왕이 바로 너냐?"

잔상의 독목에서 섬뜩한 살기가 줄기줄기 뿜어져 나왔다.

"크크, 젖비린내 나는 애송이가 나를 알아볼 줄은 몰랐군. 오냐, 내가 그 옛날 천잔살마로 불리웠던 사람이다."

참으로 놀라운 일이 아닐 수 없었다.

천잔살마라면 천사명왕과 같은 시기에 활동했던 전대의 살인마왕이었다. 본래 그는 애꾸에 외팔이였지만 두 다리는 멀쩡했다. 한데 끔찍한 살업을 저지르던 중 무당의 태청 진인을 만나 혈전을 벌이다가 다리 한쪽이 잘리면서 외다리가 되었다.

그 후 실종돼 이미 죽은 것으로 알려졌지만 그는 여전히 건재했다. 아니, 훨씬 강한 절세고수로 변모해 마국칠상 중 한 명이 되었던 것이다.

일검향은 상대가 전대 살인마왕이기에 정신을 가다듬었다. 그의 악명에 대해 익히 들은 바가 있었던 것이다. 이때 그의 귀속으로 추가영의 전음이 파고들었다.

"검랑, 왕자님이 전음술을 구사하기 어려워 제가 대신 전합니다. 잔상은 일견삼전이라는 오만한 규칙을 내세우는 자라 했습니다. 어떤 상대이든 삼 초만 겨룬다 하니 일단 방어에 최선을 다하세요. 진정 까다로운 적은 혈상이라 했습니다."

일검향은 잔상을 직시한 채 묵묵히 듣기만 했다. 추가영의 전음이 계속 이어졌다.

"잔상의 풍사잔영표는 사술과 같은 신법이니 절대 놀라거나 현혹되지 마세요. 그자의 최후 공격은 눈에서 쏘아지는 투살마광이라 합니다. 병기로는 감당할 수 없는 절기이니 제삼초에 돌입하는 순간 최대의 공력을 운집하셔야 합니다."

일검향은 추가영의 조언을 뇌리 깊숙이 새기고는 자청검을 어깨에 걸쳤다.

"잔상, 팔 년 전 천예사원을 침공할 때 너도 참여했느냐?"

"크훗, 까마득한 옛날 일을 어떻게 일일이 기억하겠느냐? 내 손에 죽은 놈들이 수천 명이고 무너진 문파만도 수백 개는 된다."

"그래도 생사철교를 건너 춘추봉으로 침입했다면 분명 기억에는 남았을 것이다."

잔상은 비릿한 조소를 머금으며 오만스럽게 내뱉었다.

"천예사원 따위를 침공하는 데 태상전에서 직접 출동했겠느냐? 은마계 혈마공과 금마장이면 충분한 일이다."

일검향은 자신의 소중한 사문을 잡스런 문파처럼 취급하는 그의 오만이 역겹기만 했다.

"하기는 은천마국의 유명계와 수라계, 은마계를 돌파하는 데도 나와 가영 둘만으로 충분했으니까."

강력한 반격에 잔상의 얼굴 근육이 씰룩거렸다.

"크훗, 어디 네놈의 검이 네 혓바닥만큼 예리한지 보겠다!"

순간적으로 그의 신형이 모래알처럼 부서지듯 사라졌다.

"……?"

추가영이 미리 전음을 통해 일러준 대로 잔상의 신법은 정말 기괴했다. 거의 사술에 준하는 신법이었다.

일검향은 상대의 기이한 신법에 대해 어느 정도 예상했기에 곧바로 무검파천황으로 응수했다. 잔상의 풍사잔영표가 무형무음의 신법이듯 무검파천황 역시 무형무음의 절대쾌검이었다.

기이한 신법을 펼쳐 공격을 펼치는 자나 전설의 쾌검으로 반격하는 자 모두 어떤 파공성도 일으키지 않았기에 일초의 격돌은 너무도 조용했다.

한데 일검향의 쾌검이 채 펼쳐지기 전에 잔상이 오 장 밖으로 내려섰다. 아무런 초식 교환도 없어 보였지만 이미 그의 푸른 장포 곳곳이 베어져 있었다. 만일 그의 반응이 조금만 늦었다면 장포가 아니라 몸이 쪼개졌을 것이다.

일검향은 자신의 절대쾌검을 단지 신법으로 피해낸 그의 무공에 내심 놀라움을 금치 못했다.

'대체 어떤 신법이기에 무검파천황으로도 베지 못했단 말인가? 만일 추가영의 조언이 없었다면 무검파천황을 펼치기도 전에 내가 당했을 것이다.'

잔상이 물러서자 관전하고 있던 혈상이 짜증스런 표정으로 빈정거렸다.

"많이 쇠퇴했군, 잔상. 일견삼전이 아니라 일견삼퇴(一見三退)라 해야 적합하겠어."

잔상은 이를 부드득 갈고는 둥실 떠올랐다.

"이놈, 핏덩이로 만들어주겠다!"

그의 신형이 모래알처럼 부서지는 순간 엄청난 강기가 쇄도해 왔다.

귀신 울음소리와 같은 예리한 바람 소리는 흡사 수백 자루의 칼날이 내리꽂히는 것만 같았다.

그의 성명절학인 천잔강기였다.

일검향은 삼 초의 대결을 의식해 공력 소모가 비교적 적은 쾌검초를 연속적으로 발출했다.

파파팍!

천잔강기가 쾌검기에 베어지면서 둔탁한 폭음이 수련장을 진동시켰다. 강기의 파편에 이어 불꽃이 피어오르며 일검향의 주변 일 장 밖이 새까맣게 변색되었다. 파고드는 강기에 옷자락이 일부 베어졌지만 부상은 대단치 않았다.

다시 모습을 드러낸 잔상의 표정이 심하게 구겨졌다.

제일초 대결에서는 상대의 절대쾌검에 놀라 오히려 물러섰고, 제이초 대결에서 엄청난 강기를 쏟아냈지만 상대의 쾌검식에 모두 봉쇄되었다.

조롱하는 듯한 혈상의 눈길을 의식한 잔상은 이를 부드득 갈며 재차 솟구쳐 올랐다.

그가 정한 규칙상 제삼초 대결이 마지막이었다. 끝장을 보겠다는 승부욕 때문인지 그의 몸이 두터운 청색 강기로 뒤덮였다. 일순 그의 독목에서 태양처럼 강렬한 투살마광이 폭사되었다.

투콰 !

통칭 투살신공으로 불리는 투살마광은 강력한 내공을 눈빛을 통해 뿜어내는 상승절기였다. 최고조에 이르면 눈빛만으로 철판을 관통할 만큼 강력한 절기다.

그 옛날 처음으로 투살신공을 창안한 투살신마(透殺神魔)는 절기의 위력을 증진시키기 위해 스스로 자신의 한쪽 눈을 뽑은 것으로 유명했다. 두 눈보다는 한쪽 눈을 통해 투살신공을 폭사시키는 것이 훨씬 강력하기 때문이다.

그런 내력을 감안한다면 잔상은 이미 애꾸의 몸이라 투살신공을 수련하기에 안성맞춤이었으며, 그 위력 또한 가공할 수밖에 없었다.

일검향은 마치 어둠 속에서 떠오르는 태양을 대한 듯 순간적으로 시력을 상실했다.

'이게 투살마광이로군.'

그는 즉시 범천강기를 펼쳐 대응했다.

그의 피부가 금빛으로 물들면서 몸 주변으로 은은한 금색 후광까지 형성되었다. 착각인지 몰라도 그가 일순 부처상으로 보였다.

콰아앙!

어마어마한 폭음과 함께 금빛과 푸른빛이 어우러지며 무수한 소용돌이를 일으켰다. 바닥의 석판이 연이어 폭발해 올랐고, 운무와 같은 연기가 흩어지며 자욱한 안개로 화했다.

한바탕의 사나운 바람이 스러지는 데에는 다소 시간이 걸렸다.

잠시 후 안개로 흩어진 희뿌연 연기가 운무처럼 뭉쳐지면서 비로소 장내의 광경이 드러났다.

잔상 앞으로 한줄기 족인이 길게 이어져 있었다. 반탄력으로 무려 이 장 가까이 밀린 것이다.

몸에 두른 푸른 장포가 심하게 찢겨 있었다. 무엇보다 심각한 상황은 내상이었다. 독목에서 피가 흘렀고 입에서는 내장 조각이 섞인 선혈이 꾸역꾸역 뿜어지고 있었다.

일검향 역시 가공할 투살마광을 감당하느라 엄중한 내상을 당하고 말았다. 억지로 토혈을 참느라 안색이 백짓장만큼 창백해졌고, 혼미한 정신 때문에 신형을 유지하기가 힘겨웠다.

양패구상의 상황이지만 잔상의 내상이 보다 심각하게 보였다.

혈상은 잔상의 부상에도 눈썹 하나 까닥하지 않았다. 오히려 자객 하나를 쓰러뜨리지 못한 잔상의 부족함을 멸시하는 냉소를 머금고 있었다.

귀상은 가볍게 고개를 끄덕였다.

"흐음, 과연 천불성승의 불문지공을 연성했군. 방금 네가 펼친 수법은 소림의 금강반야신공을 토대로 창안된 절기가 분명하다. 이런 절기를 창안할 수 있는 사람은 오직 천불성승뿐이지."

일검향은 그의 예리한 안목과 식견에 감탄을 금치 못했다.

"정확하군. 성승께서 전수해 주신 금마오절기 중 하나가 분명하다."

잔상에게 다가선 귀상이 부드럽게 위로했다.

"자네가 방심한 것일세. 놈이 자네의 삼 초 공격에 정확히 대처할 수 있었던 것은 총상의 귀띔이 있어 가능한 것일세."

잔상은 어색한 괴소를 흘렸다.

"크흐훗, 날 위로할 필요 없네. 놈은 확실히 강적이었어. 절대쾌검과 더불어 경이적인 내공까지 보유했을 줄은 몰랐네."

그는 힐끗 혈상 쪽을 돌아보았다.

"혈상이 상처 입은 야수를 상대해야 하니 자존심이 다소 상하겠구나."

풍사잔영표를 펼치자 그의 몸이 모래알처럼 흩어졌다. 이제 수련장 내에 남은 마상은 혈상과 귀상 둘뿐이었다.

第62章

악반지공, 아수라피천비공

혈상이 천천히 앞으로 나서자 금룡왕자가 깊은 한숨을 내쉬었다.

"잔상을 격파한 일검향의 무공에 찬사를 보낸다만 그런 몸으로 혈상을 감당하기는 무리야."

추가영이 결연한 표정을 지으며 말했다.

"왕자님, 제가 검랑을 돕도록 허락해 주십시오."

"네가 천지성후의 절예를 터득했다지만 도움이 될지 모르겠구나."

"사도 맹주 덕분에 많은 깨달음을 얻었습니다. 검랑과 합격술을 펼치면 혈상의 좌도우검을 상대할 수 있을 것입니다."

추가영은 힐끗 귀상 쪽을 살폈다.

"하오나 저 음침한 늙은이가 왕자님을 암습하지 않을까 우려됩니다."

금룡왕자는 담담히 미소를 지었다.

"내 걱정은 하지 마라. 태상전 마상들도 내 환주금천강을 모두 두려워한다. 귀상은 절대 모험을 하지 않는 성격이니 감히 날 노리지는 못할 것이다. 어서 가보아라."

"고맙습니다, 왕자님."

추가영은 공손히 예를 올리고는 훌쩍 몸을 날려 일검향 옆으로 내려섰다. 그녀는 즉각적으로 손목의 팔찌를 천지쌍검으로 변환시켰다.

"이 원수! 사부님을 대신해 패배의 설욕을 갚겠다!"

혈상은 무심한 눈빛으로 그녀의 손에 쥐어진 쌍검을 바라보았다.

"요지선자의 천지쌍검이로군. 그 계집이 수라계로 압송되었을 때 천지쌍검이 없었다고 들었는데 네년이 갖고 있었구나."

"그래, 내가 바로 요지선궁의 제오대 궁주다."

"오냐, 요지선자가 내게 몸을 바쳤듯이 네년 역시 대를 이어 나를 섬기도록 해주겠다."

사부의 수치스런 비밀이 밝혀지자 추가영의 양 볼이 붉게 달아올랐다.

"이익, 추악한 색마! 네놈을 토막내 죽이겠어!"

추가영이 분노에 젖어 나서려 하자 일검향이 그녀를 만류했다.

"물러서!"

"검랑, 저 사악한 놈은 사부님의 원수예요!"

"요지선자가 대결해서 이기지 못했다면 가영 역시 상대가 될 수 없어. 오히려 내 집중력만 흩어지게 돼. 어서 물러서 있어."

"검랑, 제발 함께 싸우게 해주세요."

추가영이 간곡하게 사정하자 일검향은 따뜻하게 그녀를 다독였다.

"가영, 내가 만일 저자를 물리치면 우리에게 일말의 희망이라도 있어. 탈출을 위해서라도 가영이 다치면 안 돼.”

“부상이… 심하잖아요.”

“괜찮아. 내게는 내상을 급속히 치유할 수 있는 심법이 있잖아?”

“알았어요.”

추가영은 입술을 깨물며 고개를 끄덕였다.

그녀로서도 일검향을 도울 수 있다는 확신이 없었다. 오히려 방해만 된다면 그의 말대로 나서지 않는 게 오히려 도와주는 길이었다.

그녀가 우울한 표정으로 물러서자 금룡왕자가 온화한 음성으로 위로했다.

“잘 생각했다. 일검향은 강해. 무공보다 정신력이 강하기에 어떤 상황에서도 변수를 이끌어낼 수 있지. 아마 내 평생 최고의 대결을 볼 수 있을 것 같구나.”

“혈상이란 자가 왕자님보다 고수인가요?”

“그는 전설적인 양심신공을 터득한 자다. 하기에 좌도와 우검을 동시에 구사할 수 있지. 일검향에게 이를 주지시켜 주어라.”

“알겠습니다.”

추가영은 일검향 쪽으로 고개를 돌렸다. 한데 혈상은 등에 교차해 멘 혈검과 혈도 중에서 혈검을 뒤로 내던졌다.

“일검향, 너의 부상이 심하니 내 좌도우검 중 검을 구사하지 않겠다. 사실 부상당한 너와 겨룬다는 것부터 자존심이 상하는 일이지만 잔상을 격파한 너이기에 내가 나선 것이다.”

한마디 한마디마다 오만한 기운이 물씬 풍겨 나왔다.

일검향은 그의 거만한 태도에 비위가 뒤틀렸다.

“검을 마저 쥐어라. 너의 반쪽짜리 무공과 겨루고 싶지 않다.”

"흐흣, 반쪽짜리? 네놈은 내 반쪽과 겨루는 것조차 영광으로 생각해야 할 것이다."

혈상은 혈도를 비스듬히 눕혀 바닥을 가리켰다.

"어서 덤벼라!"

일검향은 자청검을 어깨에 얹으며 눈을 반개했다.

"네가 죽는다면 그것은 너의 같잖은 오만 때문일 것이다."

"흐흣, 무검파천황 따위가 천하무적인 줄 아느냐? 무검파천황이 전설의 쾌검이라면 네게 전설의 쾌도가 무엇인지 보여주겠다!"

혈상은 혈도로 바닥을 가리킨 채 암회색 허공을 올려다보았다. 상대를 아예 무시한 태도였다. 전신이 허점투성이였고, 마치 초식을 모두 펼친 후 칼을 거두려는 자세로 보였다.

두 사람 모두 상대에게 선공을 넘긴 상태였기에 장내는 깊은 정적 속으로 빠져들었다.

"……."

귀상은 일검향에게 시선을 고정시키고 있었다.

혈상의 승리를 낙관하고 있었기에 그의 관심사는 누가 죽느냐가 아니라 과연 일검향이 어떻게 죽느냐에 있었다.

일검향에 대한 그의 관심은 대단했다.

외부인이 유명계와 수라계를 거쳐 은마계에 침투했고 금라마관까지 통과했으니 창건 이래 처음 있는 대사건이었다.

천예사원 자객들이 은마계에 연속적으로 잠입했다는 것은 방어 체계에 심각한 문제가 있음을 입증한 명백한 증거였다.

모든 상황을 간파했음에도 불구하고 비상 경계령을 내려 일검향의 침투에 적극적으로 대처하지 않은 것은 과연 현 방어 체계가 원활하게 돌아가는지 시험하기 위함이기도 했다.

그러나 그의 예상과 달리 은천마국의 방어 체계는 너무도 허술했다.

갑영과 을화의 침투는 전혀 드러나지 않았고, 감소채는 흔적만 남긴 채 실종됐으며, 일검향과 추가영은 수라계 소림분원을 벗어난 이후 행적이 전혀 보고되지 않았던 것이다.

'놈들이 유령이 아닌 이상 정보를 입수하지 못한 상태에서 금라마원까지 침투할 수는 없다. 한데 실종된 수하들도 없었고 그 누구도 놈들을 보았다는 보고를 올리지 않았다. 결국 침입자를 접한 수하들은 상부의 문책이 두려워 입을 다문 것이다.'

그의 판단은 정확했다.

그 역시 방대한 은천마국의 관리와 운영이 엄격한 율법만으로 유지되기 어려움을 느끼고 있었다. 구역 별로 최대한 자율권을 보장하되 형벌을 강화시켜 기계처럼 유기적으로 돌아가기를 기대했지만 마국은 곳곳에서 삐걱대고 있었던 것이다.

'신임 국주가 등극할 때 금마장 이상 수뇌 급들의 보직을 대폭 변경해야겠군. 또한 상호 감시 체계를 강화시켜 태상전에 신속한 보고가 전달되는 데 신경을 써야겠다.'

그에게 있어 일검향의 침투는 마국의 방어 체계를 점검할 수 있는 적절할 시험 과정일 수 있었다.

물론 그가 가장 기다렸던 상황은 이런 비상 사태를 이용해 마상들을 제거하고 태상전을 장악하려는 금룡왕자의 공격이었다.

그는 진작부터 패상을 설득해 결정적인 순간에 펼쳐질 반격을 기다리고 있었다. 영천왕부의 후광은 이용할 대로 이용한 상태였다. 적당한 시기에 정리할 계획을 세우고 있었는데 영천왕부에서 먼저 빌미를 제공한 셈이다.

그래도 금룡왕자는 영천왕의 적자이기에 함부로 죽일 수 없는 귀한 존재다. 자칫 영천왕을 진노케 한다면 이십 년에 걸쳐 이룩된 은천마국이 천하대란 속에 괴멸될 수 있기 때문이다.

다행히 금룡왕자의 죽음을 무마할 모든 계획은 갖춰진 상태였기에 패상의 기습이 결행될 수 있었다. 일검향의 저지로 금룡왕자를 죽이지 못했지만 오히려 잘된 일일 수 있었다.

그들이 죽어야 할 장소는 이곳이 아니었기 때문이다.

혈상과 일검향의 대치 상태는 반 시진이 넘도록 계속되고 있었다.

일검향을 주시하고 있던 귀상은 그의 정신력과 의지에 새삼 감탄하고 말았다.

'흐음, 실로 대단한 놈이야. 놈은 사도진성에게서 무검파천황만 전수받은 게 아니라 무도까지 전수받았다. 이런 상태라면 혈상의 냉막함과 오만이 먼저 무너진다.'

숨막힐 듯한 대치를 지켜보던 추가영은 심장이 멈출 것만 같았다. 그녀는 행여 일검향의 정신적 안정을 흩뜨릴 것을 우려해 목소리를 최대한 낮추었다.

"왕자님, 언제까지 저런 대치 상태를 유지하는 거죠? 저러다 병기를 부딪치기도 전에 진기가 고갈돼 쓰러지고 말 겁니다."

금룡왕자 역시 두 사람의 대치 상태에서 눈을 떼지 못하고 있었다.

"일검향은 무도의 상태에서 반격을 기다리고 있어. 이제 혈상의 자제력이 한계에 이른 것 같구나."

그는 유난히 짙은 운무에 가려져 있는 수련장 한쪽 벽으로 시선을 돌렸다. 빠르게 생각을 굴린 그는 추가영에게 나직이 말했다.

"또다시 양패구상의 결과가 벌어지면 일검향은 쓰러지고 만다. 혈상은 지독히도 자존심과 호승심이 강한 자라 어떻게든 일검향을 죽이려 할 것이다."

"제가 은밀하게 지원에 나설까요?"

"아니, 일단은 이곳에서 피해야 돼. 사심마관의 연공실로 피신하면 저들의 추격을 피할 수 있어. 저들도 연공실 안으로 절대 진입하지 못하니까."

"왜요?"

"은천마국의 국주가 연공실에 있기 때문이지."

"아!"

추가영은 터져 나오려는 비명을 얼른 손으로 막았다.

"천공쾌전(穿空快電)!"

혈상의 입에서 짤막한 기합성이 터지며 바닥을 가리키던 혈도는 서서히 상승했다.

마침내 초극에 이른 두 절세고수의 격돌이 전개된 것이다.

전설의 쾌검 무검파천황은 무형무음의 초식이었다.

혈상의 쾌도 역시 형체와 파공성이 없었다. 두 가지 절기는 인간 한계에 이른 극쾌의 초식이었기에 허공에서 충돌한 후에야 그 형상을 드러냈다.

차차차창 !

얼마나 많은 금속성이 울려 퍼졌는지 알 수가 없었다. 메아리가 아니라 도검이 교차하면서 작렬한 금속성이었다. 병기는 보이지 않은 채 검기와 도기만 번득이기에 빛의 충돌이었다.

두 사람 모두 한 초식에 승부를 걸었기에 혼신의 공력이 깃들어져 있었다.

전개된 수법은 단 일 초였지만 그 과정에서 일어난 변화는 상상도 할 수 없을 정도였다. 찰나지간 무검파천황은 허공을 수백 조각으로 갈랐고, 혈상의 쾌도 역시 수백 개의 도기를 일으켜 허공을 쪼갰다.

초극 무예의 충돌이기에 누구도 그 과정을 정확히 헤아리지 못했다.

세 명의 관전자 중 금룡왕자의 무공이 가장 초절했지만 치명적 부상으로 인해 관찰력이 급격히 떨어졌고, 귀상과 추가영은 극쾌를 꿰뚫어 볼 수 있는 안목이 없었다.

소리와 빛의 충돌은 한순간이었지만 그 여파는 길었다.

콰콰쾅 !

바닥을 덮은 석판들이 바둑알 크기로 조각조각 부서지며 사위로 비산되었다. 검기와 도기가 뒤엉킨 빛은 돌풍을 일으키며 허공을 강타했고, 비로소 굉음의 메아리가 수련장 전체를 진동시켰다.

이윽고 자욱한 흙먼지가 서서히 가라앉으며 흉물스럽게 파헤쳐진 장내가 드러났다.

혈상의 두 발은 발목까지 바닥에 깊숙이 박혀 있었다.

오만함과 냉막함으로 빚어진 그의 표정이 경악과 고통으로 일그러져 있었다. 핏빛 장포는 조각조각 찢겨진 상태였고 얼굴과 상반신 전체가 무수한 검흔으로 그어져 있었다. 게다가 그의 손에 쥐어진 혈도는 손잡이만 남은 채 박살 난 상태였다.

일검향의 상황은 더욱 심각했다.

그는 피투성이가 되어 부서진 석판 위에 주저앉아 있었다. 자청검을 꼭 쥐고 있었지만 안색은 핏기 한 점 없이 창백했다.

자연적으로 발출된 범천강기 덕분에 외상은 덜했지만 내부의 충격은 상당했다. 앞서 잔상과 격돌하느라 당한 내상이 다시 도지면서 장기마저 훼손된 것이다.

혈상은 양패구상을 당한 데다 자신의 병기가 박살났기에 치욕과 분노를 견딜 수 없었다.

"크으으, 네놈의 무검파천황이 어떻게 사도진성보다 더 강력할 수 있단 말이냐?"

그는 섭물진기를 발휘해 호기롭게 내던졌던 혈검을 끌어들였다. 좌도만으로 상대하겠다는 공언 따위는 잊은 지 오래였다. 폭발적인 살기에 젖은 두 눈은 인간의 눈이 아니라 악귀의 눈이었다.

금룡왕자는 급히 짙은 운무 속으로 달려갔다.

"어서 일검향을 구해!"

그의 외침이 끝나기도 전에 추가영이 바닥을 차고 날아가며 일검향을 부둥켜안았다.

혈상은 눈을 부릅뜨며 혈검을 내리쳤다.

"뒈져라!"

츄츄츠!

검기가 부챗살처럼 퍼져 나가다가 부서지듯 쏟아져 내렸다. 상승검법인 검강이었다.

추가영은 일검향을 구출할 마음이 급해 감히 반격은 생각지도 않았다. 그녀는 금룡공자가 달려간 운무 속으로 날아갔고, 검강은 바닥을 가르며 그녀의 뒤를 바싹 쫓아왔다.

운무 안쪽으로 활짝 열린 통로가 보였다.

한데 그녀가 주춤하는 사이 폭발적인 검강이 해일처럼 그녀를 엄습해 왔다. 비로소 위기를 직감한 그녀는 검강을 돌아보며 입을 딱 벌렸다. 반사적으로 막아내기에는 너무도 엄청난 절기였다.

이 순간 통로 안쪽에서 금빛 섬광이 번득였다.

휘리리링!

십여 개의 금색 고리는 강기에 의해 형성된 강환(罡環)이었다. 바로 금룡왕자의 독문절기인 환주금천강기였다.

강환은 해일처럼 밀어닥치는 검강 속으로 파고들면서 연이어 폭음을 일으켰다. 검강의 기세가 잠시 꺾이자 추가영은 겨우 안도하며 통로 안으로 뛰어들었다.

그그궁!

통로는 이내 거대한 청동문에 의해 닫혔다.

밀어닥친 검강이 청동문을 강타했지만 표면에 약간의 흠집만 만들어냈다.

일검향을 참살할 기회를 놓친 혈상이 이를 부드득 갈며 둥실 떠올랐다.

"놓칠 것 같으냐?"

귀상이 급히 미끄러지며 그의 앞을 가로막았다.

"진정하게, 혈상. 이미 연공실로 들어갔네."

"어서 열게!"

"어쩌자는 겐가? 자칫 국주의 연공을 방해하면 자네 또한 무사하지 못할 것이네."

"흥, 내가 천세무광 따위를 두려워할 것 같은가?"

"물론 국주를 두려워할 자네가 아니지. 하지만 그가 수련하고 있는 아수라파천마공(阿修羅破天魔功)을 어떻게 상대할 것인가?"

"……."

혈상은 잠시 귀상을 쏘아보고는 혈검을 거두었다. 그의 얼굴에는 은은한 두려움이 감돌았다.

"정녕 그 악마지공을 국주가 수련하고 있단 말인가?"

"사실일세."

"어쩌자고… 그가 마성에 젖게 되면 악마로 변할 텐데 대체 어쩌자고 악마의 경전을 건네주었단 말인가?"

"혈상, 아수라파천마공은 오로지 극마지체만이 수련할 수 있는 마공일세. 만일 국주가 무리해서 터득하려 하면 주화입마에 빠지게 되네. 가벼우면 불구의 몸이 되겠고 중하면 목숨을 잃게 되지."

혈상은 이해가 되지 않는 듯 고개를 흔들었다.

"자네의 의도를 모르겠군."

"간단히 생각하게. 은천마국을 보존하기 위해서 없어져야 할 존재가 둘일세. 한 명은 국주 천세무광이고 다른 한 명은 총상 금룡왕자일세. 둘 모두 이용 가치가 사라졌지. 한데 국주는 금강지체라 척살이 불가능하네. 그를 죽일 사람은 오직 그 자신뿐이지. 그래서 악마의 경전을 일도살에게 건네 들여보낸 것일세."

"왜 하필 일도살인가?"

귀상은 자신의 계책을 자부하는 음산한 웃음을 지었다.

"흐훗, 일도살은 금룡왕자를 죽여도 크게 문제가 되지 않는 유일한 존재이지. 영천왕이라도 형제 간의 골육상쟁 앞에서는 주저앉고 말 것이네."

"하면 자네는 이미 금룡왕자를 사심마관 연공실로 들여보낼 계책을 세워두고 있었단 말인가?"

"물론일세. 금룡왕자가 사도진성과 단독으로 만났다는 보고를 접하는 순간 그가 기습을 펼쳐 올 것임을 예상했지. 패상의 기습이 실패할 경우 그는 피신을 위해 연공실로 들어갈 수밖에 없다고 판단했네.”

혈상은 자신보다 몇 수 앞을 헤아리는 그의 지략 앞에 혀를 내둘렀다.

“자네의 지모는 진작부터 인정하고 있었지만 이번 계책은 전혀 눈치채지 못했네.”

“나로서도 기밀을 지킬 수밖에 없었네. 금룡왕자가 눈치챌 경우 아주 곤란한 사태가 벌어질 수 있으니 말일세.”

“한데 일도살이 과연 금룡왕자를 죽일 수 있을까? 어쨌거나 자신의 형이 아닌가?”

귀상은 손을 뻗어 육중한 청동문을 어루만졌다.

“진정으로 세상을 얻을 자라면 반드시 죽일 것이네.”

2

연공실의 암회색 천장에는 수많은 야명주가 박혀 있어 밤하늘의 별을 연상케 했다. 수련장처럼 반사광이 스며들지는 않았지만 외부의 공기가 유입되게 설계되었는지 비교적 공기가 맑았다.

“검랑! 검랑! 제발 정신 차리세요!”

추가영은 자신의 뺨으로 일검향의 볼을 비비며 안타깝게 부르짖었다.

일검향은 눈을 꼭 감고 있었다. 숨결은 가늘었지만 비교적 안정적이었다. 그러나 외상보다는 내상이 심했기에 추가영으로서는 어떻게 조치를 해야 할지를 몰랐다.

금룡왕자가 잠시 일검향의 맥을 짚고는 안도하듯 말했다.

"괜찮다. 진기의 흐름이 고른 것으로 미루어 특별한 심법으로 진기를 회전시키는 것 같구나."

"아, 그렇다면 다행이군요. 검랑은 여의심법을 터득했기에 웬만한 내외상은 쉽게 치유할 수 있어요."

"여의심법?"

금룡왕자는 씁쓸한 웃음을 지었다.

"세상의 모든 무공을 두루 섭렵했다 자부했지만 아직도 부족함이 많군. 여의심법이라는 내공심법은 들어본 적이 없다."

"검랑 말로는 어떤 기인에게 배웠다 하더군요. 한데… 왕자님 안색이 말이 아니군요."

추가영은 금룡왕자의 창백한 안색을 살피다 눈을 동그랗게 떴다.

금룡왕자는 벽에 기대서며 이마를 짚었다.

"무리하게 강환을 발출하는 바람에 맥이 손상된 것 같다."

"예에? 하면 저와 검랑을 구하려다……?"

"일검향은 패상의 기습을 막아 날 구해주지 않았더냐? 일검향이 건재해야 우리에게도 희망이 있어."

"이제 무리하지 마세요. 검랑이 회복되면 마국을 탈출할 수 있을 겁니다. 왕자님도 무사히 왕부로 귀환하실 수 있겠지요. 검랑에게 불가능은 없어요."

금룡왕자는 고개를 끄덕여 동조했다.

"그래, 혼자서 잔상과 혈상을 상대했으니 정말 경이적인 일이다. 일전에 나와 겨뤘을 때보다 훨씬 강해진 것 같구나."

추가영은 일검향이 편안히 운공할 수 있도록 바닥에 눕혔다.

일검향은 누운 채로 십이경락으로 진기를 흘려보내고 있었다. 여의심법은 어떤 자세에서도 진기를 운용할 수 있기에 굳이 가부좌를 틀고 앉지 않아도 되었다.

추가영은 연공실을 빠르게 둘러보다가 나직이 물었다.

"왕자님, 국주는 어디에 있는 거예요?"

금룡왕자는 나란히 붙은 세 개의 석실 문을 가리켰다.

"나도 사심마관에 들어와 보기는 처음이다. 귀상을 통해 얘기로만 들었을 뿐이지. 만일 터득한 무공을 시험하는 중이라면 무고(武庫)에 있을 것 같구나."

"무고가 뭐죠?"

"연공실 내에는 무공 수련을 위한 세 개의 방이 있다. 하나는 병기고(兵器庫)로 수백 종의 병기가 갖춰져 있다. 정확한 초식을 터득하기 위해서는 반드시 걸맞는 병기가 필요하지. 다른 하나는 서고(書庫)로 수백 종의 비급과 무경이 보관돼 있다. 하지만 지금은 모두 비어 있을 가능성이 높아."

"왜요?"

"국주는 무공을 터득하면 비급을 없앤다. 자신이 터득한 이상 필요치 않다고 생각하는 거지."

추가영은 쓴 입맛을 다시며 고개를 흔들었다.

"지독히도 이기적이군요. 자신 외에는 다른 사람이 수련할 수 없다 이건가요? 그러다 자신이 죽으면 아까운 절기만 절전되잖아요?"

"그럴 우려가 있지만 국주의 방식이다. 그는 비급 대신 초식을 전개한 흔적을 새겨 자신이 터득한 절기를 남긴다고 들었다. 석벽에 새긴 절기는 훼손되거나 불에 타버릴지 모를 비급보다 오랜 세월 동안 유지될 수 있지. 물론 후계자가 단지 흔적만 보고 초식을 깨달을 수 있는 초인적인 안목과 천재적인 두뇌가 있어야 하겠지만.”

“정말이지, 특이한 괴인이군요?”

“달리 천세무광이겠느냐?”

금룡왕자는 명문혈을 다친 상처가 깊어 잠깐 거동을 하는 데에도 고통을 느껴야 했다.

“그는 오로지 새로운 무공을 연마하고 터득하는 데 보람과 희열을 느끼는 사람이다. 그리고 끊임없이 새로운 무공을 창안하지. 무공에 대한 집착이 지나친 광인이기는 해도 세상에 드문 무골(武骨)임은 확실해.”

추가영이 석실을 두루 살피며 목소리를 낮추었다.

“혹시 국주를 출동시켜 사악한 마상들을 죽일 수는 없나요?”

“설득이 쉽지 않다. 어쨌든 그는 나를 비롯한 칠대마상의 추대를 받아 국주의 자리에 오른 사람이다. 은천마국을 해체하기 위한 과정으로 내가 마상들을 죽이려 했다는 것을 안다면 오히려 날 먼저 죽일지도 모른다.”

“예에? 왕자님마저?”

“그는 광인이기는 해도 자부심이 강하고 자신의 위치는 확실히 알고 있는 사람이다. 그가 원해서 은천마국을 해체하지 않는 한 그에게 해체를 강요할 수는 없다.”

금룡왕자는 바닥에 누워 있는 일검향에게로 시선을 돌렸다.

“흐음, 귀상이 왜 일검향을 사심마관으로 끌어들이려 했는지 그 이유를 모르겠어. 마상들의 무공이라면 굳이 국주의 힘을 빌리지 않고도 일검향을 제거할 수 있었는데 말이다.”

“혹시 검랑으로 하여금 국주를 살해토록 계획한 것은 아닐까요?”

금룡왕자가 단호한 어조로 말을 받았다.

“그건 불가능해. 국주는 도검불침의 금강지체를 연성했다. 일검향의 어떤 쾌검으로도 그를 죽일 수 없다. 아마 무검파천황조차 통하지 않을 것이다. 오로지 내가공력으로만 격파할 수 있는데 일검향의 공력으로는 그의 삼 초조차 감당하기 어렵다.”

추가영은 경악에 젖어 입을 딱 벌렸다.

“세… 세상에 그런 무신이 있단 말입니까? 검랑은 능히 천하십대고수 안에 꼽힐 절세고수인데 겨우 삼 초도 못 버틴다고요?”

“혹시 모르지 절정의 자객술을 펼친다면 몇 초는 더 견딜 수 있겠지. 어쨌든 국주에 대한 척살은 불가능하다. 그를 죽일 수 있는 고수는 오직 그 자신뿐이라 할 수 있다.”

“사람은… 확실하죠?”

금룡왕자는 담담한 웃음을 터뜨렸다.

“하하, 물론 사람이다.”

“어떻게 생긴 사람인지 한번 볼 수 있을까요?”

“어려운 일은 아니다만 방문을 열었을 때 그가 어떻게 나올지 예상할 수가 없다.”

추가영은 잔뜩 두려움에 젖어 물었다.

“혹시 국주가 여자를 죽이지 않는다는 규칙 같은 것은 없을까요?”

“훗, 재미있는 생각이구나. 그의 무궁한 자부심과 괴팍한 성격상 그럴 수도 있다.”

금룡왕자는 석실을 향해 천천히 걸음을 옮겼다. 문 앞에 선 그는 섭선 끝으로 문을 가볍게 두드렸다.

“국주, 총상이오. 연공에 방해가 되지 않는다면 긴히 드릴 말씀이 있습니다.”

당당한 왕자의 신분이라 해도 서열상 국주보다 낮다. 그의 태도는 여느 때보다 정중하고 조심스러웠다. 한데 석실 내에서는 어떤 반응도 들려오지 않았다.

추가영이 의아한 표정으로 물었다.

“어떻게 된 거죠? 국주와 같은 초극의 고수라면 우리가 연공실로 들어설 때부터 알고 있었을 텐데요?”

“그렇겠지. 한데 아무런 반응이 없는 것을 보면 나를 별로 만나고 싶지 않은 것 같다.”

“그럼 어떻게 하죠? 꼼짝없이 이 안에 갇히는 건가요?”

“잠시 기다려 보자. 연공에 집중해 있다면 깨어나는 데 시간이 걸릴 수도 있으니까.”

금룡왕자는 다소 석연치 않은 표정으로 돌아섰다. 한데 이때였다.

그그긍!

요란한 진동 소리와 함께 석실 문이 옆으로 이동했다. 그리고 물씬 풍겨오는 비릿한 핏빛 광휘! 그것은 인간 세상에서는 거의 감지할 수 없는 지독한 마기였다.

“……?”

경악에 젖은 두 사람은 본능적인 공포를 느끼며 아주 천천히 고개를 돌렸다.

핏빛 광채는 너무도 짙었다. 그 안에 흐릿한 사람의 형체가 보였지만 강렬한 핏빛 광휘 때문에 모습이 분명치 않았다. 핏빛 광채가 서서히 미끄러지며 다가왔다.

“카카카!”

실로 섬뜩한 악귀의 웃음소리였다. 듣는 것만으로도 정신을 산만하게 만드는 웃음소리는 사방에서 메아리쳐 들려왔다.

금룡왕자의 이마에 땀이 맺혔다.

“무… 물러서! 이건 아수라파천마공이다!”

“예에? 그럼 국주가 아닌가요?”

추가영은 손목의 팔찌를 천지쌍검으로 변환시켰다.

“제가 막겠어요. 어서 피하세요.”

그녀는 쌍검을 교차시켜 핏빛 광채를 향해 겨누었다.

“인간이냐, 마귀냐?”

또다시 악마의 광소가 사방에서 메아리쳤다. 광소는 귀를 통해 들리는 것이 아니라 머릿속에서 울려 퍼지는 것만 같았다. 그녀는 숨이 막혀 꼼짝도 할 수 없었다.

이윽고 핏빛 광채가 서서히 소멸되면서 광휘 속에 휩싸여 있었던 사람의 모습이 분명하게 드러났다.

금룡왕자의 얼굴이 경악으로 물들었다.

“으… 은룡?”

그러했다. 지독한 마기를 뿜어내며 등장한 사람은 뜻밖에도 은룡왕자 일도살이었다.

모습은 일도살이었지만 과거의 그가 아니었다.

머리카락은 녹색으로 변했고 눈에서는 불꽃이 뿜어졌다. 숨을 쉴 때마다 가래 끓는 소리와 함께 붉은 숨결이 토해졌고 붉은 피부는 짐승과 같은 비늘로 덮여 있었다.

일검향과의 대결에서 심하게 훼손된 얼굴은 거의 회복되었지만 조각을 붙여 놓은 듯한 혈흔이 실핏줄처럼 번져 있었다.

추가영은 이를 딱딱 마주치며 뒷걸음질을 쳤다.

"이… 인간이냐, 괴물이냐?"

일도살은 새의 발톱처럼 긴 손톱으로 그녀를 가리켰다.

"크훗, 천지쌍검을 지닌 것으로 보아 요지선궁의 계집이로구나?"

쐐애애액!

손톱에서 뿜어지는 가는 광선이 실타래처럼 흩어지며 추가영을 휘감아왔다.

"어림없다!"

추가영은 팽그르르 회전하며 천지무환검법을 전개했다. 검무를 추듯 유연한 몸 동작이었지만 두 자루 검에서 뿜어지는 검기와 검형은 화려하면서도 강력했다.

퍼퍼펑!

잇단 폭음과 함께 추가영이 뒤로 튕겨졌다. 그녀가 감당하기에는 너무 가공스런 마력이었다. 그러다 자신의 쌍검을 본 그녀는 하얗게 질리고 말았다. 두 자루 검이 핏빛으로 급속하게 물들고 있었던 것이다.

"아앗?"

관전하고 있던 금룡왕자가 다급히 외쳤다.

"어서 공력으로 마기를 몰아내야 돼!"

추가영은 혼신의 진기를 끌어올려 쌍검에 주입시켰다. 두 자루 검을 물들이던 핏빛 기운이 청옥백강에 밀려 검극을 통해 뿜어졌다.

똑, 똑, 똑……!

핏물이 되어 떨어지는 마기는 마치 검에서 피가 흐르는 것만 같았다.

상상도 못할 마공에 새파랗게 질린 추가영은 급히 금룡왕자 옆으로 내려섰다.

"정말… 저 괴물이 일도살이란 말인가요?"

"그래. 분명 은룡이다."

"맙소사! 대체 어떻게……?"

"이제야 조금 이해가 되는군. 모두 귀상의 간악한 흉계였어."

금룡왕자는 섭선을 움켜쥐고는 두 걸음 앞으로 나섰다.

"은룡, 네가 언제부터 사심마관에 있었던 것이냐?"

일도살은 다소 쉰 듯한 음성으로 대답했다.

"크흣. 일도살로 불러주시오, 형님. 허울 좋은 은룡왕자보다 내 스스로 쟁취한 자객명이 훨씬 마음에 드니까."

"오냐, 일도살. 국주는 어찌 된 것이냐?"

"보면 모르겠소? 국주는 스스로를 희생해 터득한 아수라파천마공을 내게 모두 전수해 주었소."

"그럼… 천세무광이 죽었단 말이냐?"

일도살은 긴 손톱으로 콧등을 긁었다.

"천세무광이 어디 쉽게 죽을 위인이오? 숨통이 끊어지지 않아 몹시 괴로워하기에 내가 편안하게 보내주었소."

금룡왕자의 얼굴이 절망감으로 물들었다.

국주 천세무광은 상징적 존재이지만 은천마국을 호령할 수 있는 최고의 신분이었다. 또한 단신으로 태상전 마상들을 제거할 수 있는 초극고수이기도 했다. 한데 그마저 세상을 떠났다면 이제 은천마국에 대항할 최후의 희망마저 사라진 셈이다.

일도살은 무릎 하나 굽히지 않은 채 금룡왕자 앞으로 미끄러졌다.

"귀상은 형님의 어리석은 계책을 몹시 안타까워했소. 전하께서 은천마국을 부담스러워하셨다면 마상들과 상의를 했어야 옳았소. 비록 전하의 지원과 후광으로 창건되었다 해도 은천마국은 전하의 것이 아니라 강호무림의 것이오. 전하와 형님은 이 점을 너무 간과했던 것이오."

"부질없는 짓이다. 태상전 마상들이 과연 순순히 은천마국을 해체하려 했겠느냐? 한번 높은 자리에서 세상을 굽어보게 되면 누구나 권력에 취하기 마련이다. 내가 공개적으로 해체를 요구했다면 저들은 나는 물론이고 아버님마저 시해할 자들이다."

"흐흣, 틀린 말은 아니오. 그렇다면 보다 신중하게 계획을 추진했어야 옳았소."

금룡왕자는 준엄하게 그를 질책했다.

"일도살, 넌 내 아우이자 영천왕부의 왕자이다. 그런 네가 아버님과 왕부를 배신하겠다는 것이냐?"

"전하께서 언제 나를 자식으로 취급이나 하셨소? 난 한번도 전하를 아버님으로 부른 적이 없소. 형님 역시 나를 동정했을 뿐이지. 내가 오죽했으면 목숨을 걸고 자객 집단 천예사원에 들어가 스스로를 단련하려 했겠소?"

"네가 원하는 것이 무엇이냐?"

일도살은 팔짱을 낀 채 야명주로 빛나는 허공을 올려다보았다.

"난 왕부에서 천덕꾸러기로 자랐지만 무림에서는 제왕이 되고 싶소. 귀상은 내가 천세무광을 대신해 국주에 오르겠다면 적극 지원하겠다고 했소. 요상과 패상 역시 동조했소. 혈상과 잔상은 내 무공으로 격파하면 기꺼이 복종할 것이오."

그의 두 눈에서 강렬한 불꽃이 뿜어졌다.

"난 은천마국의 진정한 국주가 될 것이오. 아니, 국주가 아닌 국왕(國王)이 되어 무림천하를 지배하겠소!"

폭발적인 마기가 확산되자 금룡왕자와 추가영은 급히 뒤로 물러섰다. 그들로서는 마기에 휩싸이는 것만으로 온몸이 소멸될 것만 같았다.

일도살은 천천히 한 손을 쳐들었다.

"귀상은 내게 한 가지 조건을 제시했지. 형님을… 내 손으로 죽이라는 거였소."

"……."

"만일 마상들에게 형님이 죽게 되면 전하께서 과연 은천마국을 용납하겠소? 십만대군을 동원해서라도 괴멸시키려 할 것이오. 왕부가 선봉에 서게 되면 백도무림도 동조할 것이기에 누가 승자가 되건 폐허와 해골만 남게 될 것이오."

금룡왕자는 분연한 표정으로 말을 받았다.

"나 역시 그런 참극은 원치 않는다. 내가 네 손에 죽으면 이는 형제간의 골육상쟁이니 아버님도 마국을 공격할 명분이 없겠지."

잠시 고심하던 그가 이내 말을 이었다.

"오냐, 네 손에 기꺼이 죽겠다. 대신 한 가지 부탁을 들어다오."

"말씀해 보시오."

"나를 죽인 후 네가 내 유해를 안고 왕부로 돌아가라."

"무슨 속셈이오?"

금룡왕자의 어조는 진지했다.

"네가 내 동생이기에 진심으로 하는 말이다. 우리는 무림계에 뛰어들지 말았어야 했다. 무림은 우리가 상상했던 세상보다 훨씬 무섭다.

잠시 즐길 수는 있지만 그들과 동화되기는 어렵다. 적어도 우리의 몸에는 군왕의 고귀한 피가 흐르고 있지 않느냐?'

일도살은 눈을 가늘게 뜨며 턱을 어루만졌다.

"형님을 끔찍이 여기시는 전하의 진노는 어찌 해결한단 말이오?"

"아버님은 혈통을 중시하시는 분이다. 나의 죽음을 슬퍼하시겠지만 너까지 죽여 왕부의 대를 끊지는 않으실 것이다. 내가 죽고 나면 네가 아버님의 피를 받은 영천왕부의 유일한 후계자이니까."

"……."

"은천마국은 아버님의 과도한 욕심과 귀상의 계략에 의해 창건된 마물이다. 영천왕부는 책임을 지고 그 마물을 제거해야 한다. 부탁이다, 은룡. 태상전 마상들을 모두 죽이고 해체를 선포해라. 네게는 은천마국의 국왕보다 영천왕부의 군왕이 더 어울려."

추가영은 금룡왕자의 간곡한 호소에 절로 눈물이 솟았다.

'역시 군왕의 아들은 다르군. 자신을 희생해 책임을 다하려는 의기가 정말 감동적이야. 황족들이란 그저 허세와 사치만 일삼는 족속들로 알았는데……'

일도살은 한동안 금룡왕자를 응시하다가 차가운 웃음을 지었다.

"크훗. 유감이오, 형님. 나라는 망해도 무림은 건재하오. 내게는 언제 망할지 모르는 나라의 군왕보다 은천마국의 국왕이 훨씬 매력적이오."

"은룡! 제발 생각을 바꿔라!"

"이미 결정이 되었소. 서자는 군왕이 되어서도 서자의 굴레를 벗을 수 없소. 하지만 무림에서는 서자이든 백정이든 출신을 전혀 문제 삼지 않소. 난 당당한 마국왕으로 존재할 것이오."

일도살은 손을 앞으로 뻗었다.

츄리릭!

손아귀에서 붉은 진기가 여섯 자 길이로 솟아올랐다. 내가진기로 형성된 심마도(心魔刀)였다. 그는 심마도의 예리한 칼끝을 금룡왕자에게 겨누었다.

한데 이때였다. 부처의 법음(法音) 같은 낭랑한 음성이 일도살의 마기를 진동시켰다.

"일도살, 네 말대로 무림에서는 서자이든 백정이든 출신을 문제 삼지 않는다. 하지만 사문을 배신한 자, 동문의 등에 칼을 꽂은 자, 사부를 시해한 자, 그리고 형제를 살해하는 패륜아는 절대 용납하지 않는다."

第63章
검향과 도살, 그 두 번째 대결

세 사람의 눈길이 동시에 한쪽으로 고정되었다.

일검향이 자청검을 어깨에 걸친 채 천천히 다가서고 있었다. 옷은 심하게 찢기고 피로 물들었지만 안색은 비교적 평온했다. 잔상과 혈상을 상대로 격전을 벌이느라 심한 내상을 입었지만 여의심법 덕분에 빠른 속도로 회복된 것이다.

일검향은 삼 장 거리를 두고 일도살과 마주 섰다.

"너 같은 놈을 무림공적(武林公敵)이라 한다. 네놈이 오를 곳은 마국의 권좌가 아니라 죽음의 심판대일 뿐이다."

추가영이 기쁨에 젖어 다가서려 하자 금룡왕자가 그녀를 조용히 만류했다.

그는 추가영과 함께 뒤로 물러섰다. 안타깝지만 그와 그녀는 일검향에게 그다지 도움을 줄 수 없는 상황이었다. 일단은 일검향과 일도살의 대치를 지켜볼 수밖에 없었다.

"카하하핫!"

일도살의 입에서 기괴한 광소가 울려 퍼졌다. 인간의 웃음소리가 아니라 피 냄새가 물씬 풍기는 악마의 광소성이었다.

"카하핫, 이렇게 반가울 데가 있나? 일검향, 너의 건재함이 너무도 기쁘구나! 네가 마상들과의 싸움에서 목숨을 잃었다면 정말 슬펐을 것이다."

그의 입에서 뿜어지는 붉은 숨결은 더욱 짙어졌고 두 눈에서는 불꽃이 발출되었다.

"크흐흣, 일검향! 이제 네놈을 산채로 찢어 죽일 것이다!"

"산채로 찢어 죽이던 칼로 살을 저미던 네 희망 사항일 뿐이다. 넌 결코 나를 이길 수 없다. 넌 나를 상대하는 것이 아니라 천예사원 전체를 상대하는 것이다. 네놈 때문에 타계하신 사부님, 동문 형님들, 그리고 내 소중한 동생 창비의 혼백이 내 몸에 깃들어 있다."

원수를 목전에 두고 감정을 자제하는 일검향의 태도는 놀랍도록 차분했다.

"지금 만신창이가 된 나를 깨운 것은 내 의지가 아니라 바로 그 혼백들의 힘이다. 그것이 일도살 네가 내 검 아래 죽을 수밖에 없는 필연적인 이유다."

"카하핫, 네놈이 죽을 때가 되니 헛것이 보이나 보구나! 망령 따위를 들먹이니 말이다!"

일도살은 손에 쥔 심마도를 가볍게 휘둘렀다.

콰아앙!

일검향의 몸 주변으로 폭음이 터지며 다섯 자 깊이의 도랑이 패였다.

“지난번 네놈에게 패한 수모와 치욕은 오히려 내게 크나큰 복연이 되었다. 덕분에 난 고금최강의 아수라파천마공을 터득했으니 말이다.”

“일도살, 네놈이 어떤 사악한 마공을 터득했든 결과는 변함이 없다.”

“크훗, 날 한번 이겼다 하여 오만 떨지 마라. 아수라파천마공은 그 어떤 무공으로도 격파할 수 없는 악마지공이다. 인간의 무공이 아니기에 누구든 아수라파천마공을 수련하면 전신이 타버려 죽게 되지. 하지만 천세무광은 진정 천하제일의 무골이었다. 그는 죽음도 두려워하지 않고 기어코 아수라파천마공을 수련해 칠성 경지에 이르렀다. 그러나 그 역시 인간이기에 거기까지가 한계였다.”

일도살은 서고를 돌아보았다.

“그는 서고의 벽에 자신이 터득한 아수라파천마공을 새기고는 사지가 마기에 의해 마비되는 주화입마를 당하게 되었다.”

“…….”

“한데 그는 그런 몸으로도 아수라파천마공을 마저 수련하기를 원했지. 난 그를 돕겠다는 조건으로 구결을 통해 아수라파천마공을 전수받았다. 아수라파천마공은 이미 그의 몸을 통해 악마지기가 순화되었기에 난 주화입마에 빠지지 않을 수 있었다.”

일도살은 득의의 미소를 머금었다.

“이것이 바로 귀상이 계획한 아수라파천마공의 수련 방법이었다. 이로써 난 인간 한계를 넘어선 극마지체(極魔之體)를 이루게 되었다. 당당히 지상최대의 마국을 다스리는 국왕으로서의 자격을 갖춘 셈이지.”

“결국 천세무광은 죽었겠군.”

“명예로운 희생이었다. 내가 마국왕에 등극하면 그를 은천마국 초대

국왕으로 세울 생각이다."

이미 세상을 얻은 듯한 그의 광오함에 일검향은 속이 매스꺼웠다.

"일도살, 난 천세무광이 누구인지 모른다. 하지만 그는 은천마국의 초대 국왕 따위는 결코 원치 않을 것이다. 오히려 자신의 무공에 대한 집념과 광기를 이용한 네놈들 모두를 죽이지 못해 원통해할 것이다."

"크훗, 그게 세상이다. 아둔한 자는 지혜로운 자의 희생물이 되는 것이지."

"네놈들 수작은 지혜가 아니라 사악한 간계일 뿐이다."

일도살은 심마도를 비스듬히 세워 들었다.

"이제 얘기는 충분한 것 같군. 네놈이 너무 쉽게 죽지 않기만을 기대하겠다."

일검향도 더 이상 대화를 나눌 의미를 느낄 수 없었다.

서로의 가슴속에 맺힌 원한은 말로써 해결될 성질이 아니었다. 상대를 죽여야만 감정이 해소될 수 있을 것이다.

그는 어깨에 걸친 자청검의 검집을 바로 세웠다.

순간적으로 전설의 쾌검 무검파천황이 발출되었다.

무형무음의 절기이기에 섬광과 파공성 한 점 일어나지 않았다. 쾌검은 상대를 베는 순간 비로소 그 예리함을 드러내기에 막아내기가 극히 어렵다.

일도살은 괴성과 같은 기합을 발하며 심마도를 휘둘렀다.

"아수라멸세(阿修羅滅世)!"

사위로 뿜어지는 불꽃은 마치 악마의 발톱처럼 허공을 할퀴고 지표를 파괴했다.

그러나 패도적인 위력은 앞설지 몰라도 쾌검의 전설에 비해 속도에서는 훨씬 뒤졌다. 심마도에 의한 도강이 폭발하기 전에 무수한 쾌검식이 그의 전신을 강타했다.

퍼퍼퍽!

잇단 폭음과 함께 붉은 기운이 안개처럼 피어올랐다.

한쪽에서 숨죽이며 관전하던 추가영은 환한 미소를 지으며 주먹을 불끈 쥐었다.

"해냈어! 무검파천황에 정통으로 적중된 거야!"

안개처럼 피어오른 붉은 기운은 마치 사람의 육신이 조각나면서 뿌려지는 핏물처럼 보였다.

어느새 검을 회수한 일검향은 바로 세웠던 검집을 옆으로 눕혔다.

표정은 변함이 없었지만 눈빛이 칼날처럼 예리해졌다. 그는 감각으로 느낄 수 있었다. 그가 벤 것은 일도살의 육신이 아니라 매끄러운 비늘을 꿰어 만든 것 같은 갑옷이었다.

붉은 기운이 스러지며 일도살의 모습이 드러났다.

장포가 무검파천황에 의해 무수하게 그어졌지만 드러난 상반신은 너무도 멀쩡했다. 피부 대신 번들거리는 비늘로 덮여 있는 그의 모습은 인간이기 보다 괴수에 가까웠다.

일도살은 뱀 껍질과 같은 피부를 어루만지고는 회심의 괴소를 흘렸다.

"크흐훗, 과연 아수라파천마공의 위력은 대단해. 수련 경지가 칠성에도 미치지 못하지만 극마지체에 이른 내 육신은 무쇠보다 단단해졌다. 일검향, 이제 네놈이 죽을 수밖에 없는 이유를 알겠느냐?"

일검향은 어깨에 걸쳤던 검을 허리춤에 찼다.

'쾌검으로는 죽일 수 없다. 어떻게든 놈의 약점을 찾아야 한다.'

일도살은 절대 죽지 않는다는 자신감에 한껏 고무되었다. 그의 심마도가 붉은 벼락이 되어 내리꽂혔다.

번쩍!

일검향은 감히 맞받을 수가 없어 급히 신법을 펼쳐 이동했다.

순간 일도살의 몸이 모래처럼 부서지며 사라졌다가 일검향의 등 뒤에서 나타났다. 잔상이 선보였던 절기인 풍사잔영표였다.

퍼억!

등판을 가격당한 일검향은 울컥 피를 뿜으며 앞으로 몸을 날렸다.

'윽, 풍사잔영표까지 터득했단 말인가?

앞서 잔상과 겨루면서 풍사잔영표의 현란한 신법을 경험했기에 사정권 밖으로 빠져나가야만 했다. 풍사잔영표는 상대를 그림자처럼 따라붙는 경이적인 신법이기에 한번 휘말리면 반격이 불가능하다.

일도살은 잔혹한 미소를 머금으며 심마도를 휘둘렀다.

"카하핫! 최대한 달아나라, 일검향! 네놈의 사지를 하나씩 잘라 버리겠다!"

쐐애액!

핏빛 광선이 일검향의 다리를 겨냥해 쏘아졌다. 일검향은 돌아보지도 않은 채 검을 뒤로 돌려 핏빛 광선을 막아냈다.

승기를 잡은 일도살의 공격이 폭풍처럼 이어졌다.

무검파천황으로도 죽일 수 없는 적이기에 일검향은 반격조차 제대로 펼칠 수가 없었다. 일도살의 심마도는 일 초 일 초가 폭발적이라 도검이 충돌할 때마다 일검향은 기혈이 들끓었다.

지켜보던 추가영이 입술을 곱씹었다.

"저 악마 같은 놈을 어떻게 해야 죽일 수 있죠?"

금룡왕자가 침통한 표정으로 말을 받았다.

"극마지체는 금강불괴지신과 버금갈 마도 최고의 절학이다. 일도살이 비록 완성 단계에 이르지 않았지만 일검향으로서는 극마지체를 파괴할 가능성이 거의 없어."

"그럼… 검랑의 죽어가는 모습을 지켜봐야 한단 말입니까?"

"잠시 기다리자. 잔상과 혈상을 상대로 겨뤘던 일검향이다. 그에게는 긴급한 사태를 반전시킬 특별한 능력이 있어."

두 사람은 막연한 희망을 품은 채 지켜볼 수밖에 없었다.

일도살은 쥐를 놀리는 고양이처럼 압도적인 마공으로 일검향을 희롱했다.

"카하핫! 왜 이렇게 날 실망시키는 것이냐, 일검향? 좀 더 강하게 대항하지 못하겠느냐?"

심마도를 거둔 그는 불꽃을 일으키는 장법으로 일검향을 거칠게 몰아붙였다. 일검향을 흠씬 두들겨 팬 후 찢어 죽일 생각이었다.

장법에 적중된 일검향은 비틀비틀 물러서면서도 범황천안술을 구사하고 있었다. 무공의 허점은 물론이며 일도살의 급소를 찾아내기 위함이었다.

'놈에게도 허점이 있을 것이다. 일격에 죽여야 한다.'

그러나 강력한 호신강기와 핏빛 비늘에 의해 보호되고 있는 일도살은 어찌해 볼 도리가 없는 불침지체였다. 또한 모래알처럼 흩어졌다 다시 뭉쳐지는 기괴한 신법까지 펼치고 있기에 도저히 반격의 기회를 잡을 수가 없었다.

퍼퍼퍽!

일도살의 긴 손톱이 칼날처럼 파고들었다. 가슴과 옆구리를 후벼파인 일검향은 고통을 씹어 삼키며 자청검을 휘둘렀다. 검극이 정확히 일도살의 천돌혈로 파고들었지만 마치 철벽을 찌른 듯 검신이 크게 휘었다.

"카하핫!"

광소를 터뜨린 일도살은 스르르 미끄러지며 손톱에 묻은 피를 혀로 핥았다.

"인간의 피가 이렇게 향기로울 줄은 몰랐군. 아수라파천마공을 대성하려면 백 명의 피를 마셔야 한다고 들었다. 네놈에게 첫 번째 희생자가 될 수 있는 영광을 주겠다."

일검향은 과도한 출혈과 내외상으로 인해 정신이 혼미했다. 초인적인 의지를 발휘해 기습을 노렸지만 그 또한 속절없이 무산되었다.

원수는 너무도 강했다. 여태껏 무수한 강적들과 겨루면서 극적인 반전으로 상대를 쓰러뜨린 그였지만 이번에는 도저히 상대가 될 수 없었다.

그의 기억에도 이렇듯 인간 한계를 초월한 존재는 오직 한 명뿐이었다.

아득한 참회동에서 대면했던 천불성승!

금강불괴의 법신을 지닌 그 앞에서 절망하듯 이번에는 극마지체를 지닌 일도살 앞에서 절망하고 만 것이다.

이때 그의 귀속으로 추가영의 서글픈 전음성이 들려왔다.

"검랑, 왕자님의 말로는 저 악마를 상대할 수 있는 무공은 천불성승의 절학뿐이라 합니다. 마(魔)가 아무리 강해도 불문의 법력을 이길 수 없다 했어요. 흑, 제발 정신 차리세요."

일검향은 지그시 이를 깨물었다.

'그래, 석가세존께서는 마왕을 이겨내고 성불하셨다. 마력이 아무리 강해도 불력을 능가할 수 없다.'

그는 여의심법을 운기해 혼신의 공력을 장심에 운기했다.

최후의 반격!

그도 더 이상 버틸 힘이 없었다.

그의 의지가 아무리 굳건해도 육신이 무너지고 있었다. 눈까풀이 저절로 감겨 일도살의 모습조차 제대로 보이지 않았다. 어차피 눈을 뜨고 있어도 풍사잔영표를 펼쳐 움직이는 일도살의 행적을 쫓을 수 없기에 감거나 뜨거나 중요한 문제는 아니었다.

일도살은 긴 손톱을 일검향의 가슴에 꽂았다.

"크흐흣, 네놈의 심장부터 씹겠……!"

순간 일검향은 왼손으로 그의 손등을 억눌렀다.

"오냐, 마음껏 즐겨라!"

동시에 그의 오른 손바닥이 일도살의 심장 부위를 강타했다.

금빛 기운이 그의 손부터 팔뚝까지 화려하게 물들였다. 금마오절기 중 최강의 위력을 지닌 범황통천장이었다. 심한 내외상으로 인해 오성 공력에도 미치지 못했지만 마공을 제압하는 성스런 불력이 깃든 절기였다.

그의 정신과 의지, 육신의 모든 힘이 응집된 마지막 반격이 전개된 것이다.

일도살은 일검향의 반격을 무의미한 몸부림으로 생각했다. 일검향이 건재한 상태라도 두렵지 않았기에 그의 일장을 거의 죽어가는 자의 마지막 발악으로 조소했다.

한데 일검향의 장심이 가슴에 닿는 순간 형용할 수 없는 기운에 전신의 피가 싸늘하게 식었다. 그의 정신마저 휩싸고 있었던 마기가 한순간에 소멸된 것이다.

퍼억!

둔탁한 폭음과 함께 호신강기가 와해되었고, 그의 전신을 철갑처럼 뒤덮고 있던 붉은 비늘의 일부가 튕겨져 나갔다. 실로 예상치 못한 대반전이었다.

"크아악!"

일도살은 상처 입은 짐승이 울부짖듯이 처절한 비명과 함께 오 장 밖으로 날아갔다. 순간적으로 아수라파천마공이 흩어지면서 오장육부가 상하는 내상을 입은 것이다.

묵묵히 지켜보던 금룡왕자가 불끈 섭선을 감싸 쥐었다.

"가영, 어서 네 공력을 내게 주입시켜라."

"왕자님……?"

"시간이 없다. 어서!"

금룡왕자의 다급한 재촉에 추가영은 두 손을 그의 등에 갖다 댔다. 요지선자에게 이어받은 그녀의 공력이 그의 경혈을 타고 봇물처럼 스며들었다.

일시적으로 내공을 회복한 금룡왕자가 둥실 떠올랐다.

"환주금천강!"

그는 일도살을 향해 섭선을 겨누었다.

그의 섭선은 교룡의 가죽으로 제작된 천하의 신병이다. 금교선에서 뻗어 나간 금색 강환이 폭포수처럼 일도살을 향해 내리꽂혔다. 광선으로 화한 강환이 일도살의 드러난 피부 속으로 파고들었다.

"카아아악!"

일도살은 처절한 비명 소리를 발하며 데굴데굴 굴렀다.

앞서 일검향의 범황통천장에 의해 예기치 못한 내상을 입은 와중에 다시 환주금천강기에 치명상을 당한 것이다.

악마의 무공인 아수라파천마공을 수련한 덕분에 그는 몸이 토막 나지 않는 한 절대 죽지 않는 신체를 지녔지만 내상의 고통은 고스란히 느껴야 했다.

검붉은 피를 토해낸 그가 겨우 몸을 일으켜 입구 쪽으로 달려갔다.

금룡왕자는 그를 향해 재차 환주금천강을 발출했다.

"차앗!"

일도살은 원독 어린 눈빛으로 금룡왕자를 쏘아보았다.

"크으으, 금룡! 네놈은 혼백조차 빠져나가지 못할 것이다!"

기관 장치를 작동시킨 그는 문이 열리는 찰나지간에 풍사잔영표를 펼쳐 연공실을 빠져나갔다. 동시에 핏빛 강기가 날아들며 문을 여닫는 기관 장치를 파괴해 버렸다.

그그궁!

요란한 기관 소리와 함께 청동문은 굳게 닫혔다.

바닥으로 내려선 금룡왕자는 비통한 모습으로 몸을 떨었다.

"은룡… 은룡을 반드시 죽였어야 했는데……!"

울컥 피를 토한 그는 나무토막처럼 풀썩 쓰러졌다.

"왕자님?"

추가영이 급히 달려와 그를 부축해 안았다.

금룡왕자의 입에서 흘러나오는 피가 유난히 붉었다. 그것은 내상에 의한 피가 아니라 심장에서 흘러나오는 피였다. 그는 가쁜 숨을 몰아쉬며 입술을 달싹거렸지만 너무도 미약해 무슨 소리인지 알아들을 수가 없었다.

“왕자님! 왕자님?”

추가영은 너무도 당황해 어찌해야 할 바를 몰랐다.

금룡왕자가 죽게 될 경우 그 파급은 상상도 할 수 없다. 분노한 영천왕은 수십만 군병을 동원할 것이며, 이로 인한 천하대란으로 무림계는 물론이고 나라마저 위태로운 혼란에 처하게 될 것이다.

이때 일검향이 비틀비틀 다가섰다. 심한 출혈로 인해 걸음마다 피로 찍힌 족인이 바닥에 새겨졌다.

“내가 살펴볼게.”

그는 자신의 부상도 마다한 채 금룡왕자를 진맥했다.

금룡왕자의 동공은 이미 풀려 있었다. 안색은 잿빛이었고 체온마저 빠른 속도로 저하되고 있었다.

일검향은 잠시 고민하다가 금룡왕자의 혈도 몇 곳을 찍었다. 하나같이 위험한 사혈이기에 놀란 추가영이 비명을 질렀다.

“앗! 어… 어쩌려는 거예요, 검랑?”

“이미 심맥이 끊어졌어. 회생은 불가능해.”

“예에?”

“패상의 기습이 치명적이었기에 절대 안정을 취해야 할 몸이었다. 그런 몸으로 무리하게 공력을 운기해 강기를 발출하면서 심맥이 끊어진 거야.”

추가영은 탄식하며 주저앉았다.

“맙소사! 왜… 왜 그렇게까지…….”

“일도살을 죽이지 못할 경우 엄청난 사태가 야기되기 때문이지. 일도살이 마상들의 추대를 받아 은천마국의 국왕에 오른다면 천하가 피로 물들게 될 것을 우려한 거였어. 자신과 영천왕에 의해 창건된 마국이기에 최후까지 책임을 다하려 한 거였어."

"하지만… 악마는 달아났고 왕자님만 목숨을 잃게 되었어요."

일검향은 가부좌를 틀고 앉아 간단히 응급처치를 했다.

"어쩌면 금룡왕자 스스로 죽기를 원했는지도 몰라."

"왜요?"

"자신의 힘으로 마국를 해체시키지 못했다는 죄책감 때문이지. 금룡왕자는 영천왕을 뵐 면목이 없기에 죽음을 불사한 공격을 전개했던 거야."

추가영은 소매로 금룡왕자의 얼굴을 닦아주었다.

"체면과 위신이 목숨보다 중요한 건가요?"

"명예와 사명감 때문이겠지. 두 가지를 잃었기에 금룡왕자는 장렬한 희생을 선택할 수밖에 없었던 거다."

일검향은 물끄러미 금룡왕자를 내려다보았다.

그의 점혈 수법 덕분에 회광반조 현상이 일어났다. 얼굴에 화색이 감돌며 금룡왕자가 스르르 눈을 떴다.

일검향이 무거운 어조로 물었다.

"금룡왕자, 명예로운 죽음도 좋지만 이 사태를 어쩌려고 죽음을 선택하신 거요?"

금룡왕자의 입가에 서글픈 미소가 감돌았다.

"난 살아서 아버님을 뵐 면목이 없네. 마국을 해체하라는 왕명조차 수행하지 못했고… 은룡마저 마상들과 결탁하게 만들었어."

"일도살은 이미 왕부마저 배신할 흑심을 품고 있었소."

"이제… 끝났네. 기관이 폐쇄됐으니 자네와 가영마저 이 연공실에서 뼈를 묻게 되었어."

일검향은 무심하게 말을 받았다.

"지하 백 장 깊이의 참회동에서도 탈출한 나요. 내가 살아 있는 한 반드시 탈출할 수 있소."

"그래… 자네라면… 자네라면 가능하겠지."

금룡왕자는 떨리는 손으로 그의 손을 쥐었다.

"만일 탈출하게 되면… 내 수급을 가지고 나가야 하네. 왕부를 찾아가 아버님을 뵙고 반드시 내 수급을 전하게. 그래야 아버님께서 믿으실 테니까."

"그리하겠소."

"그리고… 날 죽인 사람은 은룡일세. 내가 은룡에 의해 죽었음을 고해야 하네. 부탁일세."

"금룡왕자, 왜 마상들의 음흉한 계책에 따르려 하시오?"

생명지기가 급속도로 소진된 금룡왕자는 보기에 안쓰러울 만큼 온몸을 떨었다.

"나 역시 영천왕부와 무림이 충돌하기를 원치 않네. 그런 사태가 발발하면… 아버님 역시 군왕의 명예와 권위를 잃게 될 것이네."

"……."

"은룡과 난 정당하게 싸웠고… 은룡이 마국왕이 되어 은천마국을 관장하게 되었다고 고해주게나. 아버님도 차마 자식인 은룡을 벌하지 못할 것이네. 이제 무림의 문제일세. 부끄럽지만 무림에서 이 사태를 해결해 주기를 바라겠네."

일검향은 조용히 고개를 끄덕였다.

"알겠소. 나 역시 무림계 내에서 이번 사태가 해결되기를 원하고 있소. 영천왕께서 더 이상 개입하지 않기를 바랄 뿐이오.”

“검향, 그럼… 자네에게 모든 것을 맡기겠네.”

금룡왕자의 음성이 점점 목구멍 안으로 묻혀갔다. 숨소리가 높아지고 체온이 싸늘해졌다.

“부탁이네……. 왕부의 악(惡)을 반드시… 반드시…….”

금룡왕자는 그렇게 숨이 끊어졌다.

부친인 영천왕의 과오로 인해 창건된 마국을 해체하기 위해 고심했지만 뜻을 이루기도 전에 몸이 먼저 쓰러진 것이다. 황궁무고에서 절세고수로 성장하였고, 강호에서 풍류제일공자로 행세하기도 했지만 군왕의 아들이 헤쳐 나가기에 무림은 너무 가혹했던 것이다.

추가영은 가슴 아픈 오열로 그의 죽음을 애도했고, 일검향은 그의 눈을 감겨주고 옷을 추슬러 주었다.

이제 그들의 문제를 생각해야 할 상황이었다.

과연 폐쇄된 연공실 내에서 어떻게 탈출하느냐가 가장 시급한 당면과제였다.

2

태상전 의사청에는 다섯 명의 마상이 둘러앉아 의견을 나누고 있었다.

보상(寶相)은 대부분을 외부에서 지내기에 태상전 회의에 참석하는 일이 거의 없다. 그는 은천마국에 필요한 재원을 조달하고 물자를 공급할 뿐 마국의 운영에는 깊이 개입하지 않았다.

귀상은 차를 한 모금 마시고는 힐끗 패상 쪽을 보았다.

“부상은 좀 어떤가?”

패상은 팔뚝에서부터 잘린 오른팔을 붕대로 친친 동여매고 있었다. 졸지에 외팔이가 되었지만 표정은 무심했다.

“괜찮네.”

잔상이 과자를 우물거리며 한마디 던졌다.

“그까짓 팔 하나 없어도 사는 데 아무 지장 없어. 난 애꾸에 외팔이, 외다리로 수십 년을 살아왔으니까.”

요상이 우아하게 과일을 씹으며 빈정거렸다.

“호호, 그게 자랑은 아니잖아요?”

“뭐야?”

잔상이 탁자를 치며 벌떡 일어서자 귀상이 소매를 저어 제지했다.

“그만두게. 자네 또한 부상을 당한 몸이니 당분간 심기를 안정시켜야 하네.”

조언이라기보다는 은근한 질책이었다.

잔상은 일검향과의 삼 초 대결에서 이기지 못한 일이 거론되자 머쓱한 표정으로 자리에 앉았다.

혈상은 차 대신 붉은빛을 발하는 술을 마시며 물었다.

“일도살의 부상이 심각하다 들었는데?”

“장기가 손상될 만큼 상당한 내상을 입은 것은 사실이네. 일검향의 장력에 아수라파천마공 일부가 훼손되었고, 금룡왕자가 강환을 날렸다고 하더군.”

“믿을 수가 없군. 내 도법에 거의 만신창이가 되었는데 언제 회복되었단 말인가?”

“천불성승이 전수한 불력 덕분이겠지. 늙은 중이 저 깊은 참회동 밑

바닥에 앉아서까지 방해를 할 줄은 몰랐네."

귀상은 네 명의 마상을 둘러보며 말을 이었다.

"어쨌거나 이제 은천마국에 위협이 될 존재들은 모두 제거되었네. 금룡왕자는 패상의 공격으로 치명상을 입었지. 그런 몸으로 무리하게 환주금천강기를 발출한 이상 심맥이 끊어져 죽었을 것이네. 금룡왕자가 죽은 이상 마국을 해체하려는 영천왕의 계획은 무산되었다고 볼 수 있네."

"영천왕이 금룡왕자에 대한 복수를 내세워 본국을 공격할 가능성도 있지 않은가?"

패상이 반론을 제기하자 귀상은 빈 잔에 차를 가득 따랐다.

"내가 일도살과 함께 영천왕부를 방문할 생각이네."

"위험하지 않겠는가?"

"흐훗, 누가 감히 날 죽일 수 있단 말인가? 영천왕 역시 아둔한 사람이 아닌 이상 마국의 가공할 잠재력을 잘 알고 있을 것이네. 난 일도살을 차기 국주로 추대할 의견을 제시할 생각이네. 또한 영천왕부와의 완전한 결별도 선언해야겠지."

요상이 귀밑머리를 내리쓸며 물었다.

"분명 금룡왕자에 대해 물을 텐데 어떻게 답변할 생각입니까?"

"그것은 일도살이 답변할 사항이지. 아마 자신이 죽였다고 말할 것이네. 이미 형제 간에 살겁이 벌어졌는데 다시 아비가 자식을 죽이는 패륜 행위까지 전개되지는 않으리라 생각되네. 영천왕은 자신의 분신과 같은 금룡왕자의 시신을 보는 순간 이미 삶의 의욕을 상실할 테니까."

요상과 패상은 서로를 보며 고개를 끄덕였다. 귀상의 계책에 십분 동조한다는 표정이었다.

잔상이 독목을 번득이며 물었다.

"한데 일도살이 과연 국주로서 자격이 있는 겐가?"

"물론일세. 왕자의 신분이니 존엄성을 인정할 수 있고, 스스로 천예사원에 뛰어들어 칠 년에 걸친 수련을 받아 성장했으니 의지와 정신력을 높이 평가할 수 있네. 더군다나 이번에 아수라파천마공을 수련했으니 무공에 있어서도 천하 최강이라 할 수 있네."

"천하 최강?"

혈상이 비릿한 조소를 지으며 반박했다.

"내가 알기로 아수라파천마공을 터득한 자는 도검불침의 극마지체를 이룬다 하더군. 전설이 사실이라면 일도살은 어떤 병기와 무공으로도 쓰러뜨릴 수 없어야 하지. 한데 일검향과 금룡왕자의 합공에 의해 부상을 당하지 않았는가?"

"혈상, 일검향이란 놈은 진정 무서운 강적일세. 놈에 의해 패상의 팔이 잘렸고, 잔상과 자네조차 놈을 죽이지 못했지 않은가? 놈은 자객술 외에도 천불성승의 불문무공과 사도진성으로부터 절대쾌검까지 터득했네. 일도살이 당한 것은 마와 극성을 이루는 천불성승의 불문무공 때문일세. 물론 일도살의 수련이 아직 미흡해서 당했지만 마력이 훨씬 강해지면 누구도 일도살을 이길 수 없을 것이네."

귀상은 혈상과 잔상을 번갈아 보았다.

"자네들이 정 불복하겠다면 일도살과 한번 겨룰 수 있는 기회를 주겠네. 단, 생사는 장담할 수 없군."

워낙 자신만만한 공언에 혈상은 입을 다물었고, 잔상은 공연히 헛기침을 내뱉었다.

요상이 눈웃음을 치며 화제를 돌렸다.

"귀상, 금룡왕자가 죽었다 해도 일검향은 아직 살아 있습니다. 놈이 연공실을 격파하고 나올 수도 있지 않습니까?"

"일도살이 기관 장치를 파괴하고 나왔기에 연공실 내부에서 청동문을 여는 것은 불가능해. 외부에서도 열 수 있을지 모르겠네만 금룡왕자의 시신을 왕부로 가져가야 하니 조만간 연공실을 열어야겠지."

"놈이 뛰쳐나오면 누가 상대하죠? 마상들 체면에 자객 하나를 상대로 합공을 펼칠 수는 없잖아요? 그럴 사람들도 아니고요."

귀상은 차의 향기를 음미하며 맛있게 찻잔을 비웠다.

"차기 국주가 있는데 뭐가 걱정인가? 일도살은 몸이 회복되는 대로 연공실을 폭파해서라도 열려고 할 것이네. 일검향과는 지독한 원한 관계에 있으니까."

그는 마상들을 차례대로 쓸어보았다.

"흐흣, 그때 아수라파천마공의 진정한 위력을 보게 될 것이네. 왜 악마지공으로 불리웠는지 말일세."

3

입고 있던 장포를 찢어 수의를 대신했으니 왕자의 체통이 말이 아니었다. 금룡왕자를 대하는 일검향은 미안한 마음을 금할 수 없었다.

은천마국이란 괴물은 영천왕의 과도한 욕심과 귀상의 간계에 의해 창건된 것이지 금룡왕자에게 책임을 돌릴 수는 없었다. 사실 그가 총상 직을 맡고 있었기에 무림천하에 닥칠 혈겁이 제어됐는지도 모를 일이었다.

그런 그가 군왕의 밀명을 받들어 은천마국을 해체하기 위한 작업에
나섰다가 젊은 나이에 고혼이 되었으니 불운이 아닐 수 없었다.

일검향은 쓰린 마음을 달래며 몸을 일으켰다.

"탈출할 방도부터 찾아보자."

추가영은 시무룩한 표정으로 말을 받았다.

"일도살 그놈이 기관 장치를 파괴했다는 것은 우리의 탈출을 막겠다
는 뜻이에요. 이런 연공실에 달리 출구가 있겠어요?"

"과연 그럴까?"

"그 악마가 기력을 회복해 다시 찾아올 때까지 우리는 꼼짝없이 갇
혀 있을 수밖에 없다고요."

"그렇다면 우리도 몸을 회복할 시간은 있는 셈이군."

태연하게 응수한 일검향은 한쪽 벽에 나란히 설치돼 있는 세 개의
석실 문 쪽으로 시선을 돌렸다.

"그리고 보니 물 한 모금 마셔본 지도 꽤나 오래된 것 같구나."

그 말을 듣자 추가영도 갑자기 심한 갈증을 느꼈다.

"맞아요. 배도 몹시 고파요."

"허기를 느낀다는 것은 좋은 현상이야. 정신적으로 안정이 되었다는
것을 의미하니까."

그들은 물과 먹거리를 찾기 위해 석실로 다가섰다.

추가영이 가장 오른쪽 문을 밀쳤다.

폭은 좁았지만 안쪽으로 깊은 방이었다. 좌우 벽으로 각종 병기가
진열돼 있는 것으로 보아 병기고가 틀림없었다. 가장 보편적으로 사용
되는 도검과 창은 그 종류만도 수십 종이 되었다. 몇몇 병기는 일견해
도 신병에 해당될 만큼 서기를 발하고 있었다.

　두 사람은 신병에 대해 별반 욕심이 없었기에 그저 구경 삼아 둘러 보기만 했다.

　추가영은 천지쌍검이라는 신병을 지녔기에 웬만한 보검은 눈에 들어오지도 않았다. 일검향 역시 천사명왕에게 하사받은 자청검을 목숨처럼 소중히 여겼기에 병기를 바꿀 마음이 없었다.

　일검향은 병기대 안쪽에 걸린 갑옷을 살피다가 번들거리는 피풍의를 한 벌 꺼내 들었다.

　"천잠사로 짠 보의로군."

　그는 추가영의 어깨에 천잠피풍의를 둘러주었다.

　"가영이 입어. 연공실을 나가게 되면 한바탕 싸움이 벌어질 텐데 아주 요긴하게 써먹을 수 있겠어."

　"아, 이게 무림의 보물이라는 천잠보의로군요."

　추가영은 천잠피풍의를 두르고는 멋을 내듯이 한바퀴 빙그르르 돌았다. 그러다 무슨 생각인지 피풍의를 벗어 팔에 걸쳤다.

　"아니에요. 나보다 검랑에게 더 필요한 보의예요. 일도살이 악마지공으로 극마지체가 되었으니 검랑도 천잠보의로 몸을 보호하세요. 그래야 정당한 승부가 되는 겁니다."

　"가영이 입어. 난 범천강기를 수련했기에 놈의 악마지공을 충분히 감당할 수 있어."

　"좋아요. 그럼 우리 다른 사람에게 양보하기로 해요."

　일검향은 다소 어이가 없다는 듯 물었다.

　"다른 사람이라니?"

　"금룡왕자님 말이에요. 명색이 왕자의 신분인데 염습도 못해 주었잖아요? 수의 대신 천잠피풍의라도 입혀드리고 싶어요."

일검향은 그의 갸륵한 마음씨에 잔잔한 감동을 느꼈다.

"그래, 최후까지 명예를 지킨 사람이니 그만한 자격이 있지."

병기고를 나선 그들은 가운데 석실로 들어갔다.

역시 병기고와 유사한 형태의 방이었다. 좌우 벽을 따라 서가가 길게 뻗어 있었다. 한데 서가는 책 한 권 없이 텅 비어 있었다.

추가영이 입맛을 쩍 다셨다.

"금룡왕자님 말이 사실이군요. 천세무광 국주는 무공을 터득한 후 비급을 없애 버린다고 했어요. 서가가 모두 빈 것으로 봐서 이 안에 있는 모든 무공을 터득한 게 틀림없어요."

일검향은 잠시 서가를 둘러보고는 몸을 돌렸다.

서가가 모두 책으로 채워져 있었다면 수천 권은 되었을 것이다. 그 모든 것을 읽기에도 머리에 쥐가 날 상황인데 몸소 터득했다는 것은 상상도 할 수 없는 일이었다. 타고난 무골이 아니고서는 수련이 불가능했을 것이다.

하지만 그 모든 것이 무슨 의미가 있겠는가? 천 가지 무공과 만 가지 초식을 터득했다 해도 결국 남는 것은 없었다.

세 번째 석실은 무고였다.

추가영은 가벼운 흥분에 젖었다. 앞서는 악마지공을 수련한 일도살이 나서는 바람에 미처 들어가 보지 못한 석실이었다.

금룡왕자의 말대로라면 천세무광은 이곳에다 자신이 터득한 무공을 모두 새겨두었을 것이다. 천세무광은 세상의 모든 무공을 터득한 광인이기에 연공실의 청동문을 박살낼 신공이라도 새겨두었기를 기대했다.

석실 문이 열리며 엷은 핏빛 기운이 엄습해 왔다.

"아!"

추가영의 입에서 비명이 터져 나오는 것과 동시에 일검향의 쾌검이 발출되었다.

번쩍!

검기에 베어진 붉은 기운이 좌우로 갈라지며 문을 통해 빠져나갔다.

일검향은 추가영을 막아선 채 빠르게 실내를 살폈다.

무고는 앞서 보았던 병기고와 서고를 합친 크기였다. 천장은 아주 높았고, 바닥이며 벽 모두가 검은색으로 칠해져 있었다. 하지만 검은색 안쪽은 하얀 대리석이라 칠이 벗겨진 부분이 극명하게 드러났다.

일검향은 아무런 위험도 감지되지 않자 경각심을 풀며 옆으로 비켜섰다.

"아수라파천마공의 마기가 남아 있었나 보군."

추가영이 석실 안쪽을 가리켰다.

"누가 있어요!"

두 사람은 바닥에 무수하게 새겨진 족인을 피해 안쪽으로 향했다.

화려한 곤룡포를 걸친 노인이 한쪽 무릎을 꿇고 있었다. 노인은 한 손을 뻗어 허공을 향했고 다른 한 손은 바닥을 가리키고 있었다. 머리카락은 백발이고 긴 수염도 희었다.

세월의 오랜 흐름만큼 깊은 주름이 새겨진 노인은 기골이 아주 장대했다. 한쪽 무릎을 꿇은 상태라도 추가영이 올려다봐야 할 정도였다.

노인은 두 눈을 부릅뜨고 있었지만 동공에는 이미 생명의 기운이 사라진 뒤였다. 죽기 직전의 심정이 아주 복잡했는지 분노와 격동, 고뇌와 회한이 뒤엉킨 모습이었다.

그는 이미 죽어 석화가 된 몸이지만 살아생전 금강지체를 이루었기에 육신이 전혀 손상되지 않을 수 있었다.

추가영은 다소 두려운 표정으로 노인을 주시했다.

"이… 이 사람이 마국주 천세무광인가 보죠?"

"그래. 죽어서도 그 위세가 대단하군. 만일 살아 있는 몸이었다면 감히 그와 눈을 마주칠 생각도 못했을 거야."

"세상은 정말 넓군요. 사람들은 고작 천상삼비와 천중육기만 알고 그들이 강호의 최강고수라고 생각하고 있지요. 한데 태상전 마상들이나 마국주는 그들과 능히 비견될 만한 절세고수들이에요."

일검향은 천세무광이 손끝으로 가리키고 있는 바닥을 내려다보았다.

바닥에는 헤아릴 수 없는 많은 족인과 장인이 겹쳐 새겨져 있어 그 형상을 알아보기가 힘들 정도였다. 족인의 형태도 제각각이었고 장인은 그 깊이가 달랐다.

'대체 무엇을 의미하는 것일까?'

일검향은 시선을 들어 천세무광이 손을 치켜들고 있는 방향을 세심하게 살펴보았다.

하얀 대리석 위에 검은 색칠을 했기에 장인과 권인, 지법의 흔적이 역력했다. 하지만 바닥보다 더 많은 흔적이 겹쳐져 있어 하나의 초식이 어떻게 전개되었는지 추적하려면 무고의 바닥과 벽이며 천장 모두를 뒤져야 가능할 것 같았다.

추가영은 어느 정도 두려움이 가신 듯 천세무광의 몸을 손끝으로 쿡쿡 찔러댔다.

"와아, 죽어서도 몸뚱이가 무쇠처럼 단단해요. 대체 일도살이 무슨 방법으로 국주를 죽일 수 있었죠?"

일검향은 어지럽게 새겨진 흔적을 두루 살피며 건성으로 대답했다.

"아수라파천마공을 터득한 자는 주화입마를 당한다면서? 천세무광은 불구가 되었을 테니 일도살의 암습을 막아낼 수 없었겠지."

추가영이 그 옆으로 쪼르르 다가섰다.

"뭘 그렇게 열심히 살펴요? 이참에 천세무광이 남긴 무공이라도 터득할 생각이세요?"

무고 내부를 한 바퀴 돈 일검향은 나직이 탄성을 발했다.

"진정 무학의 보고(寶庫)야. 천세무광은 수천 종의 무공을 남겼어. 주로 검법만 살펴보았는데 대략 백 종이 넘어."

"맙소사! 검법만 백 가지가 넘는다고요? 상승검법은 진기 운용이 저마다 다른데 어떻게 그 모든 검법을 수련할 수 있었던 거죠?"

"양심신공을 터득했기에 가능했을 거야. 그가 남긴 장인을 보면 색깔이 수십 가지야. 그것은 극양과 극음의 기운을 모두 지녔다는 것을 의미해. 양심신공을 지니고 않고서는 불가능한 일이지."

일검향은 다소 들뜬 표정으로 바닥과 벽의 족인을 따라 몸을 이동시켰다.

그는 벽과 천장을 타고 빠르게 이동하며 손을 세워 검법 초식을 펼쳐 보였다. 평소답지 않게 천세무광이 남긴 무공의 흔적에 푹 빠진 모습이었다.

"……?"

추가영은 물끄러미 그를 지켜보다가 무고를 나왔다.

그가 왜 갑자기 천세무광이 남긴 흔적에 집착하는지 이유를 알 수 없었다. 그저 남다른 직관력을 지닌 그이기에 달리 이유가 있겠다 싶을 뿐이었다.

무고를 나선 그녀는 주린 배를 움켜쥐며 주변을 두리번거렸다.

“석실에는 먹을 게 전혀 없어. 하지만 국주나 일도살이 이곳에서 수련을 했다면 어딘가 물과 음식이 있어야 돼. 아무리 악마지공을 수련했다 해도 인간이지 진짜 악마는 아니니까 먹지 않고는 살 수 없었겠지.”

석실 옆을 살피던 그녀가 환호를 외쳤다.

“와아! 역시 죽으라는 법은 없어!”

벽을 타고 흘러내린 물이 작은 우물을 형성하고 있었다. 우물 옆으로 옥으로 만든 사발까지 몇 개 갖춰져 있어 추가영은 단숨에 몇 사발을 들이켰다. 물맛은 달고 시원했다.

“갈증은 해소했지만 물만 먹고 살 수는 없잖아?”

그런 고민도 이내 해결되었다. 물이 흘러내리는 벽면 옆으로 엄지손톱만한 버섯이 촘촘하게 자라 있었다.

“쳇, 난 버섯이 싫은데…….”

추가영은 울상을 지으며 버섯을 몇 개 따서 우물거렸다. 생각지 못한 맛에 그녀의 표정이 활짝 펴졌다.

“아, 무슨 버섯이 과일 같아?”

그녀는 기쁜 마음에 버섯을 양손 가득 따서 맛있게 먹었다. 버섯의 즙은 양젖처럼 뽀얗고 고소했고, 씹는 맛은 마와 비슷했다.

사실 사심마전 내의 버섯은 수백 년 묵은 석균(石菌)으로 귀한 약재로 쓰이는 식물이었다. 대지의 영기를 흡수해 성장했기에 하루에 한두 개만 먹어도 충분할 만큼 영양식이며 기력 증진에도 효과가 크다.

든든히 배를 채운 그녀는 버섯을 양손 가득 따 들고 무고로 달려갔다.

“검랑도 좋아할 거야.”

한데 그녀가 석실을 문을 여는 순간 일검향이 날아들며 수검(手劍)으로 검법을 전개했다.

병기에 의한 초식이 아니었기에 예리한 맛은 없었지만 손끝에서 뿜어지는 검화가 축제 때 밤하늘을 수놓는 폭죽처럼 화려했다. 놀랍게도 그 초식은 그녀가 익히 아는 검법이었다.

바로 천지무환검법이었던 것이다.

"세상에나!"

추가영이 입을 딱 벌리자 일검향은 수검을 거두고는 그녀 앞으로 내려섰다.

"비슷해?"

"비슷하다 뿐이겠어요? 그 초식은 제삼초 승월지영(昇月地影)인데 제가 펼치는 것보다 더 완벽했어요."

추가영은 눈을 깜빡이며 벽과 천장에 새겨진 무수한 흔적을 세심하게 살폈다.

"천세무광이 요지선궁의 절학까지 터득했단 말이에요?"

일검향은 석화된 모습으로 한쪽 무릎을 꿇고 있는 천세무광을 바라보았다.

"무광은 진정 무학의 천재였어. 남들이 수십 년에 걸쳐 수련해야 할 심오한 무공도 그에게는 어렵지 않은 몸 동작에 불과했을 거야. 그가 남긴 흔적 중에서 천지무환검법의 초식을 찾아낸 것은 사실 행운이었어. 예전에 요지선자와 대결한 적이 있었기에 그 초식에 대한 흔적을 알아볼 수 있었지."

추가영은 그에 대한 찬사를 아끼지 않았다.

"천세무광이 천재인 것은 확실해요. 또한 흔적만 보고 초식을 재현한 검랑 또한 천재예요."

"집중만 하면 누구라도 나처럼 초식을 재현하는 것이 가능해."

일검향은 그녀의 두 손에 담긴 버섯을 보고는 의아한 표정으로 물었다.

"웬 버섯이지?"

"마실 물은 충분해요. 먹을 것이라고는 그 버섯뿐이지만."

"당분간 굶어 죽을 일은 없겠군."

일검향은 버섯을 입에 넣고 우물우물 씹었다.

"흐음, 아주 향긋하군. 단순한 버섯이 아니라 약재로 쓰이는 석균이 분명해. 이런 귀한 약재를 식용으로 대신하게 됐으니 정말 호사로군."

갈증과 허기에 대한 문제가 해결되자 추가영은 탈출에 대한 의욕이 부썩 솟아올랐다.

"검랑, 혹시 천세무광이 탈출할 수 있는 방법을 새겨놓지는 않았을까요?"

"무광이 그런 방법을 새겨둘 이유가 없잖아? 본래 갇혀 있던 것도 아니고 단지 수련을 위해 연공실에 머물러 있었을 뿐인데."

"하지만 아수라파천마공을 터득하면서 주화입마에 걸리는 바람에 일도살의 암수를 받게 되었잖아요? 천세무광 정도 되는 기인이라면 뭔가 복안을 세워두었을 거예요."

"그럴 시간이 없었을 거야."

그러자 추가영은 그의 손을 이끌고 안쪽으로 향했다. 그녀는 천세무광의 석화된 모습을 가리켰다.

"보세요. 맥없이 당해 죽은 사람의 모습이 아니에요. 한쪽 무릎을 꿇고 바닥을 가리키는 손가락과 허공으로 향한 손바닥, 그리고 굳게 다문 입술을 보면 암수를 당한 후 즉사한 것 같지가 않아요."

천세무광의 자세를 살핀 일검향은 그녀의 예리한 관찰력에 감탄했다.

"가영의 추측이 맞는 것 같군. 하지만 탈출에 대한 어떤 방도를 새겨두었다는 것은 비약이야. 천세무광의 성격상 무공 외에는 어떤 것도 새기지 않았을 테니까."

그는 한쪽 무릎을 꿇으며 석화된 천세무광과 같은 자세를 취했다. 한 손으로 바닥을 가리키고 다른 한 손으로 허공을 향한 그는 과연 천세무광이 무엇을 전하고자 하는지 골똘히 생각해 보았다.

그런 자세에서 바닥과 석벽, 천장에 새길 수 있는 흔적은 한도가 있기에 검토할 부분을 대폭 줄일 수 있었다. 하지만 족인과 장인, 손끝에 의해 패인 흔적을 집중적으로 쫓았지만 어떤 연관성도 찾아낼 수 없었다.

추가영이 하나 남은 버섯을 입에 털어 넣고는 천세무광을 올려다보았다.

"검랑, 이 할아버지가 마국의 국주이기는 해도 우리와는 원한이 없잖아요? 서고의 판자로 관이라도 짜서 안장시켜 드려야 하는 것 아닐까요?"

일검향은 뭔가 깨달은 듯 자신의 이마를 탁 쳤다. 몸을 일으킨 그는 추가영의 어깨를 다정하게 감싸 쥐었다.

"가영, 너의 고운 마음씨가 기특하구나. 네 덕분에 해결의 실마리를 찾을 수 있을 것 같아."

"아, 어떻게요?"

"일단 네 말대로 천세무광을 안장시켜 드리자."

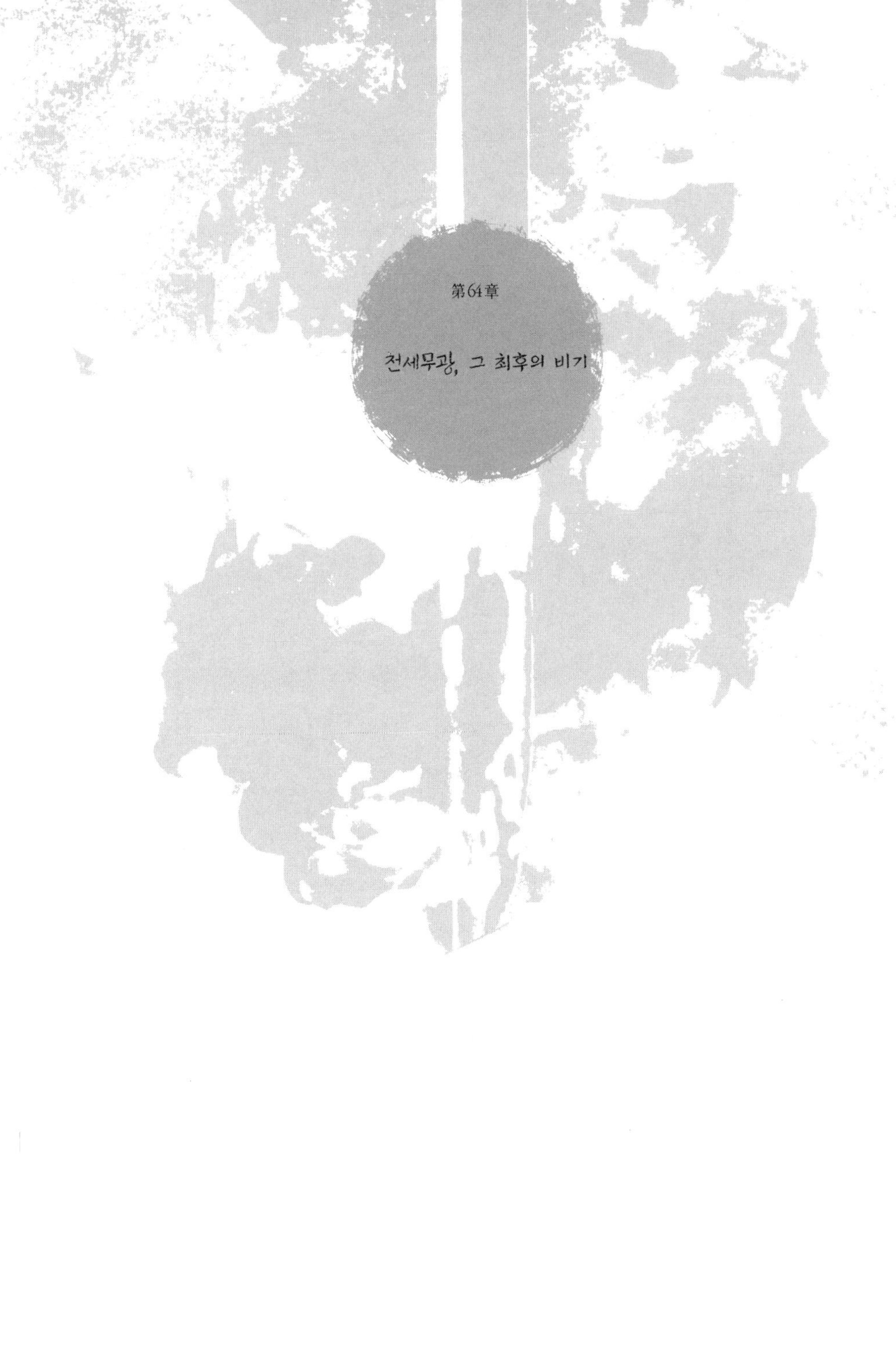

第64章
천세무광, 그 최후의 비기

천세무광, 그 최후의 비기 1

일검향과 추가영은 서고의 서가를 해체해 관을 제작했다. 서가의 판자는 단단한 오동나무였기에 관을 쓰기에 안성맞춤이었다.

두 사람은 천세무광의 육중한 시신을 옮겨 관에 안장시켜 주었다. 관은 병기고로 옮겨졌다. 수많은 병기가 부장품이 되었으니 천세무광도 기뻐할 것 같았다.

다시 무고로 들어선 일검향은 천세무광이 섰던 자리로 향했다.

바닥에는 무려 오 촌 깊이의 족인이 새겨져 있었다. 그곳이 바로 천세무광이 최후의 자세를 취했던 장소였다. 그가 족인을 밟고 한쪽 무릎을 꿇자 추가영도 비로소 상황을 깨닫게 되었다.

"아, 그렇군요? 검랑이 천세무광과 똑같은 위치에 있어야 했군요?"

"맞아. 가영이 천세무광을 안장시켜 줄 생각을 말해주어서 나도 무엇이 잘못됐는지 깨닫게 된 거야."

일검향은 천세무광이 취했던 자세를 그대로 옮기고는 바닥을 주시했다. 여러 개의 겹쳐진 족인 중 세 개의 족인이 유난히 또렷하게 보였다. 그는 족인의 흔적을 따라 시선을 옮겼다. 족인은 갑자기 사라졌지만 그 흔적을 천장에서 다시 찾을 수 있었다. 또한 수검에 의해 새겨진 흔적들이 하나씩 모습을 드러내기 시작했다.

그것이 무슨 수법인지 일검향은 전혀 짐작할 수 없었다. 또한 자신이 왜 이런 수법을 배워야 하는지도 몰랐다. 다만 전무후무한 무학의 천재가 남긴 최후의 비기가 너무도 궁금했고, 자신도 모르게 그 수법에 취하게 되었다.

천세무광이 남긴 최후의 비기!

일검향에게 있어 그것은 해탈을 위한 불문의 화두(話頭)였던 것이다.

2

사심마관 수련장을 지키고 있는 자들은 태상전에서 파견된 호위들이었다. 경비 병력은 호전마공(護殿魔公) 한 명과 네 명의 금마장으로 턱없이 부족한 숫자였다. 하지만 연공실 내부의 기관 장치가 파괴되었기에 일검향의 탈출은 우려하지 않아도 되었다. 그들은 혹시 모를 연공실 내부의 변화를 감시하기 위해 배정된 것이다.

혈마공이란 신분으로 경계를 위해 직접 현장에 파견된 호전마공은 몹시 자존심이 상했지만 태상전의 명령이기에 거역할 수가 없었다. 그는 뒷짐을 진 채 석판 위를 왔다 갔다 했고, 네 명의 금마장이 연공실로 통하는 청동문 앞을 지키고 있었다.

수련장 안으로는 외부의 반사광이 스며들기에 시간의 흐름을 어느 정도 측정할 수 있었다. 지금의 붉은 빛은 밖이 석양 무렵임을 짐작케 해주었다.

호전마공은 더디 가는 시간에 몹시 짜증스러웠다.

'젠장, 야간 교대조가 올 때까지 아직 두세 시진은 더 있어야 하는군.'

그는 뒷짐을 지고 있기도 팔이 아파 손을 풀며 소매를 툭툭 털었다.

그러다 문득 들려오는 미약한 신음성에 고개를 돌려보았다. 놀랍게도 청동문 앞을 지켜서고 있던 금마장이 모두 쓰러져 있었다. 두 명은 피를 쏟고 있었고 다른 두 명은 천돌혈이 뚫린 상태였다.

"허억?"

호전마공은 누군가의 침투를 직감하며 철창을 풀어 손에 쥐었다.

"웬 놈이냐?"

호기롭게 외쳤지만 그의 심장은 쿵쿵 떨리고 있었다. 사심마관은 금라마관보다 더 침투하기 어려운 금역이다. 대체 누가 이곳까지 침투할 수 있었는지 소름이 끼칠 정도였다.

이때 한 사람이 그 앞으로 내려섰다.

상인 복장의 노인은 화려한 치장과 달리 용모는 몹시 추레했다. 눈은 좌우 대칭이 어긋났고 얼굴의 주름이 아주 깊었다. 하건만 당당한 체구에서 느껴지는 신위는 만인을 압도할 정도였다.

호전마공은 절로 위축감에 젖었지만 이곳이 자신의 터전임을 상기했다.

"믿을 수가 없군. 네놈도 천예사원의 자객이냐?"

추레한 노인은 청동문을 가리켰다.

"일검향과 금룡왕자가 연공실에 갇혀 있는 게 확실하냐?"

"모른다. 난 다만 엄중한 경계를 지시받았을 뿐이다."

"문을 열어라. 대신 네놈을 살려주겠다."

호상마공은 창을 비껴 들며 오만스레 응수했다.

"흥, 연공실은 안에서 폐쇄된 상태라 열고 싶어도 열 수 없다."

추레한 노인은 가볍게 눈살을 찌푸리며 소매를 휘저었다.

가벼운 소맷바람이 호전마공의 몸에 이르자 폭풍과 같은 위력으로 바뀌었다. 상승절기인 철수진기(鐵袖眞氣)였다.

"어엇?"

호상마공은 기겁을 하며 급히 철창을 회전시켰다.

차아앙!

날카로운 금속성과 함께 철창이 대번에 박살이 났다. 호전마공은 너무도 현격한 무공의 격차에 등골이 서늘해졌다.

'크으, 이 늙은이의 무공은 마상들과 버금간다.'

그는 재빨리 신법을 펼쳐 수련장 벽을 타고 우회했다.

맞대결을 펼쳐 봐야 도저히 승산이 없는 싸움임을 직감한 것이다. 또한 어차피 연공실 문은 폐쇄되었기에 그가 목숨을 바쳐 지킬 이유도 없었다. 침입자의 존재를 알리는 것으로 문책을 면할 수 있다는 생각에 그는 전력을 다해 줄행랑을 시도했다.

한데 침입자는 노인 혼자가 아니었다.

남루한 승복 차림에 승모를 쓴 비구니가 출입구를 막고 있었다. 비구니는 호전마공을 향해 한 손을 쳐들었다. 백옥처럼 하얀 손이 순식간에 팔꿈치까지 짙푸른 색으로 변색되었다.

"어엇, 천강신수?"

강력한 수강이 내리꽂히자 호전마공은 양손을 교차해 막았다.

퍼어엉!

일진 폭음과 함께 두 사람은 각기 세 걸음씩 뒤로 밀렸다.

이 순간 추레한 노인이 유령처럼 내려서며 호전마공의 어깨를 움켜쥐었다. 쇠갈고리 같은 악력에 호전마공은 대번에 어깨가 으스러져 버렸다.

호상마공의 입에서 절로 비명이 터져 나왔다.

"아악!"

간단히 호전마공을 제압한 노인은 그를 거칠게 내던졌다. 머리가 일부 깨진 호상마공은 고통스런 신음을 토하며 바닥을 데굴데굴 굴렀다.

비구니가 그 앞으로 다가서며 부드럽게 물었다.

"목숨을 소중히 여기세요. 연공실 내에 일검향이란 자객이 갇혀 있는 게 확실합니까?"

호전마공은 턱을 덜덜 떨며 비구니를 올려다보았다. 일순 그의 눈이 휘둥그레 떠졌다. 세상에 이렇듯 아름다운 여인이 왜 비구니가 되었는지 통탄스러울 만큼 절세적인 용모의 소유자였다. 남루한 승복을 걸쳤지만 기품 어린 우아함은 모두 지울 수 없었고, 승모를 썼지만 신비로운 매력을 감출 수 없었다.

호전마공은 잠시 고민하다가 솔직히 털어놓았다.

"사실이다. 태상전을 배신한 총상과 계집 하나가 함께 갇혀 있는 것으로 알고 있다."

비구니는 추레한 노인을 보며 안도의 표정을 지었다.

"노선배님, 아직 무사한 듯합니다."

"그래, 온갖 어려움을 뚫고 잠입한 보람이 있구나."

추레한 노인은 호전마공의 가슴에 발을 얹으며 다그쳤다.

"네놈 같은 버러지는 밟아 죽여도 시원치 않다. 하지만 연공실 문을 열어준다면 네 목숨만은 살려주겠다."

호전마공은 침통한 탄식을 내쉬었다.

"이런 상태에서 내가 반발할 이유가 뭐 있겠냐? 유감스럽게도 난 연공실 문을 여는 방법을 전혀 모른다. 더군다나 이미 안쪽에서 기관 장치가 망가져 열고 싶어도 열 수 없는 상황이다."

비구니는 곧바로 천강지를 날려 그의 마혈과 혼혈을 찍었다.

"이자의 말이 사실인 것 같습니다, 선배님."

추레한 노인은 호전마공을 걷어찼다.

"젠장, 곤란하게 됐군."

"제가 한번 살펴보겠습니다."

비구니는 청동문 옆에 부착된 기관 장치 앞으로 다가섰다.

기관 장치는 수레바퀴처럼 생겼고 돌리기 수월하도록 작은 손잡이가 부착돼 있었다. 수레바퀴 옆에는 수직으로 움직일 수 있는 긴 손잡이가 천장에서 늘어진 몇 가닥 쇠사슬과 연결돼 있었다.

비구니는 천문지리는 물론이고 기관술에도 해박한 지식을 지니고 있기에 기관 장치의 사용법을 이내 파악했다.

"먼저 회전 장치를 돌리면서 손잡이를 동작시키면 될 것 같습니다."

"하지만 이미 기관 장치는 파괴됐다고 하지 않던가?"

"내부의 기관 장치가 파괴되었다지만 외부의 기관 장치가 온전하다면 일부는 작동시킬 수 있습니다."

추레한 노인이 환한 표정을 지으며 물었다.

"오, 그럼 문을 열 수 있단 말인가?"

"조금만 열리다가 멈출 수도 있습니다. 일단 작동시켜 보겠습니다."

"서두르게. 마상 놈들이 들이닥치면 정말 힘겨운 싸움이 될 게야."

"알겠습니다."

비구니는 조심스럽게 회전 장치를 돌리면서 수직 손잡이를 아래로 내렸다. 손잡이와 연결된 쇠사슬이 팽팽하게 당겨지면서 청동문 전체가 요란스럽게 진동했다. 하지만 진동만 일어날 뿐 문은 열리지 않았다.

추레한 노인은 양손 가득 진기를 운집시켰다.

"내가 강제로 열어보겠네."

비구니는 난감한 표정을 짓다가 어쩔 수 없는 듯 고개를 끄덕였다.

"무리하지는 마십시오."

"조금이라도 열리면 군사가 진입하게나."

청동문에 양 손바닥을 붙인 노인은 혼신의 공력을 기울였다. 전신으로 희뿌연 서기가 피어오르며 청동문 전체가 부서질 듯 요동을 쳤다. 노인의 얼굴에 푸른 힘줄이 굵게 돋아났다. 엄청난 공력이 뿜어지면서 청동문이 열릴 듯 심하게 들썩거렸다. 비구니는 재차 회전 장치를 돌리면서 수직 손잡이를 위아래로 작동시켰다.

그그긍!

마침내 묵직한 음향과 함께 청동문이 두 자 정도 옆으로 밀렸다. 완전히 열린 것은 아니지만 사람이 드나들 정도는 되었다.

"아, 됐습니다!"

비구니는 감격스런 표정을 지으며 급히 연공실 안으로 들어섰다. 순간 화려한 검화와 검형이 그녀의 전신으로 내리꽂혔다.

"죽어라!"

깜짝 놀란 비구니는 천강수를 휘두르며 다급히 외쳤다.

"멈춰요, 대백랑!"

팔꿈치까지 푸르게 변한 그녀의 쌍수는 신병에 버금갈 만큼 단단했다.

차차창!

잇단 금속성이 터지며 검화가 흩어지고 검형이 비산되었다. 하지만 변화무쌍한 천지무환검법을 모두 막아내기에는 다소 부족함이 있었다. 검형 한줄기가 머리 위로 스치면서 승모가 쪼개졌다.

검법을 전개한 여인은 물론 추가영이었다. 그녀는 연공실 문이 요동치자 태상전 마상들이 강제로 문을 열고 진입하는 것으로 판단했다. 그들 외에 다른 누군가의 침입자는 상상도 할 수 없기에 그녀의 판단을 탓할 수는 없었다. 그러던 중 그녀는 자신의 별호를 부르는 비구니의 외침에 서둘러 천지쌍검을 회수했다.

"어떻게 내 별호를?"

그러다 비구니의 기품 어린 용모를 대한 그녀는 절로 감탄에 젖고 말았다.

'아, 정말 아름답다. 이런 천하절색이 왜 비구니가 되었을까?

비구니 옆으로 내려선 추레한 노인이 대뜸 추가영을 꾸짖었다.

"대백랑, 이 녀석아! 어쩌자고 함부로 천지쌍검을 휘두르는 것이냐?"

추가영은 입을 쩍 벌렸다. 그녀는 자신이 본 모습을 믿을 수가 없어 연신 눈을 비볐다.

"마… 맙소사!"

이때 일검향이 그녀 옆으로 내려섰다.

그는 무고 안에서 천세무광이 남긴 비기를 찾는 데 몰두해 있었기에 뒤늦게 폭음 소리를 듣고 나서게 된 것이다. 추레한 노인을 대번에 알아본 그는 놀라움을 금치 못했다.

"아니, 엽 노선배?"

그러했다. 추레한 노인은 바로 공공신도 엽운표였다. 물론 그것은 세상에 알려진 이름이고 그의 진실한 성명은 따로 있었다.

엽운표는 일검향의 건재한 모습을 보고는 호쾌한 웃음을 터뜨렸다.

"허허헛! 노제는 과연 신인이로군. 마상들과 격전을 벌였다 들었는데 이렇게 멀쩡하니 오히려 믿을 수가 없을 정도일세."

"반갑소. 어떻게 이곳까지……."

일검향은 반가운 심정에 포권을 취하다가 비구니를 보고는 눈을 번쩍 떴다. 처음에는 자신의 착각이라 생각했다. 한데 아니었다. 신비로운 기품의 비구니는 그의 가슴속에서 한번도 떠난 적이 없던 여인이었다.

바로 의천맹의 군사 감소채였던 것이다.

탐스런 모발 대신 파르라니 깎은 머리였지만 그녀의 고귀한 용모는 변함이 없었다. 오히려 승복을 걸친 모습이 감히 범접할 수 없는 품위를 담고 있었다.

일검향을 바라보는 감소채의 두 눈에 눈물이 그렁그렁 맺혔다.

"검 공자……!"

일검향은 그녀를 바라보며 한 걸음 한 걸음 다가섰다. 영천왕부에서 그녀를 떠나보내면서 그것이 마지막 이별이라 생각했었다.

한데 은천마국으로 침투한 그는 그녀 역시 마국 내에 잠입했음을 알게 되었다. 그 정보를 얻은 대가로 그는 그토록 죽이고 싶어했던 교교를 살려주어야 했었다. 그리고 금라마관에서 만난 사도진성은 그녀의 안전한 탈출을 간절하게 염원했고, 일검향은 갑영과 을화를 구해준 그의 의기에 감복해 그녀를 지켜주겠다는 약속을 했다. 사실 사도진성은 그에게 굳이 약조를 받을 필요가 없었다. 그녀를 위한 길이라면 그 또한 사도진성 이상으로 절실한 마음을 지니고 있었기 때문이다.

그러한 그녀가 오히려 자신을 구하기 위해 마국의 금역인 사심마관까지 찾아왔으니 일검향은 가슴 뜨거운 감동에 젖지 않을 수 없었다.

"감 소저, 당신은 왜 아직 마국을 떠나지 않았소?"

"검 공자는 왜 남아 계십니까?"

"죽여야 할 놈들을 아직 죽이지 못했기 때문이오."

"소녀는 악적들을 섬멸하는 공자의 위대한 업적을 직접 보기 위해 떠날 수가 없었습니다."

감소채는 일검향의 손을 감싸 쥐며 주르륵 눈물을 흘렸다.

"흑, 살아 계셔서 고맙습니다."

"나 역시 같은 심정이오."

일검향은 애써 미소를 지었다.

그녀를 대할 때면 왜 이렇게 가슴이 저미는지 알 수가 없다. 그녀를 바라보는 것만으로 즐겁고 기쁘지만 묘하게도 서글픔이 함께 솟아오른다. 헤어질 때는 냉정하게 돌아서야 하지만 발걸음은 항상 무겁다.

일검향은 그녀를 부둥켜안으며 감동을 만끽하고 싶었지만 보는 사람들의 눈이 있어 그저 그녀와 손을 맞잡는 것으로 대신해야 했다.

이때 추가영이 그들 사이로 끼어들었다.

"언니가 바로 의천맹의 군사인 감소채 언니 맞죠?"

"그래요, 대백랑. 내가 감소채입니다."

감소채는 일검향의 손을 놓고는 그녀의 손을 다정하게 쥐었다.

"서찰을 보낸 적은 있지만 이렇게 대면하기는 처음이군요."

"정말 보고 싶었어요. 대체 어떤 여인이기에 냉혹한 자객의 심장과 정신마저 사로잡았는지 궁금했어요. 한데 이렇게 대하니 검랑의 심정을 이해할 것 같아요. 비구니 모습으로도 너무나 매력적이세요."

"그런 말씀 말아요. 검 공자와는 어렸을 적 친구일 뿐입니다."

"만나서 정말 반갑고 할 얘기가 너무너무 많아요. 한데 어디서부터 얘기해야 할지 모르겠어요."

그러자 엽운표가 점잖게 입을 열었다.

"일에는 순서가 있는 법이다. 일단은 탈출이 급하니 어서 빠져나가자."

추가영은 그가 신비로운 기인이라는 말을 들었지만 아직 믿기지가 않았다. 과거에 그를 현상범으로 추격했던 기억을 떠올리며 슬쩍 떠보았다.

"늙은 도적께서 무얼 훔치려고 마국 깊숙이 뛰어든 겁니까?"

엽운표가 정색을 지으며 말을 받았다.

"지금 너와 농을 주고받을 시간이 없다."

그는 연공실을 두리번거리며 예리하게 살폈다.

"노제, 입수한 정보에 의하면 금룡왕자가 함께 있다 들었는데 왜 보이지 않는가?"

"금룡왕자를 아시오?"

"태상전 칠대마상 중 총상이 아닌가?"

"……?"

"상세한 얘기는 나가면서 말해주겠네. 금룡왕자를 구출하는 일은 아주 중요하네."

추가영이 시무룩한 모습으로 대신 대답했다.

"왕자님… 이미 타계하셨어요."

"뭐, 뭐라고? 금룡왕자가 죽었단 말이냐?"

엽운표의 표정이 충격으로 물들었다. 그는 난감한 눈빛으로 감소채를 바라보았다.

"감 군사, 이를 어찌하면 좋단 말인가? 영천왕부에서 필시 원한을 갚기 위해 대규모 병력을 동원할 테고, 이는 나라의 존망과도 직결될 대 사건일세."

감소채는 긴 한숨을 내쉬었다.

"아, 상황이 너무 위태롭습니다. 이제 마국을 순탄하게 해체시키기는 불가능해졌습니다."

"내가 사형을 만나봐야겠네. 아무리 무(武)에 집착해 계셔도 선악에 대한 구분은 있는 분일세. 사형이라면 태상전 마상들을 복속시킬 수 있을 것이야."

엽운표가 일검향에게 가까이 다가섰다.

"자네 혹시 은천마국의 국주가 정확히 어디에 있는지 알고 있는가? 금라마관에 있을 거라는 얘기도 있고, 사심마관이나 태상전에 있을 거라는 말도 들었지만 판단하기가 쉽지 않네."

"국주와는 어떤 관계요?"

"나와 마국주는 천밀문(天密門) 출신이네. 내 사형은 스스로 천세무광이란 별호를 지은 분일세. 사실 내 본명은 엽청(葉靑)일세."

또 한 번의 충격이 아닐 수 없었다.

강호의 늙은 도둑 공공신도가 은천마국주의 사제! 동문 사형제가 이렇듯 극명하게 길이 엇갈렸다는 것 자체가 놀라운 일이었다.

엽운표, 아니, 엽청을 직시하는 일검향의 눈빛이 가볍게 흔들렸다. 잇단 충격을 겪으며 어지간한 충격은 무시할 정도였지만 엽청과 마국주 천세무광의 관계는 진정 꿈에도 생각지 못한 일이 아닐 수 없었다.

일검향은 잠시 마음을 안정시키고는 그를 병기고로 안내했다.

"노선배의 사형을 뵙게 해드리겠소."

엽청의 표정이 희열과 격동으로 물들었다.

"오, 사형께서 이곳에 계신단 말인가?"

"오래 전부터 계셨소."

일검향은 병기고의 문을 열었다.

"안장을 시켜 드렸지만 관은 아직 봉하지 않았소."

"……!"

관을 직시한 엽청은 그대로 석상이 되었다.

관은 병기대 사이의 통로에 놓여 있었다. 서가의 판자로 급조한 관이기에 모양은 다소 엉성했다. 관 뚜껑은 반쯤 열려 있었기에 천세무광의 당당한 모습이 숨김없이 보였다. 살아생전 금강지체를 이룬 몸이기에 죽어서도 그 신위가 여전히 늠름했다.

"사형……!"

관 옆에 조용히 부복한 엽청은 비감에 찬 표정으로 천세무광의 얼굴을 어루만졌다.

"사부님께서 늘 사형의 과도한 욕심을 우려하셨지요. 인간의 몸이 바다가 아닌데 어떻게 사해의 모든 물을 받아들일 수 있느냐고 말씀하셨습니다. 또한 땅을 딛고 살아야 할 인간이 어찌 구름을 밟고 하늘까지 오르려 하느냐며 경계하셨습니다. 한데… 사형은 세상의 모든 무학을 성취하시려다 몸을 먼저 망치고 마셨군요."

그는 깊은 애도를 표하고는 망자를 위한 배례를 올렸다.

일검향은 잠시 그를 바라보다가 병기고를 나섰다. 감소채를 바라보는 그의 눈빛이 안타까웠다.

"소저의 사형을 구할 수가 없었소."

감소채는 서글픈 미소를 지었다.

"알고 있습니다. 절영마차가 몇 차례나 은마계와 마국 경계를 왕복하는 경우는 드문 일이기에 그 경위를 조사했지요. 총상의 지시로 천예사원과 요지선궁 분원의 제자들이 출국했다고 들었습니다. 물론 사형의 시신도 포함해서요."

"그것을 알면서도 왜 마국을 나가지 않았소? 당신의 목적은 사도맹주를 구출하는 것이 아니었소?"

"그렇습니다. 하지만 검 공자가 금라마관을 통과해 사심마관에 이르렀다는 정보를 입수하고는 떠날 수가 없었습니다."

일검향은 냉담하게 옆으로 돌아섰다.

"당신처럼 현명한 왜 여인이 이런 바보 같은 판단을 한 것이오? 타계한 사도맹주가 구천에서 개탄할 것이오. 그는… 당신을 위해 스스로 목숨을 던진 것이오."

"……."

"지금이라도 어서 떠나시오. 엽 선배의 무공은 신화경에 이르렀으니 당신을 무사히 마국 밖으로 데려다 줄 것이오."

감소채는 차분한 어조로 말을 받았다.

"검 공자, 소녀가 엽 선배님과 함께 이곳까지 잠입한 이유는 단지 검 공자를 만나기 위함이 아닙니다. 엽 선배님을 도와 천세무광 국주를 대면시켜 드리려는 것이 첫 번째 이유였습니다. 엽 선배님께서 국주를 설득할 수 있다면 이 거대한 마단을 해체시킬 수 있기 때문입니다."

"……."

"그것이 불가하면 총상과 협상을 맺고 태상전 마상들을 제거하려는 것이 두 번째 이유였습니다."

"감 소저는 금룡왕자가 마국의 총상임을 알고 있었단 말이오?"

"엽 선배님은 마국에 대해 많은 것을 알고 계십니다. 의천맹이 창건될 수 있었던 것도 엽 선배님이 제 사부님을 찾아뵙고 거대마단의 존재를 알렸기 때문입니다."

"그렇다면 은천마국의 배후에 영천왕이 있음을 알고 있었단 말이오? 왕부에 잠입할 때 왜 미리 말해주지 않았소?"

감소채는 정중히 포권을 취했다.

"미안해요, 검 공자. 행여 검 공자가 영천왕 전하를 해칠까 두려웠습니다. 마국에 대한 원한이 누구보다 깊은 검 공자였으니까요. 일단 사형의 행방을 알아낸 후 왕부를 빠져나오면 모든 내막을 말씀드리려 했어요. 한데 소녀가 먼저 왕부를 나오는 바람에 본의 아니게 비밀을 알려드리지 못한 겁니다."

엽청이 병기고를 나서자 감소채가 서둘러 말을 맺었다.

"상세한 얘기는 마국을 빠져나간 후 말씀드리겠어요."

그녀는 엽청을 향해 공손히 예를 올렸다.

"얼마나 상심이 크십니까? 삼가 애도를 표합니다."

"사형의 운명이니 어찌하겠는가?"

엽청은 애써 상심을 달래고는 일검향에게 물었다.

"노제, 어찌 된 상황인지 분명히 말해주게나. 대체 누가 사형을 해칠 수 있었단 말인가?"

"천세무광은 악마의 무공인 아수라파천마공을 수련하다가 주화입마에 드시게 된 거요. 물론 그것은 귀상의 교활한 계략이었고, 일도살은 순화된 악마지공을 터득하게 되었소. 천세무광은 최후까지 새로운 무공을 터득하다 운명한 것이오. 천세무광을 안장시켜 준 후 난 그가 최후의 비기를 새겨두었음을 어렴풋이 깨닫게 되었소. 아쉽게도 내 기량이 부족해 아직 비기의 의미를 정확히 이해하지는 못했소."

일검향은 자신과 추가영이 은천마국에 침투하면서 겪었던 모든 상황을 상세하게 얘기해 주었다.

비로소 사도진성이 왜 스스로 죽음을 선택했는지, 금룡왕자가 왜 죽게 되었는지, 그리고 천세무광이 왜 최후를 마감했는지 밝혀지자 감소채는 소리없는 눈물을 흘렸다. 암담한 현실 때문인지 가슴을 저미는 슬픔이 더욱 깊었다.

엽청은 심각하게 고민하다가 감소채에게 의견을 물었다.

"감 군사, 내 사형과 금룡왕자마저 운명했으니 협상할 대상이 사라진 셈일세. 어찌했으면 좋겠는가?"

"지금은 금룡왕자의 시신을 영천왕부로 운구하는 것이 급선무입니다. 금룡왕자는 왕부와 무림이 격돌하는 대참사를 막고자 했습니다. 그의 유명이 아니더라도 우리가 나서서 영천왕을 설득해야 합니다."

감소채는 일검향에게 시선을 돌렸다.

"영천왕 전하를 설득할 사람은 오직 검 공자뿐입니다. 금룡왕자의 최후를 목격했고, 직접 유명을 받은 분이니까요. 부탁드리겠습니다."

"거절하겠소."

냉담하게 일축한 일검향은 서고를 가리켰다.

"금룡왕자의 시신은 저 안에 있소. 감 소저는 금룡왕자의 시신을 영천왕부로 옮기시오. 엽 선배께서 도와주시리라 믿소."

"검 공자?"

"난 일도살 그놈을 죽여야 하오. 놈이 마국왕에 오르면 세상은 엄청난 혈겁을 맞게 될 것이오. 이것은 천하를 위한 대의와 사문의 복수를 동시에 해결하기 위함이니 날 설득하려 하지 마시오."

워낙 단호한 어조에 감소채는 그만 입을 다물고 말았다.

추가영은 눈알을 또르르 굴리다가 감소채의 손을 쥐며 화제를 바꾸었다.

"와아, 어떻게 이런 생각을 하게 된 거예요? 언니가 이처럼 비구니로 변장을 하는 바람에 마상 놈들도 찾아내지 못했나 보군요. 그렇다고 아까운 머리카락을 잘라 버렸으니 얼마나 가슴이 아팠겠어요?"

"괜찮아요, 대백랑. 머리카락은 다시 자라니까요."

"검랑 말대로 왕자님의 시신을 모시고 떠나세요. 저와 검랑은 살아서 돌아갈 생각이 전혀 없어요."

"대백랑……?"

추가영은 눈을 찡끗해 보이고는 짐짓 목소리를 높였다.

"어마, 그리고 보니 사도맹주와 검랑이 서로 약조한 말이 생각나네요? 사도맹주는 갑영 오빠와 을화 언니를 구해주는 조건으로 언니의 안전한 탈출을 요구했거든요. 그리고 검랑은 반드시 언니를 지켜주겠다고 약속했지요."

"아, 그랬었나요?"

감소채는 물기 어린 시선으로 일검향을 돌아보았다.

일검향은 의식적으로 그녀의 시선을 회피했다.

"나보다는 엽 선배가 소저를 더 안전하게 지켜줄 것이오."

추가영은 감소채와 팔짱을 끼고는 가까이 다가섰다.

"그리고 금룡왕자님과의 약조도 지켜야 하잖아요? 반드시 탈출해서 왕자님의 시신을 영천왕께 전해주겠다고 했으니까요."

일검향은 그녀를 직시하며 매섭게 질책했다.

"가영, 대체 왜 이러는 거야? 우리는 함께 삼계를 거쳐 이곳에까지 이르게 되었어. 마상들의 태상전이 목전이야. 갑영 형님과 을화 누님, 다휘까지 안전하게 피신한 상태라 난 이제 홀가분한 심정으로 놈들과 싸울 수 있게 되었어. 가영마저 떠난다면 더 편한 마음으로 싸울 수 있을 것 같아. 감 소저와 함께 떠나.”

이때 묵묵히 듣고 있던 엽청이 나서며 그를 설득했다.

“노제, 우리가 함께 태상전으로 쳐들어가면 마상들 셋은 죽일 수 있을 것이네. 하지만 은룡왕자와 귀상을 죽이지 못하면 마국은 여전히 건재할 것이야. 결국 자네는 천하를 위한 대의와 사문을 위한 복수 어느 것 한 가지도 이루지 못하게 되네.”

“그래도 부끄럽지 않은 최후는 맞이할 수 있습니다.”

“나 역시 귀상이란 교활한 놈을 내 손으로 죽이고 싶네. 만악의 원흉이라 할 수 있는 놈이지. 하지만 현재의 대결은 너무 무모해. 자네가 은밀하게 잠입했다면 누구라도 죽일 수 있겠지만 지금은 모든 게 드러난 상황일세. 자네가 진정한 자객이라면 이런 척살은 절대 감행해서는 안 되네.”

“…….”

일검향은 심한 갈등에 휩싸였다.

태상전 마상들은 진정 무서운 강적들이다. 특히 혈상은 그를 능가하는 초극의 고수로 만일 혈상이 좌도우검을 모두 구사한다면 승산이 희박했다. 혈상 하나를 감당할 수 없다면 다른 마상들을 죽이려는 의도도 그저 욕심일 수 있었다. 그러나 태상전이 목전이고 반드시 죽여야 할 원수 일도살이 회복되는 대로 연공실을 찾아올 것이기에 이제 와서 탈출을 시도한다는 것은 너무도 무의미했다.

대결을 회피한다면 과연 자신이 무엇 때문에 마국에 침투했단 말인가?

그가 주먹을 불끈 쥐자 감소채가 그 앞에 조용히 무릎을 꿇었다.

“검 공자, 소녀는 사부님으로부터 대의와 협을 배웠으며 무림인으로서 갖춰야 할 의식과 본분을 익히게 되었습니다. 소녀는 검 공자처럼 한계에 이른 수련은 받지 못했지만 의를 위해서라면 얼마든지 목숨을 던질 각오가 돼 있습니다. 우리의 희생으로 모든 것을 이룰 수 있다면 기꺼이 죽겠습니다. 하지만 아시다시피 지금의 싸움으로는 모든 것을 잃을 뿐 얻는 것이 거의 없습니다.”

“……”

“검 공자는 이곳까지 와서 최후 대결을 회피하는 것이 허망하다 생각하겠지만 공자는 이미 상상도 못할 일들을 해냈습니다. 유명계에 침투해 동문에게 편안한 죽음을 선사했고, 수라계와 은마계를 몸으로 직접 겪으면서 마국의 실체를 파악했습니다. 게다가 소녀의 사형을 만나 전설의 쾌검을 전수받았으니 이것은 하늘이 내린 기연입니다. 또한 다훼를 비롯한 동문들과 요지선궁의 제자들을 외부로 보내주었으니 검 공자가 아니고서는 누구도 해낼 수 없는 업적입니다.”

“그 어면 공도 일도살과 태상전 마상들을 죽이는 것보다 클 수는 없소.”

“압니다. 하지만 조금만 여유를 갖고 행동을 취하면 안 되겠습니까? 마국의 실체를 직접 본 이상 소녀는 이제 두려움이 없습니다. 무사히 탈출한다면 즉시 의천맹을 출동시킬 생각입니다. 또한 각 문파에 무림첩을 발부해 동조를 요청하겠습니다.”

일검향은 다소 수그러든 음성으로 반론을 제기했다.

“과연 백도인들이 수라계에 인질로 잡혀 있는 동문들의 희생을 각오하겠소?”

“대 문파에서 결단을 내리면 무림세가들도 따를 것입니다.”

“감 소저는 생각보다 잔인하군.”

“모든 것을 구할 수 없을 때는 대를 위한 소의 희생이 절차입니다. 하지만 태상전 마상들도 마음대로 수라계를 말살할 수는 없을 것입니

다. 저와 엽 선배님들이 수라계를 다니면서 어느 정도 대비책을 마련
해 주었으니까요."

"……"

일검향은 그녀의 치밀함과 현명한 대처에 감복하고 말았다.

"일어나시오, 감 소저. 당신의 뜻에 따르겠소."

그가 그녀를 일으켜 세우자 추가영은 비로소 안도할 수 있었다.

"좋아요. 탈출을 결정했다면 즉시 실행에 옮겨요. 왕자님의 시신은
내가 모셔올게요."

"아니다."

일검향이 앞서서 서고로 행했다.

"내가 옮기겠다. 금룡왕자와 약조를 한 사람은 나니까."

엽청은 열리다 만 연공실 청동문을 돌아보았다.

"시각이 꽤 지체됐네. 일도살과 태상전 마상들이 직접 추적에 나서
면 탈출이 쉽지 않겠군."

생각을 굴리던 추가영이 손뼉을 치며 묘책을 냈다.

"아, 좋은 방법이 있어요."

"좋은 방법?"

추가영은 눈빛을 반짝이며 빠르게 말했다.

"예, 노선배님. 제가 절영마차를 타고 은마계에서 마국의 경계까지
몇 번 다녀온 적이 있어요. 절영마차는 말 그대로 그림자가 보이지 않
을 만큼 빨라요. 우리가 은마계로 내려서기만 하면 절영마차를 이용해
탈출할 수 있습니다."

第65章
마국왕(魔國王)이 된 악마

급보를 받고 태상전 의사청에 모인 마상들은 검은 태사의를 직시하고 있었다. 의사청의 일곱 개 태사의는 각 마상들의 고유 색깔과 일치하기에 검은 태사의는 귀상의 좌석이었다.

마상들에게 소집령을 내린 사람은 귀상이지만 정작 자신은 아직 의사청에 이르지 않고 있었다.

요상은 잠옷 위에 피풍의만 걸친 모습으로 연신 하품을 해댔다.

"하암, 한참 달게 자고 있는 중인데 왜 소란이에요?"

환갑을 넘긴 나이이지만 그녀는 여전히 서른 안팎의 용모에 앳된 음성을 지니고 있었다.

가장 과격한 성격의 잔상이 탁자를 치며 목소리를 높였다.

"설마 또 침투 사건이 발생한 것은 아니겠지? 그랬다가는 순찰조 놈들 모두를 유황옥에 처넣어 버리겠다!"

이때 문이 열리며 귀상이 들어섰다. 그는 자리에 앉기가 무섭게 잔상의 말을 받았다.

"유감스럽게도 다시 침투 사건이 발생했네. 더군다나 놈들은 사심마관의 연공실 문을 열고 일검향마저 구출해 달아났어."

좀처럼 반응을 보이지 않는 혈상의 표정마저 싸늘하게 굳어졌다.

"지금 무슨 소리를 하는 건가?"

"잠입자는 비구니와 늙은이일세. 보고에 의하면 일검향과 대백랑이 그들과 함께 은마계 마구간을 공격해 절영마차를 탈취했다더군."

"금룡왕자는 없었는가?"

"일검향이 누군가를 업고 천으로 둘렀다는데 아마도 금룡왕자의 유해가 분명하네."

패상이 심각한 표정으로 의견을 제시했다.

"좋지 않군. 일검향이 금룡왕자의 유해를 영천왕에게 전하게 되면 왕부와 무림이 충돌하는 천하대란이 발생하네. 마국이 아무리 광대하고 엄청난 잠재력을 지녔다 해도 수십만의 군병과 싸울 수는 없지 않은가?"

요상이 자리에서 벌떡 일어섰다.

"일검향의 탈출은 태상전에서만 막아낼 수 있어요. 당장 추격해야 합니다!"

한데 이때였다. 마치 어둠 저편에서 들려오듯 음산한 음성이 의사청 안으로 스며들었다.

"출동을 하려면 태상전 마상들 모두가 나서야 하오. 공연히 한둘만 나섰다가는 저들 손에 애꿎은 목숨만 잃게 될 것이오."

첫 마디는 아주 멀리서 들려왔지만 마지막 마디는 의사청 내부에서 끝을 맺었다. 과거 총상의 자리였던 금색 태사의에 한 사람이 유령처럼 내려앉았다.

그가 들어서는 순간 장내에 한기가 감돌았고, 붉은 등이 밝혀진 듯 모두가 붉게 보였다. 혈상 고유의 색 역시 붉었지만 이처럼 강렬한 붉은색은 아니었기에 차이가 극명했다.

녹색 모발의 청년은 다름 아닌 은룡왕자 일도살이었다.

그는 일검향과 금룡왕자의 공격을 받아 심한 부상을 입었지만 내상이 회복되면서 오히려 아수라파천마공이 한층 더 증진되었다. 또한 뱀 껍질 같은 비늘이 다소 엷어져 흉측한 모습이 한결 덜했다.

하나같이 절세고수인 마상들이었지만 그의 전신에서 뿜어지는 마기에 절로 숨이 막혔다. 일도살은 그들이 예상한 것보다 훨씬 가공할 마력의 소유자로 재탄생한 것이다.

일도살은 붉은 숨결을 토하며 귀상을 직시했다.

"귀상, 내가 아수라파천마공을 터득하면 국왕으로 섬기겠다고 하지 않았소? 한데 이것이 국왕을 맞이하는 태도요?"

자리에서 일어선 귀상이 난감한 표정을 지었다.

"양해하시오, 일도살 단주. 아직 정식으로 왕좌에 등극하지 않았기에 나로서도 어찌 예우를 해야 할지 모르겠소."

"그렇다면 죽은 금룡을 대신해 내가 임시 총상이 되겠소. 연후 마상들의 추대를 받아 왕좌에 오르겠소. 그럼 되겠소?"

"알겠소. 기꺼이 총상으로 모시겠소."

귀상이 정중히 예를 표하자 요상도 자리에서 일어서며 예를 올렸다.

"호호, 신임 총상을 뵈옵니다."

나이를 불문하고 건장한 청년을 탐내는 것이 계집의 속성이다. 요상이 혈기왕성한 일도살에게 호감을 품고 몸을 굽히는 것은 자연스런 현

상일 수밖에 없다. 귀상과 요상에 이어 패상도 예를 올리며 일도살을
총상으로 인정했다.

그러나 지독히도 자존심이 강한 잔상과 혈상은 자리를 지킨 채 예도
올리지 않았다.

비록 일도살이 왕자의 신분이기는 해도 얼마 전까지 태상전의 지시
를 받았던 아랫사람이었다. 혈마공에 불과했던 그가 총상을 자처하며
상전 행세를 하자 배알이 꼴리지 않을 수 없었던 것이다.

일도살은 그들의 성격을 잘 알기에 굳이 복종을 강요하지 않았다.
자신의 마력으로 능히 제압할 자신이 있기 때문이었다. 세 마상들에게
자리를 권한 그가 오만한 어조로 물었다.

"금번 사심마관에 침투한 두 연놈이 누구인지 아시오? 아니, 짐작이
나 할 수 있겠소?"

요상이 교태로운 추파를 던지며 대답했다.

"비구니라 했지만 제가 알기로 아미파의 장교조차 감히 사심마관까
지 침투할 능력이 없습니다. 제 짐작이 틀리지 않는다면 아직 행적이
밝혀지지 않은 감소채란 계집이 분명합니다. 그동안 머리를 깎고 숨어
있었나 봅니다."

"크홋, 정확하오. 일검향이 탈출했다는 보고를 듣고 즉시 연공실로
갔었소. 경비를 서던 금마장들이 두 가지 수법에 의해 죽어 있었소. 한
가지는 천강지였소. 사도진성이 죽은 이상 천맹무선의 제자는 감소채
가 유일하오."

"다른 한 명은 누구입니까?"

일도살은 느긋하게 기대앉으며 혈상과 잔상 쪽으로 시선을 던졌다.

"금마장들을 죽이고 혈마공의 창을 박살낸 무공은 철수진기였소."

혈상과 잔상의 표정이 심각하게 굳어졌다.

"철수진기?"

"그렇다면… 엽청이 침투했단 말이오?"

일도살은 삐딱하게 앉은 채 손끝으로 탁자를 톡톡 쳤다.

"그들의 소행 외에는 달리 생각할 수 없소. 기관과 기문진은 감소채가 해결했을 것이고 경비 병력은 엽청이 쓰러뜨렸겠지. 한데 천세무광의 시신은 병기고에 남아 있는데 금룡의 시신만 없었소. 사실 그들 모두를 탈출시켜 준다 해도 금룡의 시신을 확보해 놓았어야 했소."

귀상이 침중한 어조로 말을 받았다.

"모두 신중하지 못했던 내 불찰이오. 설마 감소채 그 계집이 엽청과 함께 침투하리라고는 전혀 짐작지 못했소. 총상을 위해 일검향을 붙들고 놓고 있는 정도로 충분하다 생각했는데 이런 변괴가 발생한 것이오."

혈상이 씹어뱉듯이 물었다.

"금룡왕자의 시신이 그렇듯 중요하다면 왜 추격하지 않는 거요?"

일도살 역시 냉담한 어조로 답변했다.

"놈들이 절영마차를 탈취해 도주했다는 말을 못 들었소? 은마계 성문이 박살난 후에야 보고가 접수됐으니 놈들을 추적해도 따라잡기가 쉽지 않소."

"금룡왕자의 시신을 놈들이 가져갔으니 우리는 이제 반역자가 되었군. 곧 대규모 군병들이 침공해 오겠어."

"꼭 그렇지는 않소."

일도살의 태도는 의외로 여유가 만만했다.

"금룡은 명예를 중시하고 가문에 대한 자부심이 대단하오. 또한 영천왕에 대한 효심이 깊어 절대 영천왕부에 해가 되는 유명을 전하지 않았을 것이오."

요상이 사근사근한 어조로 물었다.

"총상, 상세한 설명을 듣고 싶습니다. 총애하는 금룡왕자가 죽었는데 영천왕이 정말 복수를 위해 토벌을 벌이지 않는단 말입니까?"

"나보다는 귀상이 더 자세히 설명해 줄 것이오."

일도살은 귀상에게 답변을 미루었다.

마상들의 시선이 귀상에게 모아졌다. 귀상은 무겁게 가라앉은 어조로 상황을 설명했다.

"영천왕에게 있어 은천마국은 자신의 손아귀에서 벗어난 우환 덩이와 다름이 없네. 한때의 취흥과 과도한 욕심 때문에 마국 창건을 후원했지만 자신의 예상을 넘어선 세상이 창조되자 두려움을 느끼게 되었지. 그래서 금룡왕자를 시켜 마국을 해체시키려 한 것일세. 하지만 영천왕은 한 가지 중대한 사실을 간과했네. 우리가 금룡왕자를 죽일 수도 있다는 것을 생각지 않은 것일세. 아무리 황법을 따르지 않는 무림계라 해도 자신의 아들을 죽이리라고는 염두에 두지도 않았다는 점이 커다란 실책이었네."

잔상이 차갑게 냉소를 쳤다.

"흥, 군왕의 자식이 뭐 그리 대수인가? 황제의 아들이라도 죽여야 할 상황이면 죽일 수 있는 우리가 아닌가?"

귀상은 그의 말을 무시한 채 말을 계속했다.

"이제 금룡왕자의 시신을 보게 되면 영천왕은 충격과 분노를 금치 못할 것이네. 아마 남방 국경수비대의 모든 병력을 동원해서라도 마국을 공격하려 하겠지. 하지만 일검향이나 감소채, 엽청 누구도 천하대란을 원치 않을 것이네. 무림의 문제이기에 무림계에서 해결되기를 간곡하게 청원할 것이 분명하네."

요상이 안도 어린 미소를 지으며 조심스럽게 물었다.

"그렇다면 그들이 영천왕의 진노를 대신 막아준단 말인가요?"

"그럴 가능성이 높아. 감소채는 현명한 계집일세. 금룡왕자가 은룡에 의해 죽었다고 고할 것이네. 즉, 왕자들 간의 다툼에 의해 죽은 것임을 강변해 어떻게든 영천왕의 출병을 저지시킬 것이 분명해."

"호호, 그렇다면 문제될 것이 없잖아요?"

"꼭 그렇지는 않네. 감소채는 자신의 눈으로 직접 마국의 실체를 확인했네. 더군다나 맹주였던 사도진성이 죽은 이상 무림첩을 발부해 대대적인 공격을 꾀할 가능성이 높아."

잔상이 거친 음성으로 내뱉었다.

"그런 버러지들이 쳐들어 와봤자 감히 수라계조차 돌파하겠는가?"

"전통을 너무 얕보지 말게. 하나의 문파가 수백 년을 존속해 왔다는 것은 그만한 잠재력이 있기 때문일세. 백도가 의천맹을 중심으로 대연합을 결성한다면 쉽지 않은 싸움이 될 것이네. 게다가 엽청이 살아 있지 않은가?"

엽청의 존재가 거론되자 마상들은 떨떠름한 표정으로 서로를 바라보았다.

그들은 마국 초창기 때 엽청과 겨뤄본 적이 있었다.

당시 그들의 무공이 지금보다 못했다 하더라도 엽청은 태상전의 마상 세 명을 상대로 싸우고도 패하지 않은 초극의 고수였다. 결국 국주인 천세무광이 나서 엽청을 격파해 쫓아냈던 것이다.

자존심이 상한 혈상이 퉁명스럽게 내뱉었다.

"엽청이 다시 온다면 나 혼자 상대해 보겠네. 과거의 내가 아님을 확실히 보여주겠어."

"진정하게. 자네만을 위한 싸움이 아니니까."

자리에서 일어선 귀상이 일도살을 향해 손을 모아 보였다.

"총상, 백도연맹이 당도하기까지 제법 기다려야 하니 일단 국왕의 권좌에 오르소서. 마국왕의 권위로 백도연맹을 격파한다면 진정한 무림제왕이 되실 수 있소."

요상과 패상도 예를 올리며 마국왕에 오를 것을 권했다.

"국왕에 오르십시오. 충성을 다하겠어요."

"부디 마국을 이끌어주시오."

일도살은 짐짓 거드름을 피웠다.

"날 국왕으로 추대하려면 태상전 마상들 전체의 합의가 필요하지 않겠소? 한데 아직 두 마상이 동조하지 않는 것 같소."

두 마상은 물론 잔상과 혈상이었다.

잔상은 독목을 깜빡이다가 겨우 몸을 일으켜 예를 올렸다.

"충성을 맹세하겠소."

네 명의 마상이 적극적으로 나서자 혈상 혼자 반대를 외칠 수가 없었다. 어쩔 수 없이 몸을 일으킨 그는 모호한 말로 추대에 동의했다.

"태상전 합의에 기꺼이 동조하겠소."

그제야 일도살이 몸을 일으켜 마상들과 마주 예를 교환했다.

"카하핫, 마상들이 이렇듯 추대하시니 기꺼이 국왕의 권좌에 오르겠소. 부족함이 많더라도 성심껏 보좌해 주시오."

그는 의사청 원탁을 따라 이동하면서 마상들의 손을 한 명씩 굳게 쥐었다.

마상들은 은천마국의 창건 초기부터 마국 전체를 지배해 온 자들이다. 일도살도 그들의 협조와 지원 없이 마국을 호령하는 것이 불가능함을 잘 알고 있었다. 하기에 그가 비록 존엄한 마국왕에 오르더라도 마국의 실질적인 지배자는 태상전이 될 수밖에 없었다.

특히 태상전 의사청을 주관하는 귀상이 마국 경영의 실세였다. 앞에 나서지 않고 세상을 지배하는 자.

그가 진정한 마국의 주인이었던 것이다.

2

두두두!

폭주하는 마차의 속도는 가히 질풍이었다. 마차를 이끄는 두 마리 말은 머리에서 꼬리까지 불덩이처럼 붉은 적토마였다.

두 마리 적토마는 너무도 빨라 그림자가 보이지 않는다 하여 절영이라는 이름을 갖고 있다. 또한 시력이 아주 뛰어나 희미한 달빛만 있어도 야간 주행이 가능하다.

은마계를 나선 절영마차는 웬만한 계곡을 단숨에 건너뛰고 가파른 능선을 평지처럼 달렸다. 주변으로 수라계의 순찰대가 보였지만 누구 하나 절영마차를 저지하지 못했다.

그로 그럴 것이, 절영마차는 총상만이 타고 다닐 수 있는 전용 마차였다. 총상의 존재는 그들에게 있어 하늘이기에 절영마차를 대하면 급히 오체복지하기에 바빴다.

마차 안은 호화로운 거실처럼 잘 꾸며져 있었다.

천잠피풍의에 싸여진 금룡왕자는 한쪽 의자에 눕혀져 있었다. 맞은편 의자에는 감소채와 추가영이 나란히 앉아 담소를 나누고 있었다.

대부분 추가영이 떠들었고 감소채는 듣는 쪽이었다.

마부석에는 두 사람이 앉아 있는데 일검향이 고삐를 쥐고 말을 몰았다.

사실 절영마차는 워낙 훈련이 잘돼 있어 고삐를 쥘 필요도 없었다. 한번 타면 가장 가까운 마국의 경계까지 지체없이 달려가기에 탈출을 위해서는 최상의 이동 수단이었다.

일검향과 나란히 앉은 엽청이 입을 열었다.

"어째 길을 막는 놈 하나 없군."

"마국의 율법은 엄격하오. 하극상은 즉시 참형에 처해지지요. 당연히 총상의 절영마차를 가로막을 자들은 없소."

"태상전에서 이미 우리의 탈출에 대한 보고를 받았고, 절영마차가 탈취되었다는 정보도 접했을 것 아닌가? 놈들의 명령 체계를 감안한다면 이미 마국 전역에 비상 경계령이 하달되었어야 마땅하네."

일검향은 눈앞에 펼쳐진 무성한 수림을 바라보며 말을 받았다.

"아마 태상전 마상들은 어떤 저지 명령도 내리지 않을 것이오."

"왜?"

"수라계 순찰대 정도로는 우리를 절대 막지 못할 것임을 잘 알고 있기 때문이오. 저지하지 못할 침입자들을 잡기 위해 공연히 소란을 피울 필요가 없지 않겠소?"

엽청은 크게 고개를 끄덕였다.

"허헛, 정확한 판단일세. 그렇다면 놈들의 저지에 대비할 필요 없이 편히 쉬어도 되겠군."

두두두!

절영마차는 빠른 속도로 수림 사이를 통과했다. 마차 하나가 겨우 통과할 만큼 길이 좁았지만 두 마리 적토마의 질주는 물이 흐르듯 거침이 없었다.

일검향은 마국의 경계에 거의 이르렀다 싶자 고삐를 당겨 다소 속도를 늦추었다.

"한 가지 묻고 싶은 게 있소."

"의문이 많을 텐데 한 가지로 되겠는가?"

"모든 것을 알고 싶지는 않소. 어떨 때는 그저 막연한 추측이 오히려 마음이 편하오."

"노제는 역시 남다르군. 진실은 남에게 듣는 것보다 스스로 판단하고 유추할 때 비로소 보이는 법이니까."

"귀상! 대체 그자는 누구요? 무슨 의도로 은천마국을 창건하려 한 것이오?"

엽청은 막 떠오르는 동녘의 새벽 별을 올려다보았다.

"귀상… 그자는 귀곡문(鬼谷門)의 후예일세."

"귀곡문? 그건 대체 어떤 문파요?"

"나도 정확한 내막은 알지 못하네. 전설적 선인인 귀곡자의 제자들이 창건한 문파로 생각될 뿐일세."

일검향은 다소 놀란 눈빛으로 엽청을 돌아보았다.

"귀곡자라면 아득한 춘추전국시대의 귀곡선인을 말씀하는 거요?"

고대의 사서에도 이름이 기재돼 있으니 귀곡자(鬼谷子)의 존재는 단순한 전설이 아니다. 그가 오백 년에 이르는 춘추전국시대를 살아왔으니 분명 비범한 사람이다.

그는 여러 명의 유명한 제자를 두었는데 위나라의 대장군 방연과 손자병법을 저술한 손빈도 귀곡자의 문하생이었다.

엽청은 여전히 별빛에 시선을 고정시킨 채 말을 이었다.

"귀곡문의 제자들은 아주 드물게 세상에 모습을 보였기에 그 존재 자체도 확실치 않네. 그들은 주로 선도를 수련하고 천문과 지리 등 학문적인 분야에 매진했기에 무림과는 다소 거리가 먼 부류일세."

"그렇다면 귀곡문의 제자가 아닐 수도 있지 않소?"

"아닐세. 귀상은 자신 스스로 귀곡문의 제자임을 밝혔네. 그자의 별호는 귀도산인(鬼道散人)일세."

"귀도산인? 산인이라면 은자를 말함인데 그런 자가 왜 세상을 어지럽힌단 말이오?"

엽청은 씁쓸한 웃음을 지었다.

"그자가 그 이유도 밝혔지만 솔직히 말해주고 싶지 않네."

"대체 어떤 연유인데 그러시오?"

"너무도 어처구니없기 때문일세."

엽청은 스스로 이해가 되지 않는 듯 고개를 흔들었다.

"그자가 엄청난 무공 비급으로 사형을 현혹해 은천마국으로 끌어들였을 때 난 그자를 찾아가 따졌네. 대체 왜 이런 끔찍한 짓을 저지르느냐고 말일세. 한데 그자의 답변은 아주 간단했네."

"말씀해 주시오."

"그냥 심심해서 일을 꾸미는 거라 하더군."

일검향은 잠시 할 말을 잃었다.

심심하다. 단지 무료함을 잊기 위해 은천마국이란 거대 마단을 창설해 수많은 사람들을 유명옥에 가두고, 숱한 사람들을 수라계 내에서 싸우게 만들었다. 세상 사람들의 원한과 분노, 통곡과 슬픔을 재미 삼아 지켜보기 위해서.

일검향은 믿고 싶지 않았다.

한 사람의 흥밋거리에 농락돼 생사의 단계를 오가면서 복수를 꾀하려 했던 자신이 너무 한심해 보였기에 엽청의 말을 애써 부정했다. 엽청이 잘못 들었거나 아니면 귀상이 진실을 감춘 채 둘러댔을 뿐이라 자신을 위안했다.

'이럴 수는 없어! 은천마국이라는 전무후무한 거대 마단이 단지 심심풀이용으로 만들어졌단 말인가? 난 믿지 않는다. 사부님과 선배들, 동문들이 그저 한 인간의 무료한 칼날에 희생되었다고는 생각할 수 없어!'

엽청 역시 공허함과 황당한 심정으로 한동안 혼란에 빠졌었기에 일검향의 심정을 십분 이해했다. 그는 일검향의 어깨를 다독이며 부드럽게 위로했다.

"노제, 나 역시 극심한 상실감에 한동안 넋이 빠졌었네. 하지만 그냥 흘려듣게나. 진실을 숨기고 드러내지 않으려는 귀상의 교묘한 말장난이라 생각하게."

"……."

"만에 하나 정말 심심해서 재미 삼아 은천마국을 창건한 것이라면 그자는 인간이 아닐세."

"인간이 아니면… 신이라도 된단 말이오?"

엽청은 단호한 어조로 내뱉었다.

"신이 아니라 악마일세. 인간의 탈을 쓴 악마!"

3

둥! 둥! 둥!

커다란 북소리가 울려 퍼지는 와중에 기치를 치켜든 은천마국의 마인들이 절도있게 움직이고 있었다.

넓은 평원에는 높은 단이 세워져 있었고, 주변으로는 수천의 인파가 운집해 있었다. 대부분이 마국에 소속된 마인들이었지만 하객으로 참석한 강호 백파의 고수들도 제법 되었다. 그들은 수라계 분원에 인질로 잡혀 있는 상태이기에 어쩔 수 없이 행사에 참석해야만 했다.

은천마국 국왕의 즉위식.

곤룡포를 걸치고 금관을 쓴 일도살이 천천히 단상에 오르고 있었다. 이미 귀상에 의해 국왕 등극이 공포된 상황이기에 별도의 절차를 거칠 필요가 없었다.

일도살이 단상 꼭대기에 올라서자 귀상이 단하의 인파를 향해 외쳤다.

"은천마국 제이대 국왕께 하례를 올려라!"

마인들은 만세를 외치며 배례를 올렸고, 하객으로 참여한 강호 백파의 고수들은 강압에 의해 무릎을 꿇어야 했다.

태상전 마상들이 차례로 술을 올리면서 즉위식은 시작되었다.

축하 공연으로 수백의 무희들이 춤을 추었고, 백 명에 달하는 악사들이 음률을 연주했다. 이어 혈마공들이 단체로 충성을 맹세하는 서약을 올렸다.

두 시진에 걸친 즉위식이 무사히 끝나자 마국왕 일도살은 마국 삼계에 술과 음식을 하사하는 은덕을 베풀었다.

요상과 패상은 일도살의 당당한 모습에 미소를 지으며 연신 고개를 끄덕였고, 잔상과 혈상도 승복한 듯 불만의 표정을 짓지 않았다. 물론 가장 기뻐한 사람은 귀상이었다.

왕의 기치가 휘날리는 옥좌에 높이 앉아 있는 일도살을 올려보는 그의 눈에 엷은 물기마저 맺혔다. 짙은 감회에 젖은 그의 모습은 이미 오랜 숙원을 해소한 사람처럼 보였다.

'일도살, 너도 어쨌든 황족이니 그 자리에 앉을 자격이 있다. 내가
너를 왕으로 봉한 것이다.'

태상전 의사청은 마국 전체에서 전개되고 있는 떠들썩한 연회와 달
리 조용하기만 했다.

일도살은 새로 마련된 옥좌에 앉아 있었고 다섯 명의 마상이 원탁을
따라 둘러앉아 있었다. 상계의 총수인 보상(寶相)에게도 즉위식에 참석
하라는 통보가 전달됐지만 어찌 된 일인지 보상은 여태까지 마국에 입
국하지 않은 상태였다.

일도살은 국왕으로 취임한 후 첫 번째로 주재하는 회의였지만 보상
의 불참에 대해 노골적인 분노를 표명했다.

"보상의 불참은 명백한 반역이오. 당장 체포조를 파견해 압송토록
하시오."

요상이 조심스럽게 보상을 비호했다.

"국왕, 보상은 우리 은천마국의 젖줄과도 같은 존재외다. 보상을 엄벌
하면 매일같이 소모되는 엄청난 물자를 무슨 수로 감당한단 말입니까?"

패상 역시 일도살의 자비를 호소했다.

"보상은 무공 한 초식 모르는 상인이외다. 엄하게 다스리려 한다면
도주할 수도 있소. 일단 보상의 직위를 보장하는 칙서를 내려 안심을
시킨 후 입국을 권유해야 하오. 만일 그를 강제로 압송하게 되면 상계
의 반발로 인해 본국에 공급되는 물자가 끊기게 될 것이오."

일도살은 여전히 노기를 풀지 않고 귀상에게로 시선을 돌렸다.

"귀상, 보상에 대한 처분을 어찌해야 하겠소?

귀상의 어조는 냉담했다.

"국왕의 즉위식에 참석하지 않았다는 것은 명백한 반역이오. 반역자는 이미 멀리 도주했을 것이오."

"그자가 날 국왕으로 인정하지 않겠다는 의도요?"

"국왕, 보상은 영천왕의 사람이외다. 영천왕이 마국에 대한 경계심을 지녔기에 보상 또한 물자에 대한 공급을 조금씩 줄여왔었소."

"그렇다면 귀상은 이미 놈의 반심을 알고 있었다는 말이 아니오?"

"어차피 본국에 동화될 수 없는 자이니 보상에 대한 감정은 잊으시오. 정보에 의하면 새외로 도피했다 하니 추적이 불가능하오."

요상이 찻잔을 들며 난감한 표정을 지었다.

"보상이 도주했다면 앞으로 향기로운 차 한 잔 마시기도 힘들겠군요?"

귀상은 찻잔을 말끔히 비우고는 잔을 내렸다.

"이미 구주총련과 물자 공급에 대한 협의를 마쳤네."

"구주총련은 그저 직업이나 소개해 주는 형편없는 조직이잖아요."

"외견상 그렇게 보일 뿐이지만 구주총련은 천하에서 가장 방대한 조직망을 거느리고 있네. 자금만 주어진다면 인력과 물자를 무제한 끌어들일 수 있는 잠재력을 보유하고 있지."

잔상이 퉁명스럽게 한마디 던졌다.

"필요한 자금이 한두 푼이 아닐 텐데 어떻게 마련할 생각인가?"

"영천왕부와 결별한 상태이기에 현재와 같은 규모의 은천마국은 무의미하네. 또한 이미 일검향과 감소채에 의해 본국의 모든 실체가 공개된 이상 대대적인 개편이 필요한 상황일세. 관할 구역을 대폭 축소하고 삼계에 대한 재편성이 이루어져야 할 것이네."

"마국의 개편에는 찬성하지만 축소는 있을 수 없소."

일도살이 자리에서 일어서며 힘찬 어조로 외쳤다.

"본국은 더 이상 영천왕의 취흥이나 구경거리로 창건된 세상이 아니오. 무림 사상 전무후무한 힘을 지닌 최강의 무국(武國)이 바로 은천마국이오. 난 현재의 경계를 고수하지 않겠소. 흑백무림 전체를 지배하는 고금 유일의 무림제국을 건설할 생각이며 이를 거부하는 놈들은 모두 죽일 것이오!"

가공할 야망 앞에 오대마상은 오싹한 두려움마저 느꼈다. 그러나 감히 반론을 제기할 수가 없었다.

일도살의 몸에서 발출된 핏빛의 기운이 이미 그들의 의식을 압박하고 있었으며, 그의 입에서 뿜어진 붉은 숨결이 그들의 정신마저 물들이고 있었다.

귀상은 아찔한 현기증을 느끼며 팔걸이를 불끈 쥐었다. 일도살의 야망은 그가 구상했던 계획과 크게 어긋났던 것이다.

'내가… 내가 악마를 왕으로 임명했단 말인가?'

4

때 이른 초설이 내리고 있었다.

농부들은 수확물이 젖을세라 헛간으로 옮기느라 진땀을 흘렸지만 철없는 아이들은 마냥 신나서 눈싸움을 벌이고 눈사람을 만드느라 여념이 없었다.

안휘성 동쪽으로 뻗은 관도를 따라 한 대의 마차가 천천히 이동하고 있었다. 마부석의 마부는 짚으로 엮은 모자와 눈막이를 걸치고 있었지만 쏟아지는 함박눈에 절반은 눈사람으로 변해 있었다.

꽤 추운 날씨인데도 불구하고 마부는 전혀 움츠리지 않았다. 시선은 전면에 고정돼 있는데 깊이를 알 수 없는 유현한 눈빛은 깊은 고뇌에 잠겨 있었다.

그는 힐끗 마차를 돌아보았다.

지붕이 씌워진 마차는 창문까지 꼭 닫혀 있었다. 마차 안에 사람이 있는 것은 사실이지만 산 사람이 아니라 죽은 사람이었다. 바로 영천왕의 적통을 이을 금룡왕자의 시신이 안치돼 있는 것이다.

마부는 물론 일검향이었다.

그들 일행을 마국의 경계 밖까지 태워준 절영마차는 곧바로 돌아가 버렸다. 추가영은 절영마차를 끄는 두 마리 적토마가 아까워 타고 가려했지만 워낙 철저하게 훈련이 돼 있기에 꼼짝도 하지 않았다.

은천마국을 나선 그들은 과연 누가 영천왕을 만나 담판을 짓느냐를 놓고 오랫동안 숙의를 했다.

영천왕과의 대면은 아주 중대한 문제였다.

영천왕은 금룡왕자의 죽음에 비통과 분노를 금치 못할 것이기에 자칫 그 화가 고스란히 미칠 수 있다. 더욱 고민스런 문제는 영천왕을 설득해 은천마국에 대한 침공을 막아야 하는 데 있었다.

왕부와 은천마국이 충돌하면 최악의 사태가 발발한다.

은천마국의 마인들이 세상 밖으로 쏟아져 나올 것이며 수라계의 인질들 모두가 몰살될 우려가 있다. 그에 앞서 은천마국에서 영천왕을 암살할 수도 있는 일이었다. 그런 참극이 벌어진다면 무림계의 존립마저 위태로워지게 될 것이다.

일검향이 자신이 단독으로 영천왕과 대면할 것을 주장했고, 결국 그의 의견이 관철되었다.

의천맹의 군사인 감소채가 논리적인 언변과 사고에서는 앞서도 영천왕과 담판을 벌이기에는 기질이 약했다. 게다가 영천왕에게 있어 여인이란 그저 노리개에 불과했기에 감소채를 경시할 가능성이 높았다.

만일 사도진성이 살아 있다면 신분과 자격으로 가장 적합하겠지만 그는 이 세상 사람이 아니었다.

물론 일검향이 영천왕과 대면을 하는 데에도 상당한 애로가 있었다.

일전에 감소채와 함께 영천왕부를 무단 침투한 죄를 범했기에 자칫 반역자로 몰릴 수도 있는 상황이었다. 그리고 과연 영천왕이 자객인 그의 말을 믿어줄 것인가도 고민스런 문제였다.

약간의 실랑이 끝에 엽청이 결정을 내렸다. 일검향의 손을 들어준 것이다.

엽청은 금룡왕자가 그에게 직접 유명을 남겼고, 임종을 지켜보았다는 것을 중요하게 생각했다. 금룡왕자가 어떤 경위로 최후를 맞이했는지 일검향이 지켜본 그대로 말해줄 수 있기에 영천왕의 신뢰를 받을 수 있다고 판단한 것이다.

일검향은 추가영과의 동행도 거절했다.

금룡왕자의 시신을 본 영천왕이 과연 어떤 감정을 표출할지 모르기에 그 역시 긴장을 늦출 수 없는 상황이다. 적절한 대응을 하기 위해서는 혼자 몸이 편할 수밖에 없었다.

추가영은 요지선자를 만나기 위해 육반수로 달려갔고, 감소채는 의천맹으로 향했다. 조만간 전개될 천하대전에 대한 준비를 하기 위함이었다.

눈발이 조금씩 잦아들고 있었다.

왕부로 향하는 진입로는 군병들에 의해 치워져 있어 마차를 끌던 말은 눈을 털어내며 겨우 안정된 발걸음을 되찾았다.

진입로를 따라 이십여 장쯤 전진하자 목책으로 길을 차단한 군병들의 초소가 보였다. 군병들은 목책을 막아서며 창으로 공격 자세를 취했고, 삼십대 군관이 앞으로 나서며 일검향을 제지했다.

"멈춰라!"

일검향이 마차를 멈춰 세우자 군관이 군병들에게 턱짓을 보냈다.

"수색해라."

군병들은 마차 문을 열고 내부를 살피다가 경악하고 말았다.

"아, 아니?"

그들은 바싹 긴장하며 급히 군관에게 보고했다.

"과… 관이 실려 있습니다!"

군관은 손을 번쩍 쳐들었다.

"놈을 체포해라!"

군병들 넷이 일검향을 향해 창을 바싹 들이댔다.

"네놈을 체포하겠다!"

"조금이라도 반항한다면 즉시 심장이 뚫릴 것이다!"

일검향은 군관을 바라보며 차분하게 말했다.

"난 전하를 알현하러 온 사람이오."

"뭐라? 평민 주제에 감히 전하를 알현하겠다고? 게다가 이런 흉측한 관을 싣고 말이냐?"

"내 이름을 고하면 친위무장이 직접 마중을 나올 것이오."

"대체 네가 어떤 자이기에 친위무장께서 친히 영접을 나오신단 말이냐?"

"난 일검향이라는 자객이오. 일전에 왕부를 방문한 적이 있소."

군관과 군병들은 입을 딱 벌린 채 서로를 바라보았다.

자객 일검향!

그들 역시 이 이름을 잘 알고 있었다.

왕부의 철통같은 경계를 뚫고 영천전까지 침투해 영천왕과 독대했으며, 지하 뇌옥에서 죄수까지 구출해 탈출했으니 죽을 때까지 그 이름을 잊지 못할 것이다. 한데 그 자객이 다시 왕부를 찾아왔으니 경악하지 않을 수 없었다.

군관은 군병들을 향해 소리쳤다.

"당장 왕 무장께 고하라!"

그는 초소에 배치된 경종을 울릴 수도 있었지만 자제력을 발휘해 일단 상황을 지켜보기로 했다. 일검향의 출현은 엄청난 충격이지만 침투가 아닌 방문이기에 공연히 소란을 일으킬 필요는 없다고 판단한 것이다.

그래도 워낙 무시무시한 존재이기에 그들은 숨조차 크게 쉴 수가 없었다.

그와 군병들이 창을 들이대고 있지만 사실 그에게 전혀 위협이 될 수 없음을 그들도 인식하고 있었다. 오천 군병의 포위망을 뚫고 달아난 그에게 하급 군병들의 창이 과연 무슨 의미가 있겠는가.

잠시 후 소란스런 외침과 함께 무장을 한 장군들이 속속 초소를 향해 달려왔다.

건장한 체격에 고슴도치수염을 기른 장군이 바로 친위무장 왕릉이었다.

그는 한눈에 일검향을 알아보고는 손을 쳐들었다.

"군병들은 물러서라! 놈은 친위대가 맡을 것이다!"

초소의 군병들이 창을 거두고 물러서자 친위대 소속 무사들 삼십 명이 겹겹이 마차 주변을 에워쌌다. 이미 비상 경계령이 발동됐는지 외성의 성문 앞에는 수백 명의 군병이 진을 쳤고, 성곽 위로도 천여 명의 군병이 화살과 궁노로 무장한 채 방어막을 형성하고 있었다.

일검향은 왕릉에게 전음을 보냈다.

"왕 무장께서 관 뚜껑을 열고 시신을 확인해 보시오. 하지만 내색을 하지 않는 것이 현명한 행동일 것이오."

왕릉은 창을 쥔 채 마차 문을 열었다.

관 뚜껑은 간단히 봉해져 있어 쉽게 열렸다. 아무리 대담한 그라도 관 뚜껑을 열고 시신을 확인하기에는 두려움이 들 수밖에 없었다.

그는 관 뚜껑을 살짝 밀치고 시신을 살폈다. 일순 그의 눈이 부릅떠지며 안색이 백짓장처럼 창백해졌다.

"흐윽!"

심하게 휘청거리던 그는 문틀을 잡고 겨우 신형을 바로잡았다. 연거푸 가쁜 숨을 몰아쉰 그는 열린 관 뚜껑을 통해 재차 시신을 확인했다.

턱이 덜덜 떨린다. 그는 터져 나오는 비명을 참기 위해 이를 악물어야 했다. 너무도 망극한 상황이지만 워낙 중대 사안이기에 함부로 입을 열 수도 없었다.

관 뚜껑을 닫은 그는 심장을 억누르며 감정을 억제했다. 일검향의 조언대로 아직 내색을 해서는 안 되는 일이었다.

거우 안정을 찾은 그는 일검향을 직시하며 사납게 외쳤다.

"놈을 포박하라!"

친위대 무사들이 고래 심줄을 엮어 만든 질긴 포승으로 그를 꽁꽁 묶었다. 그것도 부족해 왕릉은 일검향의 혈도를 일곱 곳이나 점했다.

"일검향, 누구도 마차를 타고 왕부 내로 들어갈 수 없다."

"그것이 규칙이라면 따르겠소."

“넌 내가 데리고 가겠다.”

일검향을 옆구리에 낀 왕릉은 친위대원을 둘러보았다.

“네 명은 관을 옮겨라. 최대한 정중히 모셔야 한다. 나머지는 포위망을 유지해라.”

왕릉이 앞서 성문으로 향하자 관을 멘 친위대원들이 뒤를 따랐다. 다른 친위대원들은 그들 주변으로 바싹 붙은 채 밀착 경호를 벌였다.

내성 성문으로 들어서자 호천장군 맹휘가 그들을 가로막았다.

“왕 무장, 대체 어찌 된 일인가? 그 흉악한 자객 놈이 다시 왕부를 찾아왔단 말인가?”

왕릉이 착잡한 음성으로 대답했다.

“맹 장군, 최고 수위의 비상 경계령을 내리게. 오늘… 어떠한 날벼락이 떨어질지 모르네.”

第66章

천하를 얻을 수 있어도 강호는 얻을 수 없다

왕성 주변으로 친위대원들이 철통같은 경계망을 형성했다. 왕성뿐만 아니라 왕부의 내성과 외성 또한 전 병력이 동원되었기에 성문과 성곽은 물샐틈없는 철옹성으로 변했다.

일검향은 영천전 접견실 탁자 앞에 부복해 있었다.

영천전 내에서는 군왕의 허락이 있기 전에는 병기를 뽑을 수 없지만 왕릉은 검을 뽑아 든 채 일검향의 명문혈에 검극을 대고 있었다. 언제든 죽일 수 있는 상황이었다.

곧이어 은하신검을 허리에 찬 영천왕이 접견실로 들어섰다. 그는 탁자 위에 올려진 관을 보고는 눈을 휘둥그레 떴다.

"어찌 된 일이냐, 왕 무장? 감히 본좌의 집무실에 관을 들이다니!"

왕릉은 일검향을 겨눈 채로 힘겹게 아뢰었다.

"망극하오이다, 전하. 하오나… 먼저 심기를… 가라앉히소서."

영천왕은 일검향을 굽어보고는 어이가 없다는 실소를 지었다.

"정녕 자객 일검향이로구나? 네가 이번에는 어찌 침투를 하지 않은 것이냐?"

"전하, 먼저 관의 시신을 확인하십시오. 연후 모든 내막을 말씀드리겠습니다."

"본좌가 아는 사람이냐?"

"그렇습니다."

일순 영천왕의 얼굴이 심각하게 굳어졌다. 불길함을 직감한 그는 떨리는 손으로 관 뚜껑에 손을 얹었다.

"일검향, 반드시… 본좌의 눈으로 확인해야 할 사람이냐?"

군왕의 음성이 심하게 떨린다. 그 또한 군왕이기에 앞서 인간이며 누구보다 뜨거운 피를 지니고 있는 위인이었다.

일검향은 정중히 배례를 올렸다.

"망극하옵니다, 전하."

"허어!"

영천왕의 입에서 절로 탄식이 터져 나왔다. 그는 고개를 돌리며 관 뚜껑을 힘껏 밀쳤다.

관 뚜껑이 열렸지만 그는 여전히 관속의 시신을 직시하지 못하고 있었다.

어찌 두렵지 않겠는가. 과연 어느 누가 아비보다 앞서 세상을 떠난 자식의 시신을 무심하게 직시할 수 있단 말인가.

한동안 고개를 돌린 채 외면하고 있던 영천왕은 결국 운명을 직시하기로 결심했다.

그가 시신을 확인하지 않는다 하여 이미 결정된 운명이 바뀔 수는 없는 일이다. 두렵고 비통하지만 그는 자신의 눈으로 관 속의 시신을 확인해야 했다.

죽은 듯이 누워 있는 청년의 모습이 고통스럽지 않은 것이 일단은 그의 충격을 다소 덜어주었다. 자신이 젊었을 적 모습을 빼다 박은 청년은 죽어서도 늠름한 기상이 느껴졌다.

그 청년은 진정 믿고 싶지 않지만 분명 자신의 아들 금룡왕자 주환(朱桓)이었다.

"환아……!"

영천왕은 떨리는 손으로 금룡왕자의 얼굴을 어루만졌다.

눈물이 절로 쏟아지며 턱을 타고 흘러내렸다. 너무도 비통했지만 군왕은 통곡을 하지 않았다. 그저 눈물만 흘릴 뿐 울지도 않았다.

일검향의 등을 겨누고 있던 왕릉은 슬픔을 이기지 못하고 털썩 무릎을 꿇었다.

"크흑흑, 왕자님! 어떻게… 어떻게 이런 청천벽력과 같은 일이 있을 수 있단 말입니까?"

영천왕은 시종 한숨 속에 금룡왕자의 얼굴과 손을 매만지다가 낮은 어조로 물었다.

"일검향, 네가 진실을 아느냐?"

"그렇습니다."

"어디까지 말할 수 있느냐?"

"전하께서 분노하거나 애통해하시지 않는다면 모든 내력을 들으실 수 있습니다."

영천왕은 강렬한 눈빛으로 그를 직시했다.

"네가 금룡의 죽음과 무관함을 하늘에 맹세할 수 있느냐?"

일검향은 천천히 시선을 들었다.

"저는 사실을 말씀드릴 뿐이며 판단은 전하께서 하실 문제입니다. 제 맹세가 무슨 의미가 있겠습니까?"

"오냐. 네 말이 맞다. 너의 맹세보다 중요한 것은 진실이다."

영천왕은 왕릉에게 시선을 돌렸다.

"왕 무장은 금룡왕자의 시신을 금룡각으로 옮겨라. 아비보다 앞서 떠난 자식이니 장례는 간소하게 치를 것이다. 그래도 왕자의 신분이니 염습의 예는 갖추어야 할 것이다. 즉시 시행하라."

"예, 전하."

왕릉은 연신 눈물을 흘리며 복명했다.

영천왕은 엄청난 충격과 애통함 속에서도 용케 의연한 태도를 잃지 않고 있었다. 가슴으로 피눈물을 쏟아도 그것을 참아내야 하는 것이 군왕의 도리였다.

그는 금룡왕자의 이마와 볼을 어루만지고는 몸을 돌렸다.

"일검향은 본좌를 따르거라."

"예, 전하."

왕성은 영천왕을 위한 거처였기에 석판이 깔린 보도에는 눈 한 점 쌓여 있지 않았다.

솜씨 좋은 장인에 의해 손질된 조경수 위에 내린 눈은 그 자체가 예술품이었다. 연못 중앙에 수각이 세워져 있는데, 다리 대신에 연꽃 형상의 징검다리가 놓여 있었다.

영천왕이 외부인을 대동해 처소에 들어서자 내관과 시녀들은 모두가 놀라움에 젖고 말았다. 여태껏 영천왕은 황제의 칙사조차 처소에서 접대한 적이 없었던 것이다.

"술은 독할수록 좋고 안주는 간소할수록 좋다. 즉시 가져오너라."

평소답지 않은 지시를 내린 영천왕은 침소 밖에서 상시 대기해 있는 시녀들마저 물렸다.

"모두들 물러가라."

"예, 전하."

시녀들은 뒷걸음질로 조심조심 물러갔다.

영천왕의 침소는 군왕의 침소답게 넓고 화려했다. 화로가 지펴져 있어 공기는 훈훈했고, 어디선가 흘러나오는 향기로 인해 숨을 쉴 때마다 그윽한 향내가 느껴졌다.

영천왕은 둥근 월창을 활짝 열어젖혔다.

창밖으로 보이는 정원은 한 폭의 그림이었다. 진귀한 수석과 멋들어진 정원수 위로 소복하게 쌓인 눈은 하얀 비단을 두텁게 덮어놓은 듯 싶었다.

정원 주변으로 막 등불이 밝혀지고 있어 화려한 등 축제가 열리는 것만 같았다.

영천왕이 정원의 설경을 감상하는 동안 내관이 술과 안주를 침향목 탁자 위에 내려놓고 물러갔다. 내관은 영천왕의 심기를 익히 헤아린 듯 들어오고 나가면서도 발걸음 소리조차 내지 않으려 애썼다.

침소의 문이 닫히자 영천왕이 먼저 자리에 앉았다.

"앉거라."

"괜찮습니다."

"평민의 신분으로 군왕과 마주 앉을 수 없는 것이 규범이지만 지금은 규범 따위를 논하고 싶지 않다."

영천왕은 잔에 가득 술을 따라 일검향에게 건넸다.

"서 있는 너와 술을 대작할 수는 없지 않겠느냐?"

"……."

"받아라. 내 아들의 유해를 가져온 네게 하사하는 술이다."

"감사히 받겠습니다."

일검향은 정중히 예를 올리고는 술잔을 받아 단숨에 비웠다. 그리고는 탁자를 사이에 두고 영천왕과 마주 앉았다.

영천왕은 거푸 석 잔의 술을 들이켰다. 아주 독한 술이지만 지금 그의 심정은 석 잔이 아니라 서른 잔이라도 비울 수 있을 것 같았다.

술잔을 내려놓은 그는 길게 한숨을 내쉬었다.

"마음의 준비는 마쳤다. 이제 말해도 좋다."

"그럼 상황의 전모를 말씀드리겠습니다."

"잠깐."

영천왕은 손을 들어 그의 말을 제지시켰다.

"일검향, 네게 어떤 조건이 있을 것 아니냐? 네가 금룡의 유해를 운구해 온 것만으로 너는 지난번 저지른 침투를 용서받았다. 이제부터 네가 진실을 말해주는 대가는 별개다. 어떤 소원이든 들어줄 테니 말해 보아라."

"전 어떤 대가 때문에 전하를 찾아뵌 것이 아닙니다."

"후회하지 말고 조건을 말해라. 군왕의 권능으로 너의 어떤 소원도 들어주고 싶구나."

일검향은 탁자에 놓인 술잔을 바쳐 들었다.

"전하께서 하사하신 한잔 술로 충분한 대가를 받았습니다."

결코 영천왕의 환심을 사기 위한 아부가 아니었다. 그는 진심으로 한잔의 술을 고맙게 생각했다. 영천왕이 직접 따라주었기 때문이 아니라 자신을 믿어주었기 때문이다.

자객이라는 그의 특수한 신분을 감안한다면 금룡왕자의 유해를 대하는 순간 영천왕은 그를 의심하는 것이 당연했다. 감정을 주체하지 못해 그의 목에 칼을 들이대고 다짜고짜 그를 살해범으로 몰아세웠을 수도 있을 것이다.

그러나 영천왕은 한번도 그를 의심하는 기색을 보이지 않았으며 그런 심기조차 드러내지 않았다. 더군다나 군왕의 처소에서 독대하는 영광까지 베풀었으니 그에 대한 절대적인 신뢰를 보인 셈이다. 하기에 그는 한잔의 술로 만족할 수 있었던 것이다.

영천왕은 잠시 그를 응시하다가 호의적으로 고개를 끄덕였다.

"오냐. 더는 강요하지 않겠다. 군왕이라 하여 상대를 강압해서는 안 되니까. 이제 홀가분한 심정으로 얘기를 듣겠다."

"그럼 아뢰겠습니다."

일검향은 금라마관에서 금룡왕자를 만나게 된 상황부터 얘기를 시작했다. 영천왕의 관심은 오로지 금룡왕자였기에 주변 상황에 대해서는 길게 설명할 필요가 없었다.

일검향은 구경꾼의 시점으로 사심마관에서 벌어졌던 배신적인 반전 상황을 담담하게 이야기했다.

영천왕은 패상의 기습으로 금룡왕자가 치명적인 부상을 당하게 되었다는 대목에서는 한동안 숨을 쉬지 못했다. 손에 쥔 술잔마저 덜덜 떨렸다.

겨우 격동을 진정시킨 그는 다시 석 잔의 술을 들이켰다.

"계속… 얘기해도 좋다."

"예, 전하."

일검향은 사심마관에서 최후까지 일도살을 죽이려 했던 금룡왕자의 의지를 소상하게 밝혔다. 그리고 금룡왕자가 자신에게 전해준 유명도 숨김없이 전했다.

비통한 이야기가 진행되는 동안 영천왕은 간간이 술을 마실 뿐 한번도 말허리를 자르지 않았다. 그는 영특한 군왕이기에 일검향이 미처 설명하지 않은 부분은 추측으로 판단했다.

일검향은 금룡왕자의 유명을 한 번 더 강조하는 것으로 고민스런 이야기를 마무리했다.

"금룡왕자께서는 최후까지 왕부의 위엄을 우려했고, 전하의 명예를 걱정했습니다. 전하께서는 이 점을 깊이 유념해 주십시오."

영천왕은 긴 한숨을 지으며 창밖으로 시선을 돌렸다.

질식할 듯한 침묵…….

영천왕은 한 시진이 넘도록 정원에 시선을 고정시킨 채 번민과 고뇌 속에 잠겼다. 그의 머리 속에서 어떤 전쟁이 벌어지고 있는지 일검향은 충분히 헤아릴 수 있었다.

영천왕은 강한 기질의 소유자라 함부로 설득하려 해서도 안 되고 간절한 애원도 오히려 역효과가 날 수 있다.

일검향이 금룡왕자의 유명 외에 사건을 말하지 않은 것도 절대 영천왕의 감정을 자극하지 않으려는 의도 때문이었다. 판단은 영천왕의 몫이다. 자식에 대한 복수를 하느냐 마느냐의 중대한 기로이기에 누구도 그의 결정에 개입할 수 없는 상황이었다.

일검향은 눈을 반개한 채 참선에 든 선승처럼 묵묵히 기다리고 있었다.

그에게 있어 최상의 결정은 영천왕이 금룡왕자의 유명을 좇아 은천마국과의 관계를 단절하는 것이다. 현재는 물론이고 향후에도 은천마국에 대해 일체 관여하지 않아야 한다.

반대로 최악의 결정은 영천왕이 복수를 위해 은천마국으로 직접 출동하는 경우다.

그런 최악의 상황이 전개된다면 이제 일검향이 고민해야 할 차례였다. 영천왕이 출동할 경우 자신에 의한 복수가 무산되기에 절대적으로 막아야 한다.

영천왕의 척살!

일검향은 가장 비극적인 참사가 전개되지 않기를 간절히 원했다.

마침내 길고 긴 침묵의 시간이 지나갔다.

"일검향, 네게 의견을 묻겠다. 본좌가 어찌했으면 좋겠느냐?"

일검향은 천천히 시선을 쳐들었다.

"답변은 이미 금룡왕자께서 하셨습니다."

"결국… 본좌에게 복수를 포기하란 말이냐?"

"전하, 금룡왕자께서 스스로 삶을 포기한 이유는 영천왕부와 전하를 위해서였습니다. 천하를 얻을 수 있어도 강호는 얻을 수 없습니다. 금룡왕자는 그런 진리를 깨달은 것입니다."

영천왕은 술을 한 모금 입에 털어 넣고는 천천히 술잔을 내렸다.

"천하를 얻을 수 있어도 강호는 얻을 수 없다……. 그것은 궤변이다. 강호가 천하 안에 있거늘 어찌 얻을 수 없다는 것이냐?"

"천하를 얻기 위해서는 황궁과 도성만 취하면 됩니다. 황궁을 잃은 황제는 더 이상 황제일 수 없습니다. 하지만 강호무림에는 황제도 없고 도성도 없습니다. 전하께서는 과연 그런 강호를 얻을 수 있다고 보십니까?”

“허어, 우문현답(愚問賢答)이라더니 내가 참으로 어리석은 질문을 하였구나.”

영천왕은 오랜 숙고 끝에 어느 정도 갈등과 고뇌를 해소한 듯 한결 편안한 모습이었다.

“금룡은 참으로 명예로운 최후를 맞이했다. 내 자식이기에 더욱 자랑스럽다. 그리고 마지막까지 왕부와 아비를 지키려는 갸륵한 효심에 감격하지 않을 수 없구나. 그런 아들의 유명을 내 어찌 거부할 수 있겠느냐?”

일검향은 마치 천하에 밀어닥칠 대 폭풍이 한순간 소멸된 듯한 심정이었다. 최악의 상황은 넘긴 셈이었다.

자리에서 일어선 영천왕은 뒷짐을 진 채 천천히 실내를 거닐었다.

“금룡의 말대로 은룡 또한 본좌의 자식이다. 적자는 아니더라도 본좌의 핏줄을 이었으니 분명 영천왕부의 왕자다. 이미 동생이 형을 죽였는데 이제 아비가 자식을 죽이려 한다면 이 어찌 명예로운 영천왕부일 수 있겠느냐? 패륜은 한번으로 족한 법, 그것이 본좌가 직접 은룡을 죽일 수 없는 이유다.”

조용히 몸을 일으킨 일검향이 정중히 예를 올렸다.

“전하의 용단에 감복할 따름입니다. 그럼 저는 이만 가보겠습니다.”

“일검향, 아직 내 얘기가 끝나지 않았다. 술잔을 비우면서 마저 얘기를 들어라.”

영천왕은 손을 들어 일검향을 다시 앉히고는 말을 계속했다.

“내 손으로 은룡을 죽일 수 없지만 형을 살해한 패륜아는 반드시 죽여야 한다. 놈은 강호뿐 아니라 세상마저 해칠 사악한 놈이니까.”

“…….”

“금룡이 세상을 떠난 이상 본좌는 왕부에 대해 미련이 없다. 은룡 같은 패륜아에게 왕부를 물려줄 바에는 차라리 폐쇄하는 편이 낫다. 놈이 스스로 마국의 국왕이 되기를 원했다면 영천왕부의 왕자일 수 없다. 만일 네 손으로 죽이게 돼도 한 치의 주저함이 없기를 바란다.”

“명심하겠습니다.”

“이제 은천마국은 강호의 문제이니 강호인들 스스로 해결할 수밖에 없다.”

영천왕은 의자에 앉으며 일검향을 직시했다.

“한데 조금은 우려가 되는구나. 내가 알기로 은천마국은 이미 천하의 절반을 넘게 장악했다. 과연 강호에서 마국과 대적할 수 있겠느냐?”

“저는 모르는 일입니다.”

“모른다? 너도 강호인이거늘 어찌 그리 무책임한 말을 할 수 있단 말이냐?”

일검향은 단호한 어조로 대답했다.

“제가 죽여야 할 자들은 태상전 마상들과 일도살뿐입니다.”

영천왕은 빈 잔에 술을 따르며 희미한 미소를 지었다.

“넌 언제나 목표가 확실하구나. 하면 그들과 싸워 이길 자신이 있느냐?”

“죽일 자신은 있습니다.”

“허헛, 과연 자객이로다. 만일 자객 세상에도 왕이 있다면 네가 자객왕이 되었을 것이다.”

“…….”

“금위대를 보내 지원해 주겠다.”

일검향은 군왕의 배려조차 정중히 사양했다.

"천예사원의 자객은 외부의 지원을 받지 않습니다."

눈은 어느새 그쳐 있었고, 맑게 갠 밤하늘에 상현달이 둥실 떠 있었다.

영천왕은 달과 건배하듯 술잔을 쳐들었다.

"그렇다면 지원이 아니라 경쟁을 위해서 파견하겠다. 그들 역시 특급자객들로서 세상 누구도 죽일 수 있는 자들이다. 본좌는 그들에게 만금의 포상금을 걸고 은룡의 목을 베어오도록 명할 것이다. 내게 그만한 자격은 있겠지?"

"물론입니다, 전하."

"일검향, 만일 금위대가 너보다 앞서 은룡의 목을 벤다면 어찌하겠느냐?"

"저는 태상전 마상들과 일도살 모두와 대결해 본 적이 있습니다. 그들의 능력으로는 가능성이 희박합니다."

영천왕은 의미심장한 미소를 지었다.

"너도 항상 희박한 가능성에 목숨을 걸지 않더냐?"

"……."

"만일 금위대가 앞서 은룡의 목을 벤다면 넌 자객 생활을 접고 나를 섬겨라. 약속하겠느냐?"

"자객은 척살을 두고 장담을 하지 않습니다. 하기에 저는 전하께 약조를 드릴 수가 없습니다."

자리에서 일어선 일검향은 정중히 작별을 고했다.

"왕부의 영광과 전하의 천세를 기원합니다."

영천왕은 더 이상 그를 만류할 수 없기에 흔쾌하게 작별을 수용했다.

"배웅은 하지 않겠다, 일검향. 네 말대로 강호는 절대 얻을 수 없는 세상이로구나. 자객인 너 하나도 얻을 수 없으니 말이다."

"송구하옵니다."

일검향은 다시 예를 올리고는 군왕의 처소를 나섰다.

혼자 남게 된 영천왕은 술잔을 비우고는 길게 탄식을 지었다.

"자객이면 어떠한가? 저런 아들을 둘 수 있다면 천하와 바꾼다 한들 아깝지 않을 것이다."

2

섬서성 종남산 중턱에 위치한 종남파는 창건 이래 가장 중대한 회의를 주재하게 되었다. 회의장에 모인 사람들의 면면을 보면 마치 무림대회라도 개최되는 듯싶었다.

소림장문인 혜천(慧天) 선사를 비롯해 달마원, 나한전, 금강전의 주지들이 참여했고, 무당과 화산, 개방에서도 장문인이 직접 참가했다. 또한 천중육기 중 태청 진인과 화산신검까지 입회하였으며, 백여 개 대소 문파의 종주들이 의사청을 가득 메웠다.

당금 천하에서 이들을 한 자리에 불러모을 수 있는 사람은 오직 한 명뿐이다.

의천맹의 맹주!

각파의 종주들은 의천맹주의 무림첩을 받고 종남파로 달려왔다. 의천맹주는 천맹무선의 직계제자이기에 배분으로 본다면 소림과 무당 장문인보다 높다 할 수 있는 위치였다.

각파 종주들이 자리를 정하고 앉자 풍진광개가 몸을 일으켜 예를 표했다.

"이 늙은이는 개방의 보잘것없는 거지로 감히 의천맹의 대원로 직을 맡고 있소. 여러 종주들께서 먼 길을 마다 않고 이번 회합에 참가한 것은 공동의 적인 은천마국에 대한 의혹 때문일 것이오. 그동안 은천마국은 신비에 가까운 공포로 천하무림을 압도해 왔소. 하지만 금번 저들의 실체가 감 군사에 의해 낱낱이 밝혀졌소. 그리고 비통하지만 한 가지 가슴 아픈 소식을 전해야겠소."

그는 잠시 말을 끊고 회의장 쪽문으로 시선을 돌렸다.

이내 쪽문이 열리며 녹의여인이 회의장 안으로 들어섰다. 실로 짠 모자를 머리에 썼고 손에는 천으로 덮인 물건을 받쳐 들고 있었다. 바로 의천맹의 군사 감소채였다.

그녀의 숙연한 모습에 좌정해 있던 종주들이 하나둘 자리에서 일어섰다.

그들 중 감소채를 직접 대면한 사람은 거의 없었지만 한눈에 그녀가 의천맹의 여군사임을 알아보았다. 그녀 역시 천맹무선의 직계제자이기에 나이에 관계없이 예우해야 했다.

감소채는 하얀 천으로 덮인 물건을 탁자 위에 내리고는 종주들을 향해 공손하게 예를 올렸다.

"소녀가 외람되이 의천맹의 군사 직을 맡고 있는 감소채입니다. 금번에 종주들께 올린 무림첩은 사실 맹주의 명의를 빌려 소녀가 작성한 것입니다. 이 점 깊이 사죄드립니다."

소림장문인 혜천 선사가 합장을 하며 물었다.

"아미타불… 유감이오, 감 군사. 사실 이 자리에 참석하신 대부분의 종주들은 실종된 의천맹주께서 귀환하여 무림첩을 발부한 것으로 알고 있었소."

"귀환하신 것은 사실입니다."

감소채는 탁자 위를 덮은 천을 조심스럽게 치켜들었다. 놀랍게도 천으로 덮인 물건은 위패였다.

의천맹주사도진성지신위(義天盟主司徒眞星之神位)

위패를 대한 종주들은 충격을 금할 수 없었다.

"오오, 이럴 수가!"

"맹주께서 타계하셨단 말이오?"

"아, 무림의 태양이 떨어졌소이다!"

종주들 일부는 무릎을 꿇으며 눈물을 뿌렸고, 다른 종주들도 깊숙이 허리를 굽히며 조의를 표했다.

감소채는 종주들의 애도가 끝나기를 기다렸다가 천천히 입을 열었다.

"맹주는 그동안 마국에 구금돼 계셨습니다. 하지만 최후까지 의기를 잃지 않았으며, 전설의 쾌검까지 터득해 마국의 마상들과 격돌을 벌였습니다. 맹주는 살아생전 정의를 강조하셨고 마지막까지 정의를 위해 싸우다 장렬하게 전사하신 것입니다. 그나마 맹주의 시신을 모셔올 수 있었던 것이 다행이며, 그분의 기상과 의기는 의천맹 맹도들 모두에게 무엇이 정의임을 깊이 일깨워 주었습니다."

"……."

"은천마국… 이름만으로 천하를 공포에 떨게 만든 그 어둠의 세력은 실로 가공했습니다. 그들에 의해 창조된 유명계와 수라계는 직접 눈으로 보지 않고서는 믿을 수 없을 정도였습니다. 소녀가 가장 안타까워 하는 부분은 저들의 최고 금역인 태상전에 이르지 못했다는 점입니다. 그러나 태상전을 제외한 모든 구역을 낱낱이 조사하여 이제 은천마국이 더 이상 신비의 마국이 아님을 공개할 수 있게 되었습니다."

그녀는 허리춤에서 두루마기를 꺼내 보였다.

"이 안에 마국의 실체를 모두 기록했습니다."

곧바로 회의실 문이 열리며 시녀들이 두루마리를 받쳐 들고 안으로 들어섰다. 감소채가 기록한 두루마리의 필사본이었다.

종주들은 한 명씩 두루마리를 집어 들었다.

두루마리를 읽어 내리는 그들의 눈이 경악으로 물들었다. 여기저기서 신음 섞인 한숨이 터져 나왔고, 몇몇 종주들은 마저 읽지 못하고 두루마리를 접기도 했다.

감소채는 자신이 보고 들었던 상황을 모두 기재했지만 은천마국의 내력에 대해서는 철저하게 은폐했다.

은천마국 창건에 영천왕이 개입되었고, 칠대마상 중 총상이 금룡왕자라는 사실은 한마디도 언급하지 않았다. 금번에 마국왕의 권좌에 오른 일도살이 은룡왕자라는 사실도 숨겼다.

감소채는 은천마국의 내력을 태상전 마상들의 야망으로 기록했다.

은천마국이 영천왕부와 깊은 연관이 있다는 사실은 절대 공개할 수 없는 비밀이었다. 은천마국에서 폭로한다 해도 영천왕부는 전면적으로 부정할 것이며 관련자들의 진술 또한 무시될 것이다.

때로는 깨끗한 거짓이 추악한 진실보다 세상의 혼란을 막을 수 있다. 그래서 유사 이래 묻혀진 진실이 진정한 진실보다 더 많은 것이다.

두루마리의 기록을 통해 은천마국의 실체를 파악한 종주들은 입을 다문 채 감소채의 부연 설명을 기다렸다.

이번 회합의 의도는 단순히 은천마국의 실체를 공개하는 데 있지 않았다. 공동의 적 은천마국을 어떻게 상대하느냐가 모두의 주된 관심사였다.

하지만 막상 마국의 실체를 접한 종주들은 너무도 거대한 마단 앞에 주눅이 들고 말았다. 그들이 예상한 것보다 마국은 더 가공했고 더 공포스러웠던 것이다.

모두의 시선이 자신에게 집중되자 감소채가 비로소 입을 열었다.

"은천마국은 실로 가공합니다. 과거에도 이런 마단은 없었으며 앞으로도 탄생되지 못할 것입니다. 유감스럽게도 우리는 이렇듯 전무후무한 적을 상대해야 합니다."

"……."

"그러나 우리가 분명히 알아야 할 중대한 사항은 은천마국의 괴멸이 아니라 해체입니다. 만일 저들을 괴멸시키려 한다면 수라계에 인질로 잡혀 있는 강호 백파의 동문들 모두가 죽게 될 것입니다."

괴멸이 아니라 해체.

너무도 어려운 주문에 종주들은 난감한 표정으로 서로를 바라보았다. 싸워 이기기도 벅찬 마국을 상대로 해체를 논한다는 것 자체가 과연 가능한지 이해가 되지 않았다.

이때 윤거에 앉아 있던 화산신검이 침중한 어조로 물었다.

"감 군사, 우리가 마국을 공격할 계책을 세우기 전에 한 가지 의문이 있네."

"하문하십시오."

"귀상이라는 자가 그토록 권모술수에 뛰어난 모사꾼이라면 과연 모든 실체가 드러난 마국을 그 상태로 두었겠는가? 더군다나 신임 마국왕이 즉위했다면 대폭적인 개편을 가했을 것이네. 놈들이 변화를 꾀했다면 과연 어디서부터 공격을 펼쳐야 할지 난감한 상황이 아닐 수 없네."

그의 우려가 지나친 것이 아니었다. 종주들 대부분이 같은 걱정을 하고 있었던 것이다.

감소채는 그러한 질문을 예상하고 있었는지 곧바로 대답했다.

"선배님께서 지적하신 대로 마국은 대대적인 개편을 진행하고 있을 것입니다. 따라서 여러분께서 보신 보고서는 참조에 불과할 뿐이지 절대 마국의 약점이 될 수 없습니다. 또한 소녀의 능력이 귀상에 미치지 못하기에 어떤 전략과 전술도 마련할 수 없습니다. 소녀가 아무리 머리를 짜서 구상을 해도 귀상에 의해 간파당할 것입니다."

혜천선사가 나직이 한숨을 내쉬었다.

"아미타불… 감 군사는 너무 겸손해 마시오. 지금 백도연합을 이끌 영도자는 오직 감 군사뿐이오. 군사가 계책을 마련한다면 우리는 기꺼이 따르겠소."

"장문인, 소녀가 겸손을 떠는 것이 아니라 진심으로 드리는 말씀입니다. 소녀의 능력으로는 절대 귀상을 능가할 수 없습니다."

"그럼 어찌했으면 좋겠소? 어떤 방침이라도 있어야 제자들을 동원할 수 있지 않겠소?"

다른 장문인들도 감소채에게 방책을 강요했다.

"그렇소, 감 군사. 무림첩을 발부해 이렇듯 많은 종주들을 소집하고서 어찌 마국의 강성함만을 거론한단 말이오?"

"우리는 오랜 굴욕을 참고 기다려 왔소. 이제 움직여야 할 때라면 주저하지 않겠소.”

“군사가 차라리 임시 맹주 직을 맡아 백도연합을 지휘해 주시오.”

감소채는 정색을 하며 두 손을 모았다.

“맹주 직은 당치 않으신 말씀입니다. 하지만 종주들께서 소녀의 소견을 물으시니 미흡하나마 답변을 드리겠습니다.”

잠시 무림 최고의 수뇌들을 둘러본 그녀는 차분하게 말을 이었다.

“각파 종주들께서는 만약의 사태에 대비해 최소한 삼 할의 전력은 남겨두십시오. 최악의 경우 마국을 해체하는 데 실패한다 해도 무림은 보존되어야 합니다. 마국이 언제까지 하늘의 태양을 가리고 있을지 모르지만 남은 제자들은 굴욕을 참으며 사문을 지켜야 합니다. 또한 마국으로 진입할 때도 감정을 억제하고 가급적 살상을 피하십시오. 다시 말씀드리지만 우리의 목표는 마국을 해체하는 것이지 괴멸시키는 것이 아닙니다. 이런 사실을 마국의 하급 전사들인 철마병이나 동마사들이 느끼도록 행동하셔야 합니다. 그들이 동요할 경우 마국은 머리만 남은 거인에 불과하게 됩니다. 우리가 제거할 자들은 그들입니다. 마국왕보다는 태상전 마상들을 죽여야만 마국은 재건되지 않습니다. 이것이 소녀가 드릴 수 있는 조언의 전부입니다.”

각파의 종주들은 잠시 할 말을 잃었다. 계책이라 하기에는 너무 어설폈고, 조언이라 하기에도 너무 평범했다.

혜천 선사가 묵주를 돌리며 물었다.

“감 군사, 진격은 어찌했으면 좋겠소? 모두가 함께 모여 대대적으로 쳐들어간다면 기세상 우리가 유리하지 않겠소?”

“장문인, 지금으로써는 저들이 어떻게 대응할지 모르기에 어떤 작전도 펼칠 수가 없습니다. 의천맹에서는 닷새 후 출동할 예정입니다. 종주들께서는 여건이 갖춰지는 대로 출동하시면 됩니다."

"일단 마국 내에서 만나자는 의도요?"

"저들의 체제가 바뀌지 않았다면 낮에 진입하는 데에는 전혀 문제가 없을 것입니다. 어떻게 대처해야 할지는 마국에 발을 들여놓은 후에야 가능할 것 같습니다."

"알겠소."

혜천 선사가 먼저 자리에서 일어섰다.

"소림으로 귀환하는 즉시 제자들을 선발해 출동하겠소."

그는 종주들을 향해 합장을 표했다.

"그럼 마국에서 뵙겠소."

그의 즉각적인 행보에 종주들을 다소 의아한 표정을 지었다. 곧이어 무당장문인 태허 진인도 작별을 고하고 총총히 회의실을 나갔다. 각파의 종주들도 비로소 자신들이 해야 할 바를 깨닫고는 줄을 이어 회의실 문을 나섰다.

어찌 본다면 다소 어이가 없는 대 회동이었다.

백 년 이래 무림계의 영수들이 이렇듯 한 자리에 모이기도 처음인데 그 회합은 너무도 짧았다. 또한 중대한 결정을 내린 것도 없었다. 은천 마국의 실체에 대한 정보를 모두가 공유했다는 것이 유일한 소득일 수 있었다.

무림대회동은 예상과 달리 길지 않은 시간 내에 끝났다.

회의실에는 감소채를 비롯해 풍진광개와 태청 진인, 그리고 화산신검 네 사람만 남게 되었다. 천중육기 중 세 사람이 이렇듯 자리를 함께하기도 극히 드문 일이었다.

풍진광개가 다소 의아한 표정으로 먼저 입을 열었다.

"군사는 왜 고심 끝에 마련한 복안과 계책에 대해서는 전혀 밝히지 않았는가? 마국으로 은밀하게 침투할 수 있는 방안까지 세워두었을 텐데."

감소채는 식은 차로 입술을 적셨다.

"다시 생각해 보니 모두 부질없는 계책이었습니다. 본래 계책이란 상대를 속일 수 있어야 하는데 소녀는 귀상을 속일 자신이 없습니다. 그럴 바에는 차라리 아무런 전술도 펼치지 않는 것이 낫다고 판단했습니다."

화산신검이 수긍하듯 고개를 끄덕였다.

"무계책이 상책이다……. 그럴 수도 있겠군. 본래 생각이 깊은 자는 의심도 많은 법이지. 백도연합이 아무런 전략이나 전술도 없이 진격할 경우 오히려 귀상이란 자가 고민을 하게 될 것이네. 대체 무슨 꿍꿍이가 있는지 저 혼자 골머리를 앓을 것이네."

태청 진인이 가볍게 손뼉을 쳤다.

"허헛, 그렇다면 군사의 무계책이 진정 최상의 전략이 아닌가?"

풍진광개도 비로소 조바심을 해소하며 호쾌한 웃음을 터뜨렸다.

"껄껄, 그랬었군. 아무런 계책과 전술을 펼치지 않는 것이 바로 군사의 묘책이었어."

감소채는 어색한 미소를 지었다.

"능력이 부족해 아무런 계책도 내지 못한 것을 어찌 묘책이라 할 수 있겠습니까? 다행히 소림과 무당의 장문인들께서 이미 간파하신 바람에 소녀가 의도한 바는 이루어졌습니다. 소녀는 마국에 진입한 후 임기응변으로 그때마다 대처할 생각입니다."

화산신검이 수염을 내리쓸며 화제를 바꾸었다.

“참, 이번 출동에 천예사원의 자객 일검향도 참여하는가?”

“모르겠습니다.”

“모르다니? 그는 군사와 각별한 친구가 아닌가?”

“물론 소중한 친구입니다. 하지만 서로의 길이 다르기에 그가 어떻게 행동할지는 전혀 알 수가 없습니다. 그리고 이제는 그와 만나지 않기를 원합니다. 너무 많은 도움을 받아… 그를 대하기가 부담스럽습니다.”

몸을 일으킨 감소채는 세 기인에게 일일이 예를 올리고는 사도진성의 위패를 받쳐 들고 회의실을 나갔다.

화산신검과 태청 진인이 의아한 표정을 짓자 풍진광개가 호리병을 흔들며 혀를 찼다.

“쯧쯧, 이런 한심한 도사야. 왜 공연히 남녀 간의 일에 끼어들어?”

“그게 무슨 소리인가?”

“감 군사는 일검향이 자객이 되기 전 큰 도움을 받은 적이 있네. 단 한 번의 만남이었지만 어린 시절에 목숨을 구함받는 은혜를 입었기에 일검향을 잊지 못하고 있었지. 한데 천맹무선 사문에서 사도진성 맹주를 만나 아주 친숙한 관계가 되었어.”

“청춘남녀로서 당연한 일이겠지.”

풍진광개는 맛있게 술을 마시고는 말을 이었다.

“한데 말일세, 사도맹주는 삼 년 전 실종되었고 감 군사는 일검향과 재회하면서 여러 번의 도움을 받았네. 사도맹주의 행방을 찾기 위해 영천왕부에 잠입한 후 무사히 탈출할 수 있었던 것도 모두 일검향의 헌신적인 노력 덕분이었지. 게다가 이번에 은천마국에 잠입해서는 일검향 덕분에 사도맹주의 시신이나마 모셔올 수 있었던 것일세.”

태청 진인이 수염을 내리쓸며 도호를 외웠다.

"무량수불… 무슨 얘기인지 이해가 가는군. 현재의 정인은 세상을 떠났고, 과거의 정인에게 많은 도움을 받으면서 감 군사가 갈등을 겪고 있다는 얘기가 아닌가?"

풍진광개가 괴이한 웃음을 흘렸다.

"크흐흣, 태청. 자네 그동안 선도를 수련한 것이 아니라 색도를 수련했나 보군? 감 군사의 심리를 아주 정확히 읽었으니 말일세."

"허허! 늙은 거지, 색도가 아니라 인간도일세."

태청 진인은 화산신검에게 시선을 돌렸다.

"자네도 일검향의 도움으로 영천왕부를 벗어날 수 있었지 않은가? 자네가 보기에는 어떤 사람인가?"

"자객일세."

"그것을 누가 모르는가?"

"흐음, 최고의 자객이면서 실로 인간적인 자객일세. 그 외에는 달리 표현하기 힘들군."

태청 진인은 회의실 문을 바라보았다.

"알 것 같네. 그렇듯 특출한 사내라면 감 군사가 매료되는 것도 무리는 아니지. 하지만 타계한 사도맹주에 대한 죄책감 때문에 괴로워할 수밖에."

풍진광개가 호리병을 입으로 가져갔다.

"우리 같은 늙은이들은 그저 모른 척하는 게 상책일세."

사도진성의 위패는 임시로 마련된 사당에 안치되었다.

감소채는 향을 사르고는 제단 앞에 부복해 앉았다. 모락모락 피어오르는 향연이 위패를 타고 오르면서 하나의 영상을 그려냈다.

규방의 여인네들이 꿈속에서 그려보는 이상적인 사내의 형상. 눈썹은 짙은 검미이며 반듯한 콧날과 붉은 입술은 천하에 다시없을 미장부의 모습이었다.

혼백으로 재현한 듯 너무도 또렷한 사도진성의 영상에 감소채는 감동의 눈물을 글썽거렸다.

"사형……."

향의 연기로 형성된 사도진성은 환한 미소를 지으며 그녀의 볼을 어루만졌다. 연기로 이루어진 손길이기에 어떤 촉감도 느낄 수 없었지만 그녀는 마음으로 느낄 수 있었다.

"소매에게 영봉의 약속을 지키라는 유명을 남기셨더군요."

은천마국을 벗어나 헤어지면서 일검향은 사도진성의 유명을 그녀에게 전했었다.

영봉의 약속.

그것은 그녀와 사도진성만이 알고 있는 비밀 약속이었다.

천맹무선은 우화등선하면서 그들에게 하산을 지시했고, 그들은 영봉을 내려오게 되었다.

당시 사도진성은 농담조로 이런 말을 했다.

"사매, 무림천하가 은천마국의 위협에서 벗어난다면 사매와 더불어 천하를 유람하고 싶어. 하지만 세상 일은 모르는 법이니 누구도 앞날을 장담할 수 없지. 하지만 내가 먼저 세상을 떠나게 돼도 사매가 행복하기를 기원하겠어. 사매를 정말 사랑해 줄 사람을 만나 아들딸 많이 낳고 행복한 삶을 살아야 돼. 구천에서 지켜볼 테니까."

"그런 말씀 마세요, 사형. 소매도 함께 죽을 겁니다."

"그것은 사문의 문규를 거역하는 배신 행위야. 자결은 절대 용납되지 않는 다는 것을 몰라? 최선을 다하는 삶이 진정한 삶이지."

"소매는 차라리… 혼자 살겠습니다."

"하하, 그러면 사매가 너무 억울할 텐데? 만일 반대의 입장이 되면 난 사랑하는 여인을 찾아 가정을 꾸리고 살 테니 말이야."

"그럼 소매를 잊겠다는 말씀이세요?"

"아니야. 소채는 항상 마음속에 있지."

"그건 위선이며 사형을 사랑할 여인에 대한 배신 행위예요."

"그래서 먼저 솔직한 내 심정을 밝혀야겠지. 그리하고도 날 신뢰하고 당신마저 사랑할 그런 여인이라면 기꺼이 좋아할 수 있을 거야."

"세상에 그렇듯 이해심이 깊은 여인은 없을 겁니다. 그리고 다른 사내를 가슴속에 묻고 사는 그런 계집을 사랑할 멍청한 사내도 없을 거구요."

"하하, 없으면 결국 혼자 살겠지. 하지만 약조는 된 거야. 누가 남게 되든 슬퍼하지 않고 행복하게 살겠다고 말이야."

"사형……"

"안심해, 사매. 우리는 서로에게 있어 마지막 연인이 될 테니까."

감소채는 손을 뻗어 사도진성의 영상을 쥐었다. 하지만 또렷한 영상은 한줄기 연기로 화해 흩어져 버렸다.

"흑……!"

감소채는 슬픔과 상심에 젖어 바닥에 엎드렸다.

영봉의 약속은 두 남녀의 불길한 미래를 예고하는 약조가 되어버렸다. 먼저 말을 꺼낸 사도진성이 그녀보다 앞서 세상을 떠난 것이다.

약조대로라면 살아남은 그녀가 사랑하는 사내를 만나 가정을 꾸려야 하지만 그녀는 그럴 마음이 전혀 없었다. 그녀는 은천마국을 해체하는 와중에 목숨을 던질 생각이었다. 그것은 자결이 아니기에 죽는다해도 떳떳할 수 있었다.

'사형, 우리는 곧 다시 만나게 될 겁니다.'

第67章

천예시원의 새로운 주인

철그렁철그렁!

차가운 겨울 삭풍에 흔들리는 쇠사슬 소리가 그토록 정겨울 수 없었다. 듣는 사람에 따라 저승사자의 발자국 소리로 생각할 수도 있지만 그의 귀로 들리는 쇠사슬 소리는 고향에서 들려오는 종소리와 같았다.

춘추봉으로 건너가는 벼랑가에 내려선 일검향은 놀라움을 금할 수 없었다. 짙은 운무에 가려 쇠사슬 다리 전체를 볼 수 없었지만 분명 철교가 이어져 있었던 것이다.

"아, 다시 생사철교가 놓여졌구나!"

일검향은 등에 짊어진 커다란 쇠사슬 더미를 한쪽으로 내던졌다.

은천마국의 침공을 받아 생사철교가 끊어진 이후 남은 생존자들은 다른 봉우리로 자객철교를 만들어 다녀야 했다. 하지만 본래의 생사철교를 버려두고 다른 길로 왕래해야 한다는 것은 수치이며 굴욕이었기에 자존심이 상할 수밖에 없는 일이었다.

일검향이 다시 춘추봉 본래 출구에 이른 것도 자신의 손으로 생사철교를 잇기 위함이었다.

은천마국의 최상층까지 직접 다녀왔기에 이제 마국에 대한 두려움은 전혀 없었다. 또한 그들의 침공을 더 이상 우려하지 않아도 되었다. 이미 은천마국을 향한 의천맹과 백도문파의 대대적인 진격이 추진되고 있기에 정마(正魔)의 대결은 곧 판가름이 날 것이다.

마가 승리하면 당분간 천하는 암흑 속에 묻히고 천예사원은 우선적으로 괴멸될 것이며, 반대로 정이 승리하면 감히 천예사원을 넘볼 세력은 없을 것이다. 하기에 생사철교가 새로이 놓여진다 해도 춘추봉의 운명은 변함이 없다고 확신할 수 있었다.

"형님과 누님도 나와 같은 생각을 가졌었나 보군."

일검향은 오랜만에 집을 찾아가는 심정으로 훌쩍 몸을 날렸다.

화산신검의 지도를 받아 승극도허와 어기비행술을 터득했기에 사실 생사철교를 밟지 않고도 그는 능히 춘추봉까지 건널 수 있었다. 하지만 생사철교를 밟고 뛰는 것을 그는 즐겼다.

그는 모처럼 자객 초년 시절처럼 생사철교를 밟는 기분을 느끼며 춘추봉 안으로 들어섰다. 그러다 문득 아무런 저지도 받지 않았음을 떠올리자 또다시 불안감이 엄습해 왔다.

'금살 형님 두 분도 다휘와 함께 구출되었다. 당연히 그분들이 생사철교를 지키고 있어야 한다. 한데 왜 생사철교가 무방비로 열려 있는 거지?

한빙담을 지나친 그는 급히 자객동부로 향했다.

한데 한창 공사가 진행 중인지 자질구레한 물품과 집기들이 동부 밖에 수북하게 쌓여져 있었다.

"……?"

일검향은 사고가 없음을 직감하며 경각심을 해소했다.

이때 바퀴 소리와 함께 을화가 쓰레기가 가득 실린 짐수레를 이끌고 밖으로 나섰다. 그녀는 힐끗 일검향을 보고는 대뜸 욕설을 퍼부었다.

"이 새끼야, 어디서 또 계집질이나 하고 온 거냐? 어서 소매 걷어붙이고 청소나 해!"

"누님!"

일검향은 반가운 심정을 주체하지 못하고 그녀를 와락 끌어안았다.

"건재하시군요. 누님의 날카로운 목소리를 들으니 속이 다 후련합니다.

"임마, 나 지금 온통 먼지투성이야!"

"아무렴 어때요. 누님의 체취는 여전히 향기롭습니다."

"새끼, 말솜씨가 갈수록 는다니까!"

을화는 그의 얼굴을 감싸 쥐며 열정적으로 입을 맞추었다.

일검향은 굳이 거부하지 않았다. 그녀가 분명 여인이었지만 입맞춤을 가져도 전혀 욕정이 솟지 않았다. 마치 혈족 간의 다정한 인사로 여겨질 뿐이었다.

입술을 뗀 을화가 소매로 입술을 닦았다.

"쳇, 재미없어. 너 나무토막이 된 거냐, 아니면 도인이 된 거야? 사내의 맛을 전혀 느낄 수가 없어."

일검향은 동부 안에서 들려오는 발자국 소리에 그녀에게서 떨어졌다.

"형님도 작업 중이신가 보군요?"

천으로 감싼 잡동사니를 둘러멘 갑영이 밖으로 나섰다. 그는 일검향을 보고도 말 한마디 건네지 않았다.

"형님, 귀환이 늦었습니다."

일검향이 먼저 인사를 하자 갑영은 잡동사니를 내던지고는 옷을 털었다.

"다훼의 일거리나 도와라. 자객서고에 있다."

"예, 형님."

일검향은 아래층 동부로 향했다.

지날날을 떠올리자 감회가 새로웠다. 아래층 동부는 그가 수련생 시절 칠 년 동안 지냈던 장소이다. 제사기 자객들이 탄생하면서 폐쇄되었는데 이제 다시 개방된 것이다.

동부는 깨끗하게 손질이 되었고, 일부는 청소까지 마쳐 비교적 깔끔한 편이었다.

"두 분이 해냈다면 정말 힘드셨겠군. 진작 돌아왔어야 하는데."

일검향은 공연히 죄책감에 젖었다. 서열로 보나 나이로 보나 이런 잡스런 일은 그가 해야 할 몫이었기 때문이다.

복도를 지나치던 그가 거적 문을 밀치고 방 안을 들여다보았다.

과거 그와 창비, 교교, 다훼가 함께 지냈던 방이다. 아련한 기억이 피어오르며 그는 잠시 회상에 잠겼다.

돌이켜보면 지옥 같은 수련 과정이었지만 그런 수련을 겪었기에 그가 여태 생존할 수 있었다.

아홉 명이 최후의 관문을 통과했지만 이제 남은 사람은 그 혼자였다. 교교는 멀리 사라졌고 다훼는 더 이상 자객으로 활동할 수 없는 몸이 되었기에 제사기 수련생 중 그가 유일한 현역 자객이라 할 수 있다.

창비를 떠올리자 그의 비참한 최후가 너무도 가슴 아팠다. 친동생과 같은 그를 자신의 손으로 죽여야 했기에 그 순간의 고통은 평생 잊지 못할 것이다.

이때였다. 약간의 소음과 함께 여인의 아픔 신음 소리가 들려왔다.

"다훼?"

일검향은 한달음에 자객서고로 달려갔다.

다훼가 서가를 더듬거리며 일어서고 있었다. 대나무 사다리가 넘어져 있는 것으로 보아 서가 상단에 책을 꽂다가 떨어진 것 같았다.

일검향은 그녀의 어깨를 감싸 일으켜 주었다.

다훼는 흠칫 놀랐지만 이내 그의 존재를 간파했다.

"검향! 네… 네가 돌아왔구나?"

"그래, 나야. 어디 다친 데는 없어?"

"괜찮아. 어디… 얼굴 좀 만져 볼게."

다훼는 환한 미소를 지으며 두 손으로 그의 얼굴을 천천히 더듬었다. 다소 떨리는 손길이 이마와 눈썹, 눈과 코, 그리고 입술과 턱을 타고 흘러내렸다.

"급히 왔나 보구나. 수염이 덥수룩해."

일검향은 그녀의 손을 감싸 쥐며 입을 맞추었다.

"모두가 무사해서 다행이야."

그러다 문득 금살자객을 떠올리며 물었다.

"참, 왜 생사철교가 무방비 상태에 놓여 있는 거지? 금살 형님들도 함께 은천마국에서 빠져나온 것으로 아는데 말이야."

"두 오라버님은 은퇴하셨어."

"은퇴?"

"마국의 대법에 당해 정상적인 활동이 어려워. 게다가 자객으로 활동하기에는 너무 연로하시지. 갑영 오라버님과 을화 언니가 결정을 내렸어."

일검향은 금살들과 작별 인사도 나누지 못한 것이 안타까웠다.

"은퇴하신 것은 충분히 이해가 돼. 그분들마저 춘추봉을 떠났으니 너무 썰렁하군. 우리 넷이 전부잖아?"

"지금은 그렇지만 조만간 춘추봉에도 힘찬 기합성이 울려 퍼지게 될 거야."

"아, 그렇구나. 하층 지하 동부가 개방되었다는 것은 수련생들을 받아들이기 위한 준비 과정이야. 맞지?"

다훼는 서탁을 따라 걸음을 옮기다가 의자를 찾아 앉았다.

"그래, 천예사원의 전통을 계승하기 위해서는 수련생들이 필요하지. 우리가 수련생들을 지도하게 되었으니 정말 세월은 빨라."

"하하, 수련생들이라……. 과연 어떤 녀석들이 입문을 하게 될지 궁금하군. 일단 첫날부터 혼을 쏙 빼놓아야겠어. 우리가 지살자객들에게 당한 것 이상으로 말이야."

일검향은 몹시 즐거운 표정으로 실내를 왔다 갔다 걸었다.

"다훼는 기억력이 뛰어나니 교두 노릇을 잘할 거야. 사실 난 자객삼십육관 중 대부분을 잊어버렸거든."

다훼는 다소 우려에 찬 표정을 지었다.

"솔직히 조금은 두렵기도 해. 맹인 교두를 과연 수련생들이 인정해줄까? 자객으로서 자격 미달이니 말이야."

일검향은 활달한 어조로 그녀를 위로했다.

"그런 소리 마. 자객에 대한 기록을 살펴보면 맹인살수도 의외로 많

아. 그리고 그들은 대부분 특급 살수들이야. 앞을 볼 수 없는 장애를 극복하고 오히려 더 높은 경지에 이른 거지."

"하지만 난……."

"다훼도 될 수 있어. 우리가 수련 과정을 겪으면서 시력에 의존하는 경우는 별로 없었어. 오히려 청각과 후각, 그리고 감각을 더 중시했지. 앞을 볼 수 없다는 것은 그저 가벼운 장애에 불과할 뿐이야."

다훼의 얼굴에 화기가 감돌았다.

"고마워. 검향의 말을 들으니 자신감이 생겼어. 검향 말대로 훌륭한 교두가 되겠어."

"좋아. 그런 정신이면 잘할 수 있어."

일검향은 그녀의 손을 잡아 일으켰다.

"혹시 다훼를 얕보는 맹랑한 녀석이 있을지 모르니 내가 한 가지 수법을 가르쳐 줄 게."

그는 그녀의 손에 죽장을 쥐어주었다.

"구결은 어렵지 않아. 발검 자세는 이게 가장 효과적이지."

다훼는 그가 일러주는 대로 죽장을 어깨에 얹었다.

"이런 자세로 쾌검을 펼친다고?"

"그래, 나도 사도진성 맹주에게 배운 거야. 놀랍게도 전설의 쾌검이었어."

다훼의 입에서 경호성이 터져 나왔다.

"맙소사! 그럼 무검파천황?"

"맞아. 형체도 소리도 없다는 무검파천황이었어. 사도맹주는 마국에 구금돼 있는 동안 전설의 쾌검을 터득한 거지."

"그러고 보니 검향이 은마계로 떠난 이후의 상황을 전혀 몰라. 대체 어떤 일들을 겪은 거야? 태상전 마상들과 대결해 본 적도 있어?"

"형님과 누님이 함께 있는 자리에서 말해줄게."

일검향은 다훼가 이해하기 쉽도록 구결을 상세하게 설명해 주고는 그녀의 자세를 고쳐 주었다.

"일단 발검부터 연습하고 있어. 난 형님과 누님을 도와 수련관을 청소하고 올 테니까."

실로 오랜만의 요리였다.

일검향은 모처럼 주방에서 요리 실력을 발휘했다. 평범한 식재료였지만 그의 손을 거치면서 근사한 요리로 변했다. 사 인분이면 충분하기에 가짓수는 많지 않았지만 하나하나가 맛깔스런 음식이었다.

네 사람이 소청실 식탁에 둘러앉았다. 최후의 칠 인에서 세 사람이 사라졌기에 이제 최후의 사 인이었다.

갑영은 본래 말이 없어 묵묵히 음식을 들었고, 다훼는 자신의 신분이 가장 낮기에 먼저 입을 열 수가 없었다. 드센 성격의 을화조차 예전처럼 활달한 태도를 보이지 않기에 식탁의 분위기가 다소 어색했다.

다훼에게 음식을 덜어주던 일검향이 슬쩍 을화를 돌아보며 말머리를 꺼냈다.

"누님, 요리가 마음에 들지 않습니까?"

을화는 술을 한잔 들이키고는 요란스럽게 입맛을 다셨다.

"정말 맛있어, 임마. 일단 배를 채우고 나서 얘기 나누자."

그녀가 워낙 게걸스럽게 먹어대자 갑영도 어이가 없는 듯 그녀를 바라보았다.

그녀는 입가의 기름을 소매로 문질렀다.

"젠장, 정말 얼마 만에 먹어보는 사람다운 음식인지 모르겠군."

"여태 뭘 드신 겁니까?"

"청소와 정리 때문에 요리할 시간이 어디 있어? 그냥 건량으로 때웠지."

"시간은 충분하지 않습니까? 그렇게 서두를 이유가 없잖아요?"

갑영이 모처럼 입을 열었다.

"시간이 없다. 사흘 안에 작업을 완료해야 한다."

"수련생들이 그렇게 빨리 당도합니까?"

"아니다. 수련생 선발은 한 달 후에나 이루어진다. 수련생들을 제공할 자객 단체들도 이번 천하대전의 결과를 관심있게 지켜보고 있어."

"그럼 왜……?"

일검향이 의아한 표정을 짓자 다훼가 차분한 어조로 대답했다.

"오라버님과 언니는 청부를 맡아 출동하셔야 돼."

"청부라니? 지금은 그럴 상황이 아니잖아?"

"회피할 수 없는 청부야."

"……?"

일검향은 을화 쪽으로 시선을 돌렸다. 손가락을 쪽쪽 빨던 을화가 싱긋 미소를 지었다.

"자그만치 일만 냥의 청부 금액이 걸린 엄청난 청부야."

"일만 냥이요? 대체 누구이기에……?"

"그것도 황금이다."

"황금 일만 냥?"

일검향도 그 엄청난 금액에는 다소 놀라고 말았다.

황금 일만 냥은 대규모 상거래에서도 드물 만큼 엄청난 금액이다.

과연 누구의 목을 베는데 그토록 엄청난 금액이 제시됐는지 궁금했다.

을화는 술잔을 집어 들고는 싱긋 미소를 지었다.

"어때, 청부금액만 보더라도 한번 도전해 볼 만한 척살이지?"

"그렇기는 합니다. 표적이 황족이라도 되는 겁니까?"

"황족은 아니지만 마치 무림의 신처럼 세상을 굽어보는 놈들이지."

일검향은 직감적으로 표적을 떠올릴 수 있었다.

"태상전 마상들?"

"맞아. 어차피 죽여야 할 놈들인데 고맙지 뭐야. 그만한 청부 금액이면 천예사원을 재건하고도 남아. 수련을 위한 장비며 도구도 새롭게 장만할 수 있지."

"누가 그런 엄청난 청부금을 제시한 겁니까?"

이번에는 다휘가 대답해 주었다.

"백인국이야."

"백인국? 강남제일의 부호라는 그 사람 말이야?"

"그래."

일검향은 세 사람을 차례로 둘러보았다.

"백인국이 누구인지 아십니까?"

을화가 심드렁하게 말을 받았다.

"임마, 누구이기는 누구겠어? 가진 게 황금밖에 없어 고민인 돼지이지."

"그가 바로 태상전 칠대마상 중 한 명인 보상입니다."

"뭐, 뭐야?"

을화는 눈을 번쩍 뜨며 그를 직시했다. 다휘 역시 경악을 금치 못했고 갑영이 미간을 찌푸린 채 건조한 음성으로 물었다.

“확실한 정보냐?”

“그렇습니다.”

“그렇다면 백인국이 왜 같은 마상으로 있는 자들을 죽이려 하는지 그 연유도 알고 있겠구나?”

“물론입니다. 이번 침투에서 유일한 소득은 은천마국의 실체를 확실하게 파악한 데에 있습니다. 그 내력을 말씀드리겠습니다.”

일검향은 추가영과 함께 은마계에 침투해서 겪었던 모든 상황을 소상하게 털어놓았다.

하나하나가 충격과 경악의 연속이기에 을화는 넋이 빠진 듯 술잔에서 술이 흐르는 것도 몰랐다. 다훼는 눈 한번 깜빡이지 않은 채 그의 얘기에 심취했고, 시종 무관심하던 갑영마저 그에게서 시선을 떼지 못했다.

사소한 사건 하나도 빼놓지 않아야 했기에 무려 두 시진이 지나서야 그의 이야기가 마무리되었다.

을화는 질린 표정으로 고개를 절레절레 흔들었다.

“정말이지, 기가 막혀 말도 안 나오는군. 그토록 엄청난 비밀과 상황이 얽혀 있었단 말이지?”

다훼는 상황을 정리하기 위해 들었던 이야기를 하나하나 되새겼고, 갑영은 잠시 상념에 잠겼다.

침묵의 시간은 예상보다 길었다.

한참이 지난 후에야 갑영이 먼저 침묵을 깨뜨렸다.

“칠대마상에 대해 분명히 알았으니 놈들을 죽일 가능성이 훨씬 높아졌다. 예정대로 수련을 위한 삼십육관문을 마저 설치한 후 마국으로 침투한다.”

일검향이 조심스럽게 자신의 의견을 밝혔다.

"형님, 이번 청부는 제게 맡겨주십시오. 최악의 경우에도 수련생들을 훈련시킬 교두가 필요합니다. 형님과 누님께서 춘추봉에 남아 계신다면 십 년 후 천예사원은 예전처럼 특급 자객들을 다수 보유할 수 있을 것입니다."

"결정은 내가 한다."

갑영은 냉담하게 일축하고는 소청실을 나갔다. 일검향이 을화에게 시선을 돌리며 재차 부탁을 하려 하자 그녀도 몸을 일으켰다.

"임마, 내가 무슨 힘이 있냐? 대살이 결정하면 그대로 따를 수밖에 없어. 어쨌든 너와 나 가운데 한 명은 남게 될 거야."

술병을 집어 든 그녀는 걸어가면서 꿀꺽꿀꺽 들이켰다.

"끄윽, 네놈은 정말 안 가본 곳이 없구나? 아래로는 아득한 참회동에서부터 위로는 마도의 하늘까지 밟아보았어. 네가 정말 이년차 자객인지 의심스러워."

그녀가 비틀비틀 소청실을 나가자 다훼가 식탁의 접시와 그릇을 치우기 시작했다.

"내가 할게."

일검향이 만류했지만 그녀가 오히려 그를 떠밀었다.

"검향, 난 칠살이야. 이런 궂은 일은 내가 하는 게 도리야."

"그래도……"

"눈먼 계집이라도 설거지 정도는 할 수 있어. 앞으로 수련생을 가르치려면 이보다 훨씬 어려운 일도 해야 하잖아? 너무 날 보살펴 주려 하지 마. 오히려 내가 부담스러워."

"……."

일검향은 어쩔 수 없이 뒤로 물러서야 했다.

그녀의 말대로 지나친 관심과 배려는 오히려 그녀의 적응력을 저하시킬 수 있기에 안타까워도 그저 지켜보아야만 했다. 그것이 진정 그녀를 위한 길이기 때문이다.

'그래, 다훼. 넌 잘할 수 있을 거야.'

사흘 후, 천예사원 최후의 사 인은 수련생들을 받아들이기 위한 시설을 완료할 수 있었다. 개인 소지품이며 집기들은 성시를 찾아가 구입하면 되는 일이었다.

"검향, 따라와 봐."

을화는 일검향을 대동하고 동부 중층부로 향했다.

중층부는 수련생을 감금하는 독방과 체벌을 가하는 방 등이 배치돼 있는 곳이다. 일검향은 독방에 감금된 적도 있고 쇠사슬에 묶여 체벌을 받은 적도 있기에 기억이 새로웠다.

"너, 여기 좀 묶여봐라."

을화는 그를 대뜸 벽의 형틀에 묶었다. 손목과 발목을 묶은 끈은 쇠사슬이 아니라 고래 심줄과 천잠사로 엮어 만들었기에 아주 질겼다.

"자, 한번 힘을 써봐. 끊기거나 풀리면 다시 설치해야 돼 . 수련생 녀석들이 미친개처럼 날뛰면 곤란하니까."

"알겠습니다."

일검향은 진기를 끌어올려 손목을 묶은 끈을 힘껏 잡아당겼다. 신축성이 있는 끈이라 약간 당겨졌지만 그것이 전부였다. 그가 아무리 용을 써도 끈은 끊기지 않았다.

"아주 질기군요. 수련생들이 끊기에는 무리입니다."

"그래, 용을 옭아맨다는 곤룡승답게 확실히 질기구나."

“이제 풀어주시죠.”

“호호, 풀어달라고?”

을화는 그의 볼을 감싸 쥐고는 쪽 소리가 나도록 입을 맞추었다.

“어리석은 녀석. 널 묶어두기 위해 잔꾀를 부렸는데 제대로 넘어갔구나.”

“누님……?”

일검향은 검미를 치켜올리며 그녀를 직시했다.

이때 형벌실 안으로 갑영과 다훼가 들어섰다. 갑영은 출동에 대비한 경장 차림이었다. 을화에게 칼을 건넨 그가 일검향 앞으로 다가섰다.

“검향, 춘추봉에 남아 다훼와 함께 수련생들을 이끌어야 할 사람은 너다.”

“형님, 가야 할 사람은 접니다. 전 태상전 마상들과 겨룬 적이 있기에 놈들을 능히 죽일 수 있습니다. 또한 국왕으로 등극한 일도살은 아수라 파천마공을 터득해 극마지체를 이루었기에 저만이 상대할 수 있습니다.”

“네가 절세무공을 터득했다는 것을 알고 있다. 하기에 네게 천예사원의 미래를 맡기려는 것이다.”

일검향은 곤룡승을 끊기 위해 용을 쓰며 외쳤다.

“이럴 수는 없습니다! 저를 보내주십시오. 춘추봉에는 형님과 누님이 남으셔야 합니다! 제가 사문의 원수들을 죽일 수 있도록 보내주십시오, 형님!”

“잘 들어라, 검향!”

차갑게 꾸짖은 갑영은 일검향 앞에 천천히 무릎을 꿇었다.

“난 천예사원의 주인이 아니다. 다만 대살의 신분으로 잠시 지휘를 맡았을 뿐이다. 이제 네가 천예사원 제이대 원주다. 너는 심성과 무공,

통솔력과 친화력 모두에서 나를 앞선다. 원주님을 대신해 천예사원을
경영할 자격은 오직 너뿐이다."

"형님……?"

너무도 엄청난 요구에 일검향은 맥이 탁 풀렸다.

"마… 말도 안 됩니다! 형님이야말로 천예사원의 제이대 원주이십니
다. 제가 어찌 천예사원의 주인이 될 수 있단 말입니까?"

"을화와 다훼가 동의했으니 이미 결정된 사항이다."

그가 절을 올리자 을화와 다훼도 정중히 배례를 올렸다.

"원주를 뵈옵니다."

일검향은 사지가 결박된 상태였기에 멀거니 그들을 내려다볼 수밖
에 없었다.

몸을 일으킨 갑영이 포권을 취하며 말했다.

"우리가 무사히 귀환한다 해도 천살의 신분으로 원주를 섬기겠소.
어쩔 수 없이 결박한 것이니 양해 바라겠소."

"형님, 일단 결박부터 풀어주십시오."

"이제 천예사원의 미래는 원주에게 달려 있소. 자격 중의 자격이라
는 명예는 지켜져야 할 것이오."

그가 형벌실을 나가자 을화도 목례를 취하고는 뒤를 따랐다.

일검향은 여전히 부복해 있는 다훼를 직시했다.

"다훼, 정말 실망이다. 누구보다 사려 깊은 너까지 이런 터무니없는
결정에 동의했단 말이냐?"

"갑영 오라버님의 말씀대로 천예사원의 새로운 주인이 될 분은 오직
검향 원주뿐입니다. 이미 결정된 사항이니 거절하지 마십시오."

"어서 풀어! 어서 결박부터 풀어! 연후 다시 얘기하자."

"원주로서 명을 내리신다면 고려해 보겠습니다."

일검향은 일단 결박 상태에서 벗어나는 것이 급했기에 순순히 그녀의 제안을 받아들였다.

"알겠다. 천예사원의 원주로서 명하겠다. 다훼 너를 천살자객 제삼살로 임명하겠다. 원주를 결박할 수는 없다. 속히 결박을 풀어라."

"첫 번째 명이시니 신분을 분명히 밝혀주십시오."

"난… 천예사원 제이대 원주 일검향이다. 삼살 다훼는 속히 명을 받들라."

다훼는 감동에 젖어 공손히 고개를 숙였다.

"제자 다훼가 원주의 명을 받겠습니다."

"당장 결박을 풀어라."

"원주, 대살 오라버님께서 원주의 권한은 사흘 후부터 주어진다고 사전에 조건을 제기하셨습니다. 번거롭더라도 사흘만 참으십시오."

"……!"

일검향으로 비로소 자신이 다훼의 계책에 넘어갔음을 깨닫게 되었다.

갑영과 을화, 다훼는 자신에게 원주라는 중책을 맡기기 위해 모의를 하였고, 자신은 그들의 계산대로 움직이게 된 것이다. 더군다나 자신의 입으로 제이대 원주임을 자처했으니 이제 돌이킬 수도 없게 되었다.

그는 나직이 한숨을 쉬며 다훼를 내려다보았다.

"다훼."

"말씀하십시오, 원주."

"원주로서 약속을 지키겠다. 천예사원에 남은 자객은 우리 넷뿐이다. 대살과 이살을 잃을 수는 없다. 그들을 구해야 하니 결박을 풀어다오. 이는 우리 천예사원을 위한 길이기도 해."

"송구하게도 저는 결박을 푸는 방법을 모릅니다. 그 비결은 자객서고의 어느 책자에 기재돼 있다고만 들었습니다. 운이 좋으면 사흘 이내에 찾아낼 수도 있을 것입니다."

"곤룡승을 끊을 신병은 없을까?"

"유감스럽게도 원내에 그만한 신병이 없습니다."

일검향은 손목을 묶은 곤룡승을 살펴보았다.

"만일 내 스스로 결박을 풀거나 끊으면 어떻게 되는 거지?"

"사흘의 기한이라는 조건은 없어집니다. 즉시 제이대 원주가 되실 수 있습니다. 하오나 곤룡승은 어떤 공력으로도 끊을 수 없습니다. 그저 운명이라 생각하시고 차분하게 현실을 받아들이십시오."

"그래, 운명이라면 받아들여야지."

일검향이 다소 가라앉은 어조로 응수하자 다훼는 비로소 몸을 일으켰다.

"그럼 저는 이만 물러가겠습니다."

형벌실을 나선 그녀는 기관을 작동시켜 문을 닫았다.

칠흑 같은 어둠. 일검향은 물끄러미 어둠을 응시했다.

천예사원의 제이대 원주!

참으로 예상치 못한 일이기에 숨이 막힐 만큼 어깨가 무거웠고 심한 중압감에 가슴이 답답해졌다. 영광스럽기보다는 두려웠고 명예롭기보다는 부끄러웠다.

자객 이년차에 불과한 자신이 감히 천하 최고의 자객 단체 천예사원의 총수가 되었으니 그의 부담감은 당연한 것이었다.

'사흘 후면 너무 늦다. 내가 마국에 당도했을 때는 이미 모든 상황이 종료된 후가 될 것이다. 형님과 누님은 태상전 마상들을 절대 죽일

수 없어. 내가 가야만 한다.'

그는 여의심결을 운기해 전신의 공력을 오른손에 운집했다. 한쪽 손만 자유로우면 곤룡승을 풀어낼 수 있기에 그는 오른손의 결박을 해결하는 데 전력을 다했다.

거듭된 기연으로 그의 공력은 반박귀진을 넘어선 상태였다. 전신 경락을 타고 도는 진기는 그가 뜻하는 대로 세상을 바꿀 수 있을 정도였다. 한데 곤룡승은 너무도 질겨 도저히 끊을 수가 없었다.

반각 이상 곤룡승과 씨름을 하던 그는 맥 빠진 한숨을 내쉬며 포기했다.

"힘으로는 끊을 수 없는 끈이로군."

문득 그는 사심마관 무고에서 찾아낸 무상의 절기를 떠올렸다.

아직 그 심오한 의미는 터득하지 못했지만 천세무광이 무엇을 남기려 했는지는 마음으로 느낄 수 있었다.

만류귀종(萬流歸宗)!

세상의 모든 이치가 본질 속으로 회귀한다는 의미였다.

천세무광은 정사의 무공은 물론이며 마공과 독공, 환술 등등, 모든 분야의 무공을 터득한 사람이었다. 그런 그가 최후로 수련한 무공이 바로 금지된 마공인 아수라파천마공이다.

아수라파천마공은 너무도 강렬한 마기를 담고 있기에 이 마공을 수련하면 피가 끓어올라 주화입마에 빠지고 만다. 대부분은 심장이 터져 목숨을 잃게 되지만 천세무광은 몸이 절반만 마비된 상태로 생명을 유지할 수 있었다.

하지만 그는 아수라파천마공을 전수해 준 일도살의 암습을 받아 목숨을 잃게 되었고, 최후의 순간에 이르러 만류귀종의 이치를 깨우치게 되었다.

만류천종귀전(萬流千宗歸轉)!

이 절학은 그가 평생 동안 터득한 절기를 한데 융합한 초극의 무학이다. 생명지기가 고갈되는 순간에 창안했기에 그 자신도 이 절학의 한계를 모른다.

일검향은 무고에서 천세무광이 남긴 최후 무공을 찾아냈지만 아직 정식으로 수련할 겨를이 없었다.

구결 한 줄 없는 무상의 절기는 흔적만으로 그 의미를 유추해야 하기에 고도의 집중력이 필요했다. 만일 그가 형벌실 내에 결박된 상황이 아니었다면 오래도록 만류천종귀전을 수련할 기회가 없었을 것이다.

망아지경에 빠진 일검향은 자신이 사심마전 무고에 머물러 있었던 상황으로 돌아갔다. 바닥과 벽, 천장에 남겨진 수천, 수만의 흔적 속에서 그가 찾고자 하던 흔적을 하나하나 찾아내기 시작했다.

마치 조각난 도자기의 파편을 찾아 본래대로 짜 맞추듯 심오한 의미가 조금씩 윤곽을 드러내기 시작했다.

초극의 절기는 마음으로 터득하기에 오랜 시간에 걸쳐 반복을 요구하는 일반적인 절기와 그 본질부터 다르다.

하기에 중요한 것은 시간이 아니라 깊은 통찰력이었다.

第68章

빙국으로, 빙국으로

촤아아……!

동호를 떠나온 범선이 동정호를 향해 남하하고 있었다. 외견상 흔한 상선이기에 남들의 이목을 끌 만한 부분은 별로 없었다. 다만 적재된 화물이 거의 없는 듯 범선치고는 속도가 빠를 뿐이었다.

갑판 뱃전에서 낙조를 바라보는 화복 차림의 노인이 상선의 주인으로 보였다. 매서운 겨울바람을 막기 위해 귀한 백호구 갖옷을 걸쳤는데 여느 상인과 달리 고귀한 기품이 이색적이었다.

화복노인은 놀랍게도 영천왕이었다.

은밀하게 왕부를 떠나온 그는 상선을 타고 항산에 위치한 은천마국으로 향하는 중이었다. 물론 그가 직접 결전에 나설 의도는 없었다. 다만 천하대전의 상황을 가까이에서 지켜보며 빠른 소식을 접하기 위함이었다.

영천왕을 호위하는 무사는 친위무장 왕릉이었다.

그는 친위대원들을 상인으로 변장시켜 주변에 대한 경계를 하고 있지만 못내 불안하기만 했다. 행여 은천마국에서 영천왕의 행보를 간파할 경우 심각한 사태가 야기될 수도 있기 때문이다.

이때 수면을 타고 하나의 그림자가 소리도 없이 범선으로 접근해 왔다. 낙조 무렵이기에 물결의 그림자가 짙어 인영의 존재를 눈치채기가 쉽지 않았다.

범선에 달라붙은 인영은 아주 왜소해 어린아이의 체구로 보였다. 순식간에 뱃전으로 오른 그는 영천왕의 등 뒤에 내려섰다.

"전하, 속하입니다."

왕릉은 움찔 놀라 뒤를 돌아보았다.

검은 야행복 차림의 난쟁이는 바로 금위대주 천왜잔왕이었다. 과연 전대의 대자객답게 친위무사들의 경계를 무용지물로 만들고 영천왕의 근접 거리까지 이른 것이다.

영천왕은 여전히 낙조에 물든 호변을 감상하며 물었다.

"상황은 어떠하냐?"

"의천맹을 비롯한 백도의 수백 개 방파가 마국 내에 진입했소이다. 마국에서는 마병들조차 출동하지 않은 상황이라 아직까지 충돌은 없소이다."

"다행이군. 자칫 호남성의 양민들이 갑작스럽게 전화를 당할 수도 있었는데 말이다."

영천왕은 왕릉에게 턱짓을 보냈다.

왕릉은 한쪽 가슴에 안고 있던 옥함을 천왜잔왕에게 건넸다.

"전하의 하사품일세."

옥함을 받아 든 천왜잔왕은 지체없이 뚜껑을 열고 내용물을 살폈다.

진귀한 칠채묘안석과 금강석, 용화신주(龍華神珠) 등 값을 매기기 힘든 엄청난 보석이 빼곡하게 들어 있었다. 천왜잔왕은 옥함을 잘 봉하고는 고개를 조아렸다.

"아마도 속하들의 목숨 값이 아닌가 사료되오이다. 명을 내리소서."

영천왕은 비로소 몸을 돌려 그를 내려다보았다.

"두 놈의 목이 필요하다. 한 명은 은천마국 태상전의 마상 중 귀상이란 늙은이다. 본좌에게 의도적으로 접근해 마국을 창건하도록 계책을 꾸민 자다. 그리고 다른 한 명은 마국왕 일도살이다."

천왜잔왕은 잔뜩 인상을 찌푸리며 고개를 들었다.

"전하, 일도살이라면 은룡왕자가 아니옵니까?"

"내게 있어 아들은 금룡 한 명뿐이다. 제 형을 살해한 놈은 더 이상 본좌의 자식일 수 없다. 너희가 그들 둘의 목을 베어온다면 열후(列侯)로 봉해줄 수도 있다. 설사 너희가 죽는다 해도 나라를 위해 목숨을 바친 충신으로 기록될 것이다."

천왜잔왕은 새까만 눈알을 또르르 굴렸다.

"그 말씀은 더 이상 전하 곁에 저희를 두지 않겠다는 뜻으로 알겠소이다."

"섭섭하게 생각지 마라. 본좌가 너희들을 금위대로 임명해 왕부로 불러들인 이유는 행여 있을지 모를 마국의 척살을 방비하기 위함이었으니까. 이번이 너희들에게 내리는 마지막 명이다."

"후한 보수를 받았으니 최선을 다하겠소이다."

"떠나거라."

몸을 돌린 영천왕은 뒷짐을 진 채 천천히 갑판 위를 걸었다. 군왕을 수행하던 왕릉은 힐끗 뒤를 돌아보았다. 천왜잔왕은 어느새 사라지고 없었다.

"전하, 저들은 왕부의 기밀을 가까이서 접한 자들이외다. 마땅한 조치가 있어야 하오이다."

"금위대를 마국 태상전으로 침투시킨 것이 조치이다. 저들이 비록 놀라운 잠입 능력을 지닌 특급 자객들이지만 결코 살아 돌아오지 못할 것이다."

"아, 그렇습니까."

"그래도 저들이라면 마상들 중 한둘은 죽이겠지. 그 정도만으로 마국에 심대한 타격을 주기에 충분하다."

"하오나 전하."

왕릉이 조심스럽게 물었다.

"백도연합이 마국에 참패를 당할 경우 어찌하실 생각이십니까?"

영천왕은 뱃전을 짚은 채 떨어지는 낙조를 직시했다.

"본좌가 친정(親征)에 나설 것이다."

"전하?"

"결자해지란 말이 있지 않느냐? 나로 인해 창건된 마국인 만큼 내 손으로 해결해야지."

"놈들은 황법조차 무시하는 잔혹한 자들이외다."

"알고 있다. 그래도 감히 본좌에게 칼을 들이댈 자는 오직 일도살 그놈뿐일 것이다. 내 기꺼이 놈의 칼에 죽어 놈을 패륜아로 만들 생각이다. 그리되면 폐하께서도 놈을 용서하지 않겠지. 결국 은천마국은 괴멸될 수밖에 없다."

영천왕의 결연한 어조에 왕릉은 황송한 모습으로 손을 모았다.

"전하, 안심하십시오. 마국의 마력이 아무리 강력하다 해도 일검향을 막아내지는 못할 것이외다."

영천왕은 붉게 물든 하늘로 시선을 들었다.

"그래, 나도 그를 믿는다. 일검향 그라면 반드시 태상전 마상들과 일도살을 죽일 수 있을 것이다."

2

춘추봉 위로 눈이 쏟아지고 있었다. 밤부터 내린 눈으로 인해 보이는 모든 것이 은세계였다.

다훼는 간단한 식사를 소반에 받쳐 들고 복도를 걷고 있었다. 앞을 볼 수 없는 몸이지만 실내의 구조를 정확히 알고 있기에 걸음걸이에 전혀 불편함이 없어 보였다.

기관을 작동시켜 문을 연 그녀는 형벌실 안으로 들어섰다. 일순 그녀는 커다란 변화를 직감할 수 있었다.

"……?"

분명 결박돼 있어야 할 일검향의 존재가 전혀 느껴지지 않았다.

"검향……?"

누군가의 손이 그녀의 어깨를 감싸 쥐었다.

"나, 여기 있어."

"허억, 검향? 아… 아니, 원주? 어떻게 곤룡승을?"

"아무래도 곤룡승을 바꿔야 할 것 같아. 나처럼 결박을 끊어버리는 수련생이 생기면 곤란하니까."

일검향은 그녀가 받쳐 든 소반을 대신 들고는 형벌실을 나섰다.

"형님과 누님이 떠난 지 얼마나 됐지?"

"이틀 정도입니다."

"두 분의 경공술이 워낙 뛰어나 따라잡을 수 있을지 모르겠군."

자객서고로 들어선 일검향은 다훼를 의자에 앉혔다.

"오래 걸리지 않을 거야. 외롭더라도 잠시 다훼 혼자 있어야겠어."

"원주!"

다훼가 그의 손을 감싸 쥐었다.

"저는 대살의 지시를 수행해야 합니다. 춘추봉을 떠나시면 안 됩니다. 저 혼자로는… 수련생들을 지도할 수 없습니다."

"약속할게. 반드시 돌아올 거야. 형님과 누님과 함께 돌아오겠어."

"……."

"다훼, 난 약속을 지켰잖아? 요지선궁, 소림 참회동, 척살단, 마국 태상전에 침투할 때도 돌아온다는 약속을 지켰어. 지금도 마찬가지야."

"알겠습니다, 원주. 곤룡승 결박을 해결했으니 저로서도 원주를 막을 명분이 없습니다."

일검향은 그녀의 머리 위 뇌정혈에 손바닥을 얹었다.

"다훼에게 주는 선물이야. 마음을 안정시키고 내 기운을 받아들여."

"원주, 저를 위해 공연히 기력을 낭비하지 마십시오."

"내공을 전수하려는 것이 아니야. 다훼에게 심안을 느끼게 해주고 싶어."

"심안이라고요?"

"눈으로 직접 보는 것만큼 정확하지는 않지만 사물의 존재를 분명 느낄 수 있을 거야. 게다가 더 멀리, 더 많은 것을 볼 수가 있게 될 거야."

일검향은 자신의 심득을 장심에 실어 다훼에게 전수해 주었다.

그가 불과 이틀 만에 만류천종귀전을 일부나마 깨우친 것은 경이적인 성취였다.

만류천종귀전은 천세무광이 육십 년에 걸쳐 터득한 무학의 정수를 융합한 광세절학이기에 지극히 심오했다. 무학의 범주를 초월한 무도의 경지.

그것은 심안이 없이는 절대 터득할 수 없는 초극의 절기였다.

그가 이렇듯 빠른 성취를 보일 수 있었던 것은 여의심결과 천불성승의 금마오절기, 사도진성의 무검파천황 등 상승절예를 터득해 왔기 때문이었다. 덕분에 그는 만류천종귀전에 가깝게 접근할 수 있었던 것이다.

다훼는 뇌정혈을 통해 스며드는 상쾌한 기운을 받으면서 점차 시야가 환해지는 것을 느꼈다.

칠흑 같은 밤을 밀어내는 희뿌연 여명의 빛.

비록 형상은 정확지 않지만 사물을 구분하기에 충분했다. 눈앞에 그려지는 서가와 수천 권의 책은 결코 상상에 의한 형상이 아니었다. 그녀가 마음의 눈으로 볼 수 있는 형상이었다.

"아……!"

다훼가 감동 어린 탄성을 발하자 일검향이 그녀의 뇌정혈에서 손바닥을 떼었다.

"느껴져?"

다훼는 그의 얼굴을 올려다보았다.

분명치는 않아도 얼굴의 윤곽을 정확히 볼 수 있었다. 거기에 예전의 기억까지 떠올리자 일검향의 모습이 보다 분명해졌다.

"원주의 모습이 보여요. 마치 눈으로 보는 것처럼 또렷하게 보입니다."

그녀가 감격하는 것 이상으로 일검향 역시 감격에 젖고 말았다. 그는 그녀의 손을 따뜻하게 감싸 쥐었다.

"다훼의 심성이 맑고 깨끗한 덕분에 성취가 빠르군. 이제 다시 광명을 찾아 다행이야."

"흑! 고맙습니다, 원주. 정말 고마워요."

"아니, 내가 오히려 고마워."

그녀를 포옹한 그는 다정하게 속삭였다.

"심안을 깊이 수련하면 바늘귀에 실도 꿸 수 있을 거야. 그 정도면 두 눈이 멀쩡한 사람보다 낫지."

"무도를 터득하셨으니 원주는 무신(武神)의 경지에 오르신 겁니다. 감축드립니다."

"아직 그 정도는 아니야. 그래도 예전보다 조금은 강해진 것 같아."

일검향은 한 걸음 뒤로 물러섰다.

"이제 날 믿을 수 있겠지?"

다훼는 한쪽 무릎을 꿇으며 예를 올렸다.

"믿습니다, 원주. 반드시 돌아오실 것이라 믿습니다."

3

호남 중부의 형양성.

형양성은 대륙 남부에 위치한 탓에 한겨울 날씨도 그저 쌀쌀할 뿐이다. 겨울이 되면 한철을 따뜻하게 보내기 위해 강북의 상인들이나 떠돌이들이 대거 몰려드는 것은 어제오늘의 일이 아니었다.

따라서 대부분 상인이나 낭인 무사들로 변복한 백도의 고수들이 대거 형양 일대에 들어섰지만 그것을 이상하게 여기는 양민들은 별로 없었다.

최근 들어 한 가지 놀라운 변화는 야간 통행을 금지하는 엄한 규정이 사라졌다는 점이다.

예전 같으면 유시를 알리는 종소리와 함께 등불이 모두 꺼지고 인마의 통행이 금지되는 것이 원칙이다. 함부로 나돌아다니는 자나 등불을 켜는 자는 가차없이 철마병이나 동마사에 의해 끌려가 유명옥에 갇히게 된다.

한데 수일 전부터 이런 엄격한 율법이 사라졌다.

유시를 넘어서 나다녀도 이를 금제하는 철마병은 눈을 씻고도 찾아볼 수 없었다. 대신 그동안 모습을 보이지 않던 관병들의 야간 순찰이 재개되었다. 관병들은 수상쩍은 자들을 조사할 뿐 야간 통행은 일체 금제하지 않았다.

양민들은 십수 년간 밤을 지배해 온 마국의 철마병들이 사라졌다는 사실에 조금은 의아해하면서도 불안감을 금치 못했다.

그것은 마국의 체제에 중대한 변화가 생겼음을 의미하기 때문이다.

형양성 북쪽으로 병풍처럼 늘어선 바위 벼랑이 우뚝 서 있었다.

벼랑과 약간 떨어진 곳에는 여러 부류의 사람들이 무리를 지어 운집해 있었다. 승려와 도사, 비구니와 거지를 비롯해 다양한 복장의 사람들이 망라되었다.

맨 오른쪽에 모여 있는 무사들은 의천맹도들이었다.

그들을 이끄는 수뇌들은 강호에서도 쟁쟁한 명성을 떨치고 있는 풍진광개와 천하구절 중 삼 인이었다. 털모자를 쓴 한 명의 미공자가 그들의 경호를 받고 있는데 바로 의천맹의 군사 천혜옥향 감소채였다.

그녀는 지난번 잠입 때 비구니로 변장을 하기 위해 머리를 깎았기에 털모자를 쓰고 있었다. 지금은 남장을 한 상태였다.

주변을 둘러보던 그녀가 나직이 입을 열었다.

"칠로(七路)의 군웅들이 모두 당도한 것 같군요."

풍진광개가 타구봉을 어깨에 걸치며 말을 받았다.

"그런 것 같네. 이제 군사가 명을 내릴 차례일세."

"아닙니다, 대원로. 앞서 말씀드린 대로 칠로의 군웅들은 각기 총수들의 지휘를 받아야 합니다. 소녀는 의천맹도들의 움직임을 지시할 따름입니다."

총호법인 도광패편이 답답한 듯 미간을 찌푸렸다.

"군사, 백도연합 모두가 마국에 진입한 상태요. 마땅히 힘을 합쳐 마국 놈들과 대적하는 것이 최선의 방법이오. 한데 왜 영도자의 자리를 마다하는 것이오?"

"은천마국은 태상전 마상들에 의해 주도되고 있습니다. 저들은 다수의 머리가 달린 괴물과 다름없습니다. 국왕의 권좌에 앉은 일도살이 죽는다 해도 태상전 마상들이 건재하다면 마국은 붕괴되지 않습니다. 여러 명의 마상들이 공동으로 마국을 경영하고 있다는 것은 장단점을 동시에 지니고 있지만, 마상들 중 두세 명이 죽는다 해도 마국이 무너지지 않는 강력한 생명력이 가장 큰 장점입니다."

감소채는 멀리 바위 벼랑을 응시하며 말을 이었다.

"만일 백도연합이 맹주를 선출해 일사불란하게 움직인다면 저들은 분명 맹주를 척살하려 할 겁니다. 만일 맹주가 살해되는 불상사를 당한다면 상황이 어찌 되겠습니까? 진격은 중단되고 후임자를 추대하기 위한 절차와 회의 때문에 내부적인 충돌과 갈등을 겪게 될 것입니다."

"허어, 과연 군사의 혜안에는 탄복하지 않을 수 없군."

풍진광개가 연신 고개를 끄덕였다.

"결국 우리도 다수의 지휘 체제로 저들과 맞서자는 의도로군."

"그렇습니다. 저들은 마땅한 표적을 찾아낼 수 없기에 다소 혼란에 빠지게 될 것입니다. 일단 유명계부터 해체시킨 후 귀상이 어떤 계책을 펼쳐 올지 기다려야 합니다."

감소채는 전주 급인 중원신창과 표향비화에게 시선을 돌렸다.

"유명계에 감금돼 있는 인질을 구하는 것이 급선무입니다. 두 분께서는 무사들을 이끌고 유명계를 공격하십시오."

"군사, 만일 유명계에서 큰 피해를 입으면 수라계와 은마계 마인들을 어찌 상대하려 하시오?"

"은천마국에서 야간 통금을 금제하지 않은 것으로 미루어 전면전을 회피할 생각인 듯싶습니다. 어차피 대규모 전투가 벌어지지 않는다면 다수의 무사들은 큰 의미가 없습니다. 이럴 바에는 유명계에서 고통을 받고 있는 강호인들을 구해 퇴각시키는 것이 최선입니다."

풍진광개가 흔쾌한 표정으로 동조했다.

"자네들은 군사의 지시에 따르게. 다른 여섯 부대에서도 무사들을 동원해 유명계를 공격할 것이네."

중원신창과 표향비화는 정중히 예를 올렸다.

"명을 받겠습니다."

쌍절은 의천맹 무사 일백여 명을 대동하고 바위 벼랑으로 달려갔다.

의천맹에서 행동을 취하자 다른 여섯 부대에서도 전력을 반으로 나누어 유명계 공략에 투입시켰다.

선발부대가 의천맹이며 제이부대는 소림과 개방, 하남성 무림세가들의 연합 세력이었다. 제삼부대는 화산과 종남이 주도했고, 제사부대는 무당과 점창, 호남성의 문파들이 참여했다. 제오부대는 아미, 청성, 사천당문 등으로 이루어진 사천무림계이며, 제육부대는 공동과 곤륜이 주도하는 도문의 제자들, 그리고 제칠부대는 오대세가가 주축이 되었다.

이렇듯 어마어마한 백도연합은 백 년 이래 최대의 규모였다.

게다가 천중육기 중 넷이 참여했고, 천하구절 중 여섯이 가세했으니 명실공히 백도대연맹이라 할 수 있었다. 참여 인원은 오천 명에 달했기에 흑백무림의 대결이라기보다 전쟁에 가까웠다.

이천여 명의 군웅이 유명계로 향하자 감소채는 다소 긴장된 눈빛으로 지켜보았다.

'이번이 은천마국과의 첫 번째 격돌이다. 내 예측이 틀리지 않았기를 기대해야 돼. 만일 태상전에서 유명계를 지키려 한다면 군웅들의 피해는 엄청나게 될 거야.'

콰아앙!

유명계로 진입하는 비밀 통로가 연이어 박살나며 칠로(七路)의 군웅들이 속속 진입했다. 의천맹 무사들을 이끄는 중원신창과 표향비화는 유명계에 잠입한 적이 있기에 진입이 보다 수월했다.

거대한 지하 세계에 펼쳐진 유명십팔옥을 대한 군웅들은 한동안 입을 다물 수가 없었다. 유명계가 현세의 지옥이라는 얘기를 앞서 듣기는 했지만 이렇듯 끔찍한 세상이 존재할 줄은 상상하기 힘들었던 것이다.

소림 계지원 주지인 무현 선사가 신음 어린 불호를 외웠다.

"아미타불… 인간으로 어찌 이런 지옥을 창건할 수 있단 말인가?"

이때 유명계를 수호하는 염라혈위대가 대거 몰려왔다.

"크크, 불구덩이 속에 뛰어들 놈들이 기어들어 왔구나?"

"어서들 오너라! 맷돌로 갈아 죽이리라!"

무현 선사는 염라혈위대의 막강한 마력을 익히 들었기에 금강나한들을 출전시켰다.

"나한진을 펼쳐 마귀들을 막아라! 나머지 제자들은 각 옥을 격파하고 인질들을 구출하라!"

무당의 태허 진인도 제자들에게 명을 내렸다.

"오행검진으로 마귀들을 상대하라!"

소림과 무당, 화산의 정예들이 나서 염라혈위대와 격돌하면서 혈전의 서막이 열렸다.

나머지 군웅들은 십팔 개 소부대로 흩어져 유명십팔옥을 격파하는 데 나섰다. 한데 각 옥의 방비는 의외로 허술했다. 은마령과 동마사들이 몇 명의 철마병들을 대동하고 있었기에 군웅들의 공격을 감당하지 못했다.

중원신창은 의천맹 무사들을 대동해 도산옥으로 진입하며 외쳤다.

"항복하는 자들은 죽이지 마라! 우리는 목표는 마국의 괴멸이 아니라 해체다!"

다른 부대의 군웅들 역시 무자비한 살상을 최대한 피하며 죄수로 감금돼 있는 인질들을 구출해 외부로 내보내는 데 주력했다.

한편 도광패편은 유명옥의 상황을 감소채에게 보고했다.

"유명계에서의 싸움은 압승이오. 염라혈위대 외에 별다른 적수가 없어 무난히 인질들을 구할 수 있었소."

감소채는 군웅들이 큰 피해를 입지 않았다는 사실에 내심 안도했다.

"이겼다고 생각지 마십시오. 저들이 유명계를 포기한 것이니까요. 표향전주에게 구출한 인질들을 대동해 퇴각토록 조치하십시오. 다른 문파에서도 행동을 같이할 것입니다."

"알겠소."

도광패편이 사라지자 감소채는 구릉 쪽으로 시선을 돌렸다.

'귀상이란 자… 과연 어떤 음모를 꾸미고 있는 것일까?'

4

은천마국을 관장하는 태상전.

의사청 대형 원탁으로 여섯 명이 둘러앉아 있었다. 국왕 일도살과 오대마상이었다.

일도살은 백도연합의 유명계 침입에 대한 보고를 접하고 마상들을 소집했다. 그로서는 태상전에서 왜 백도연합의 진입을 허락했는지 이해가 되지 않았다.

그는 귀상을 직시하며 매섭게 질책했다.

"귀상, 백도의 침공을 좌시하는 이유가 뭐요?"

"좌시하는 게 아니라 무의미한 싸움을 피할 따름이오."

"무의미한 싸움이라니? 본국을 침공한 놈들과의 싸움이 어떻게 무의미하다는 것이오?"

"국왕, 영천왕부와 결별한 이상 유명계는 번거로운 조직이오. 관리

와 유지를 하는 데만도 엄청난 물자와 인원이 소모되오. 영천왕을 위
한 구경거리에 불과한 조직인데 오히려 백도에서 해체시켜 주고 있다
니 반가운 일이 아니겠소?"

귀상의 태연한 답변에 일도살은 언짢은 표정을 지었다.

"난 은천마국의 국왕이오. 천세무광처럼 상징적인 국주가 아니라 직
접 마국을 통치하고 경영하는 국왕이란 말이오. 그런 문제라면 당연히
나의 윤허를 받아야 하는 것 아니겠소?"

"그동안 국주의 존재는 성스런 신비에 싸여 있었소. 이 거대한 조직
이 유지될 수 있었던 것도 바로 국주의 신비와 존엄성이 인정되었기
때문이오. 전 국주처럼 국왕도 경영과 관리는 태상전에 맡기시오. 존
재를 드러내고 직접 통치하려 한다면 본국은 커다란 혼란에 빠지게 될
것이오."

일도살은 냉소를 치고는 마상들을 둘러보았다.

"천세무광은 무공에 미쳐 명예와 야망 따위에는 관심이 없었지만 난
그런 허수아비가 아니오. 물론 태상전 마상들을 무시할 생각은 없지만
태상전이 본국을 좌지우지하도록 방관하지는 않겠소. 나 역시 태상전
의 일원이 되어 협의와 의결에 관여할 것이오."

"……."

"향후 회의는 내가 소집하며 최종 결정도 내가 내리겠소."

일도살의 어조는 결연했다.

태상전의 일원이 되겠다는 것은 우회적인 표현일 뿐 자신이 직접 마
국을 통치하고 경영하겠다는 강력한 의지를 표명한 것이다.

이미 그와 한통속이 된 요상은 몸을 일으켜 공손히 예를 올렸다.

"국왕으로서 당연하신 분부이세요. 기꺼이 따르겠습니다."

패상 또한 침묵으로 일도살의 지시를 수용했다.

가장 강하게 반발한 사람은 잔상이었다.

"국왕, 여태까지 본국이 유지될 수 있었던 것은 태상전의 효율적인 관리와 운영 덕분이었소. 국왕도 알다시피 본국의 규모와 조직은 엄청나 국왕 독단으로 관장하기는 불가능하오. 최종 결정까지 국왕이 내린다는 것은 태상전을 무시하는 독단이오!"

일도살은 싸늘한 미소를 머금었다.

"솔직히 말하면 여태까지 태상전 마상들의 권한이 너무 지나쳤소. 난 국왕으로서 그 권한을 조금 나눠 가지겠다는 것이오."

혈상 역시 노골적으로 반기를 들었다.

"국왕의 권한을 행사하려면 먼저 태상전의 결의가 필요하오. 국왕은 왕좌에 등극한 지도 얼마 되지 않았소. 일단은 관망을 하면서 경영을 배워야 할 것이오."

일도살은 귀상에게 시선을 돌렸다.

"귀상도 같은 생각이오?"

찻잔을 입으로 가져가던 귀상은 차의 향기를 음미할 뿐 곧바로 답변하지 않았다.

일도살의 두 눈에서 은은한 살기가 피어올랐다.

악마의 무공이라는 아수라파천마공을 칠성 이상 터득한 그였기에 마상들 모두가 합세해도 두렵지 않았다. 마음 같아서는 당장이라도 잔상과 혈상을 때려죽이고 싶었지만 비상 시국임을 감안해 감정을 최대한 자제했다.

아직은 마국을 경영하는 데 있어 태상전이 절실히 필요했기 때문이다.

귀상은 천천히 찻잔을 비우고는 비로소 입을 열었다.

"국왕의 권한으로 태상전 회의를 주재할 수 있지만 최종 결정은 여태까지의 관례대로 합의에 의해 내려져야 하오. 그것만 인정해 주신다면 국왕의 분부를 따르겠소."

나름대로의 절충안이었다.

일도살은 잠시 생각에 잠기다가 그의 제안을 받아들였다.

"알겠소. 내가 본국의 실정에 대해 모르는 것이 많으니 당분간 태상전의 결의를 존중하겠소."

그 역시 단숨에 국왕의 직접 통치를 강행하기는 무리라고 판단했기에 한 걸음 양보했다. 얼마 전까지만 해도 혈마공에 불과한 그가 위대한 마상들을 지휘하는 위치가 되었기에 아직 권위를 내세울 입장이 못 되었다.

자리에서 일어선 그는 오만한 미소를 머금으며 혈상과 잔상을 쓸어보았다.

"내가 터득한 아수라파천마공의 위력을 아직 실감하지 못하고 있소. 두 분 마상께서 절학에 관심이 있다면 언제든 비무를 청하시오. 내 기꺼이 상대해 드리겠소."

그는 차가운 웃음을 흘리고는 의사청을 나갔다. 요상이 급히 그의 뒤를 따랐다.

"호호, 국왕. 소첩이 모시겠습니다."

두 사람이 의사청을 나가자 이번에는 패상이 자리에서 일어섰다.

"나도 이만 가보겠네. 팔을 다친 부상이 아직 완쾌되지 않은 것 같네."

패상마저 의사청을 벗어나자 오대마상 중 셋만 남게 되었다.

잔악이 탁자를 내리치며 분통을 터뜨렸다.

"귀상! 대체 어쩌자고 저런 오만방자한 놈을 국왕으로 추대했단 말인가? 놈은 우리 모두를 죽일 생각까지 지니고 있어!"

귀상은 의의로 무심하게 응수했다.

"한(恨)을 품은 자이기에 뜻이 클 줄 알았네. 이렇듯 명예와 야욕에 집착할 줄은 미처 예상치 못했지."

"놈을 먼저 죽이지 못하면 우리가 먼저 죽을 것이네. 자네는 어쩔 셈인가?"

"일단은 백도연합을 격파하는 것이 우선일세."

귀상은 혈상에게 시선을 돌렸다.

"혈상, 내 판단에는 놈들에게 수라계마저 내주는 것이 하나의 방책일세."

"수라계까지?"

"강호 백파의 인질들로 창건된 수라계도 이제는 별 의미가 없네. 오히려 수라계를 내주면 저들은 인질들을 구출했다는 것으로 만족해 상당수가 귀환할 것이네. 이것이 상대를 교란시키는 교병계일세."

혈상은 붉은빛의 술이 담긴 술잔을 집어 들었다.

"귀상의 계책을 따르겠네. 나 역시 잡스런 싸움은 싫어하니까. 놈들의 최정예 고수들만 죽일 수 있다면 충분해."

자리에서 일어선 잔상이 은근한 어조로 말했다.

"요상 그 할망구는 이미 일도살에게 충성을 맹세하였고, 패상조차 흔들리고 있네. 차라리 모두를 죽이고 우리 셋이 마국을 차지하는 것이 어떤가?"

귀상은 의미심장한 미소를 지으며 흑백으로 어우러진 머리카락을 귀 뒤로 쓸어 넘겼다.

"크흣, 본국이 은마계만 남는다면 마상들이 다섯이나 된다는 게 조금은 번거로울 수 있네. 불필요한 자들은 제거되어야겠지."

5

어슴푸레한 여명이 밝아오고 있었다.

강남이라도 겨울 날씨는 쌀쌀하기에 모여 있는 여인네들은 두툼한 경장을 걸치고 있었다. 하얀 담비 목도리를 두른 중년여인이 넓은 평원을 내려다보며 말머리를 꺼냈다.

"오기는 오는 거냐?"

"예, 사부님."

"너는 가지 마라. 마상들을 상대하기에 너무 부족해."

"제 기량이 부족할 수는 있어도 사문의 절기는 부족하지 않습니다. 사부님을 대신해 반드시 혈상의 목을 베겠습니다."

얘기를 나누는 두 여인은 요지선자와 추가영이었다. 그녀들 역시 요지선궁의 제자들을 이끌고 은천마국 수라계에 진입해 있는 상태였다.

요지선자는 서쪽 하늘을 올려다보았다.

"그는 자객이다. 결코 그와 맺어질 수 없어. 또한 요지선궁을 책임져야 할 네가 아니더냐? 문규에 따라 혼인을 한 제자는 축출을 당하게 된다."

"문규 어디에도 사내를 사귈 수 없다는 조항은 없습니다. 저도 자객의 아내가 되고 싶지는 않습니다. 하지만 자객이라도 평생의 연인이라면 괜찮은 관계가 아니겠습니까?"

"그의 가슴속에는 감소채라는 여인이 있다면서? 난 네가 상처받기를 원치 않아."

추가영은 담담한 미소를 머금었다.

"감소채 언니라도 그의 마음을 송두리째 빼앗아 가지는 못할 겁니다. 전 그의 마음 한 자락을 차지할 자신이 있어요."

요지선자는 제자의 어깨에 팔을 둘렀다.

"알겠다. 네가 당당한 요지선궁의 궁주임을 잊지는 마라. 너의 사문은 위대하니까."

"예, 사부님."

추가영은 그녀와 나란히 서며 서쪽 하늘을 응시했다.

"아, 저기 오시는군요."

허공을 가로질러 날아오는 두 사람은 경이적인 비행술을 펼치고 있었다. 움직임을 확인하는 순간 그들은 요지선궁 제자들의 머리 위에 당도했고, 이내 이형환위 신법으로 유령처럼 내려섰다.

두 사람은 다름 아닌 일검향과 엽청이었다.

요지선자는 엽청을 대하자 공손하게 예를 올렸다.

"선배님을 뵙습니다."

"허허, 예를 거두게나. 늙은 도둑이 어찌 성후의 후계자에게 예를 받을 수 있겠나?"

"선배님 덕분에 요지선궁이 지켜질 수 있었습니다. 다시 한 번 감사를 드립니다."

엽청에게 포권을 취한 요지선자는 일검향을 대면하면서 어색한 미소를 지었다.

"오랜만이군."

일검향 역시 그녀와 불미스런 관계를 맺었던 터라 눈길을 마주하기
가 부담스러웠다.

"선자가 친히 나설 줄은 몰랐소."

"마국의 패망을 직접 대하는 역사적인 상황이 아닌가? 마의 하늘이
무너지는 광경을 내 눈으로 똑똑히 지켜볼 생각이네."

"그런 상황이 전개되기를 나도 바라겠소."

엽청이 수라계를 두루 살피며 물었다.

"선자, 상황이 어찌 진행되고 있는가?"

"지난밤 사이에 유명계가 해체되었습니다. 유명십팔옥에 감금돼 있
던 인질들은 모두 구출되었지요. 일반 죄수들은 석방되었고 강호인들
은 동문들의 보호 속에 마국을 벗어났습니다. 여명이 밝아오는 대로
수라계에 대한 대대적인 공격이 펼쳐질 것입니다."

일검향이 추가영과 나란히 서며 물었다.

"유명계 전투는 어떠했어?"

"예상 밖이었어요. 염라혈위대가 강렬하게 저항했을 뿐 나머지 십팔
옥은 손쉽게 제압되었습니다. 소채 언니의 의견에 따라 항복한 마국
졸개들은 모두 살려주었어요."

"귀상의 의도를 알 수가 없군. 유명계를 포기할 생각이라 해도 복잡
한 지형을 이용한 기습을 펼쳤다면 군웅들의 피해가 상당했을 텐데 말
이야."

추가영이 활달한 어조로 말을 받았다.

"백도연합의 기세에 겁을 집어먹고 벌써 도주한 것이 아닐까요?"

"태상전 마상들이 그럴 놈들로 보여?"

"하기는 그럴 일 없겠죠? 수라계와 은마계에 포진된 마귀들의 전력

만으로도 일대 결전을 벌일 수 있을 테니 말이죠."

"가영은 선자를 모시고 군웅들을 도와 수라계를 접수해. 아마 진정한 격돌은 은마계에서 벌어질 것 같아."

추가영이 아미를 번쩍 치켜올렸다.

"무슨 말이에요? 우리는 행동을 함께하기로 했잖아요?"

"맞아, 가영은 수라계를 공격하고 나와 노형님은 태상전을 기습하는 거지. 각자의 역할이 다를 뿐 행동을 같이하는 게 분명해."

"말도 안 돼요. 나도 함께 갈 거예요."

추가영이 강짜를 부리자 엽청이 엄한 표정으로 꾸짖었다.

"이 녀석, 중대한 결전을 앞두고 웬 사랑 타령이냐? 너의 둔한 움직임 때문에 나와 검향 노제 모두를 위험에 빠뜨릴 생각이냐?"

"저… 저는 둔하지 않아요."

"노부의 말에 따르거라. 은마계에서 벌어질 대규모 격돌에 네 무공이 절실히 필요하다. 천지성후의 후예답게 위대한 전공을 세워야 하지 않겠느냐?"

추가영이 입술을 삐죽거리자 일검향이 다정하게 위로했다.

"가영, 노형님 말씀에 따라. 태상전에 침투하면 엄청난 싸움이 벌어질 거야. 가영도 보았겠지만 마상들은 워낙 무서운 고수들이라 가영을 돌볼 겨를이 없어."

"저도 제 자신을 지킬 무공은 지녔다고요."

"알아. 하지만 이번만은 각자 행동하자. 서로에게 있어 중요한 싸움이니까."

엽청과 요지선자의 엄한 눈빛에 추가영도 더는 고집을 부릴 수가 없었다. 그녀는 그의 손을 꼭 쥐었다.

"오래 걸리지는 않겠죠?"

"그래, 내일까지는 모든 일이 해결될 거야."

"부디 조심하세요."

주변에서 지켜보는 시선들이 많아 추가영은 포옹도 할 수 없었다.

요지선자에게 목례를 보낸 일검향은 엽청을 따라 능선을 가로질렀다. 각기 비행술을 펼친 그들은 순식간에 능선 너머로 사라져 버렸다.

추가영이 그가 사라진 방향에서 시선을 떼지 못하자 요지선자가 그녀의 어깨를 다독였다.

"가자, 가영아."

추가영은 아쉬움에 젖은 한숨을 내쉬고는 요지선자를 따라 능선을 내려갔다.

유명계 전투를 마친 군웅들 중 이천여 명은 구출한 강호인들을 대동해 급히 귀환했다. 유명십팔옥에 감금돼 형벌을 받아온 죄수들의 몸 상태가 워낙 허약했기에 조속한 치료가 필요했다.

남은 삼천여 군웅들은 수라계로 진입했다.

그들의 일차적 목표는 수라계 분원에 인질로 감금되어 있는 동문들을 구출하는 데 있었다. 분원의 인질들은 각 문파에서 상당한 신분이기에 그들을 구출하기 위해 최정예들이 투입되었다. 나머지 군웅들은 수라계 순찰대와 잔마대들의 산발적인 공격을 저지하기 위해 배치되었다.

신비와 공포 속에 군림해 온 은천마국.

유명계에 이어 드넓은 수라계도 군웅들의 진격으로 썩은 담장처럼 허물어지고 있었다. 유명계를 해체시킬 때보다 다소 많은 전투가 치러졌지만 워낙 넓은 지역에서 벌어졌기에 소규모 국지전에 불과했다.

두 차례의 전투는 대승이었다.

수 년 동안 무림천하를 위협해 온 저들의 가공할 마력을 감안한다면 믿을 수 없는 승리이기도 했다. 그러나 아직 마국 최정예들인 은마계가 건재했기에 누구도 마지막 승리를 장담하지 못했다.

第69章

반전의 연속

  태상전 의사청의 분위기가 심상치 않았다. 합의점을 찾기 위한 회의가 아니라 마상들에 대한 성토장이었다.

  금색 태사의에 앉아 있는 일도살이 귀상과 혈상을 강하게 몰아붙였다.

  "유명계를 내준 것은 이해가 되지만 수라계까지 포기한 이유가 뭐요? 수라계를 관장하는 혈상이 그 연유를 말해보시오."

  혈상은 적개심에 찬 눈빛으로 귀상을 직시했다.

  "난 귀상의 복안을 믿었을 뿐이오. 한데 그 복안이 속수무책일 줄은 미처 몰랐소."

  모두와 의혹 어린 시선이 집중되었지만 귀상은 태연하게 차를 마시며 응수했다.

  "혈상의 말대로 난 어떤 계책도 세우지 않았소. 수라계 역시 유명계처럼 해체되어야 할 조직이기에 저들의 힘을 빌렸을 뿐이오.”

잔상이 탁자를 치며 거칠게 외쳤다.

“수라계까지 해체하겠다는 결정을 누가 내렸는가? 자네의 독단이 아닌가?”

“흥분할 것 없네. 수라계와 유명계는 그저 단순한 구경거리로 창설된 세상일세. 조만간 천하가 본국의 지배 하에 들어올 텐데 소소림이 무슨 소용이 있으며, 소무당이 무슨 의미가 있겠는가? 소림과 무당을 직접 접수해 소림전, 무당전으로 삼으면 될 일일세.”

귀상은 마상들을 쓸어보며 말을 이었다.

“영천왕이 본국에서 손을 뗀 이상 광대한 지역을 관할 구역으로 삼기는 불가능하네. 그동안 관망하고 있던 관청에서 직접 관리와 관병들을 파견할 것이네. 우리가 구역을 고수하려면 관병들과 싸움을 벌여야 하는데 이는 단순한 구역 전쟁이 아니라 황법에 대한 도전일세. 우리가 과연 황실의 토벌에서 건재할 수 있다고 보는가?”

예리한 지적에 마상들은 선뜻 반론을 제기하지 못했다.

영천왕이 은천마국과 결별한 것이 황실에 보고되면 머지않아 포정사와 태수들이 여느 지역처럼 직접적으로 관리하게 될 것이다. 은천마국에서는 어떤 명분으로도 그것을 거부할 수 없다.

일도살이 싸늘한 어조로 물었다.

“그렇다면 이곳 은마계까지 내놓아야 한단 말이오?”

“은마계는 산중에 위치한 데다 차지하는 지역이 그다지 넓지 않기에 강호의 한 문파로서 존재하는 데에는 전혀 문제가 없소. 그리고 무림천하가 곧 은천마국이 될 텐데 은마계에 연연할 필요가 뭐 있겠소?”

워낙 자신만만한 언변에 일도살과 마상들은 그에 대한 감정과 의혹을 어느 정도 해소했다.

패상이 술잔을 입으로 가져가며 물었다.

"귀상, 내일 아침이면 놈들이 은마계 주변에 포진할 것이네. 자네는 어떤 전법을 구사할 셈인가?"

"일단 놈들의 정확한 규모와 움직임을 확인해야 하네. 한 가지 고민스런 문제는 감소채란 계집이 영악하게도 백도연합을 다수의 총수 체제로 이끈다는 데 있네."

"이곳 태상전처럼 말인가?"

"그러하네. 놈들은 일곱 부대로 나뉘어 진군을 하는데 그 움직임이 독자적일세. 그 바람에 상대하기가 아주 까다롭게 되었네."

요상이 가늘게 눈웃음을 치며 말했다.

"무엇이 걱정인가요? 은마계의 전사들을 모두 출동시키고 국왕과 우리 태상전이 나선다면 백도 놈들을 괴멸시킬 수 있습니다."

"요상은 양패구상을 전혀 생각지 않는군. 양측의 전력을 냉정하게 비교하면 오히려 백도 측이 다소 우세일세. 보고에 의하면 영천왕이 금위대를 파견했다 하더군. 게다가 엽청과 일검향도 반드시 가세할 것이네. 우리가 지형적 이점을 갖고 싸운다 해도 정면으로 격돌하면 양쪽 모두 전멸하게 되네."

일도살이 즉각 반론을 제기했다.

"백도 놈들에 대한 귀상의 평가가 다소 후한 것 같소. 은마계 내에는 아홉 구관주가 있소. 일단 일곱 관주들에게 명을 내려 백도의 일곱 부대를 공격토록 합시다. 두 개 구관은 지원 부대로 놔두고 본좌와 오대마상은 백도 최고 수뇌 급을 상대하면 되오. 장담컨대 우리가 패할 일은 절대 없소."

평소에 일도살에 대한 반감이 심한 잔상도 이번만큼은 그의 반론을
적극 옹호했다.

"국왕의 말씀이 옳소. 국왕께서 엽청만 막아준다면 천중육기 정도는
우리가 죽일 수 있소. 놈들이 아무리 다수 체제를 고수한다 해도 최고
수뇌 급 몇 놈이 죽게 되면 자연 와해되고 말 것이오. 그때부터는 싸움
이 아니라 일방적인 사냥이 될 것이오."

일도살의 입가에 잔혹한 살기가 피어올랐다.

"크흣, 사냥이라……. 세상에서 가장 흥미로운 작업이 인간 사냥이
라고 했소. 우리 모두 그 짜릿한 맛을 한껏 즐기게 될 것이오."

자리에서 일어선 그는 일방적으로 결정을 내렸다.

"내일 백도연합이 당도하는 대로 아홉 개 성문을 일제히 열고 총공
격을 펼치겠소. 놈들은 미처 준비가 되지 않은 상태이기에 퇴각할 수
밖에 없을 것이오. 달아나는 놈들까지 모두 죽이도록 명하겠소. 감히
본국을 침공한 대가인 만큼 한 놈도 살아나가지 못할 것이오. 국왕의
직권으로 내린 결정이니 누구의 반대도 용납하지 않겠소."

요상과 패상이 몸을 일으키며 포권을 취했다.

"분부를 받들겠소이다."

잔상도 자리에서 일어서며 일도살의 결정에 동의를 표했다.

"지당하신 분부요."

일도살은 혈상 쪽으로 시선을 돌렸다.

혈상은 의도적으로 그의 눈길을 피했다. 적극적으로 동조하지는 않
았지만 침묵으로 그의 결정을 수용하겠다는 뜻이었다.

네 명의 마상이 합의를 하였기에 마상들의 수좌 격인 귀상도 합의를
따를 수밖에 없었다.

그는 앉은 채로 포권의 예를 올렸다.

"그럼 내일 결전 때 뵙겠소."

일도살은 의사청을 나가며 오만한 웃음을 터뜨렸다.

"카하핫, 천하군림이 예상보다 훨씬 빨리 찾아왔도다!"

요상과 패상에 이어 잔상까지 일도살 쪽으로 기울고 있었다. 그가 그들의 뒤를 이어 의사청을 나서자 일도살이 요상과 패상에게 눈짓을 보냈다.

"두 분은 잔상을 후하게 접대하시오. 아마도 내일 결전에서 가장 뛰어난 활약을 할 사람은 잔상이 될 것 같소."

"호호! 알겠습니다, 국왕."

요상이 펑퍼짐한 둔부를 흔들며 잔상에게 다가섰다.

"잔상, 소첩이 귀한 술을 한 단지 구해놓았습니다. 마침 개봉할 참인데 함께 시음을 하시지요."

잔상은 짐짓 퉁명스럽게 말을 받았다.

"난 파벌 따위에는 관심이 없네. 내 손으로 건립한 마국을 지키기 위해 싸울 뿐이지."

"우리 역시 마찬가지입니다. 도대체 귀상이 무슨 의도로 백도 놈들에게 본국을 내주려는지 알 수가 없어요."

"여태 귀상의 지략과 계책을 철석같이 믿었는데 정말 실망일세. 예전의 귀상이 아니야."

그가 심중을 드러내자 패상이 나직이 말을 받았다.

"확실히 예전의 귀상이 아닐세. 그의 음흉한 술수에 휘말리기 전에 대책을 세워야 할 것이네."

요상이 두 사람 사이에서 팔짱을 끼었다.

"그런 중대사를 이런 곳에서 논할 수는 없습니다. 함께 소첩의 처소로 가시지요."

서로 뜻이 맞았기에 거부할 이유가 없었다. 세 명의 마상은 나란히 요상전으로 향했다.

의사청에는 귀상과 혈상 두 사람만 남게 되었다.

귀상은 묵묵히 차를 음미하였고, 혈상은 팔짱을 낀 채 원탁을 따라 걸음을 옮기고 있었다.

귀상 뒤로 선 혈상이 냉담한 어조로 말했다.

"귀상, 난 자네를 진심으로 존경하네. 내가 존경할 수 있는 사람은 오직 자네뿐일세. 자네 덕분에 양심신공을 터득해 평생 동경해 온 좌도우검을 수련할 수 있었지. 내가 마국의 혈상이 된 것도 야망보다는 자네에 대한 보답이라 할 수 있었네."

"……."

"은천마국은 실로 위대한 작품일세. 누구도 꿈꿀 수 없고, 감히 창건할 수도 없는 전무후무한 세상일세. 그런 세상을 창건하는 데 나도 일조를 하였기에 애착이 남다르네."

혈상은 귀상의 어깨를 가볍게 쥐었다 놓고는 다시 원탁을 따라 걸음을 옮겼다.

"한데 말일세, 자네는 지금 우리 모두가 심혈을 기울여 창건한 세상을 파괴하려 하고 있어. 내가 그것을 느꼈다면 다른 마상들 역시 나와 같은 생각을 가졌을 것이네. 국왕인 일도살도 마찬가지이고. 자네는 이것이 무엇을 의미하는 줄 아는가?"

"명백한 반역이 아닌가?"

"그래, 반역이며 배신일세. 왜? 대체 왜 그런 엄청난 파멸을 꾀하려

한단 말인가?"

귀상은 희미한 미소를 머금었다.

"대체 무슨 소리를 하는 겐가? 내가 무엇 때문에 본국을 파멸시키려 하겠는가? 만일 그렇게 생각한다면 커다란 오판일세."

"귀상, 드러난 속내를 감추려 한다는 것은 치졸한 위장일세. 난 자네의 친구로서 사실을 알고 싶네. 타당한 이유라면 오히려 자네를 도울 생각도 있어."

"혈상, 날 친구로 생각한다면 즉시 태상전을 떠나게. 그것이 나를 돕고 자네를 지키는 길이기도 하네."

혈상의 붉은 눈썹이 꿈틀 치켜 올려갔다.

"떠나라고?"

"오늘 내가 국왕과 마상들의 점괘를 뽑아보니 아주 불길하게 나왔네. 살(煞)을 피할 방법은 피신뿐일세."

"……."

"그래도 마지막까지 내 옆에 남아준 친구이기에 조언을 해주는 것이네. 내 점괘가 틀리지 않는다면 일도살과 마상들은 모두 죽게 되네."

"자네는 어찌 되는가?"

귀상은 빈 잔에 차를 따르며 공허한 미소를 지었다.

"내 자신에 대한 점괘는 뽑아보지 않아 모르겠네."

혈상은 병째로 술을 몇 모금을 들이키고는 신경질적으로 벽에다 내던졌다.

"크크, 내가 한낱 점괘 따위를 믿을 것 같은가? 그리고 죽음 따위가 뭐기에 달아난단 말인가? 날 죽일 수 있는 놈과 싸울 수 있다면 그것이 나의 즐거움일세."

“그것이 자네의 운명이며 의지라면 좋을 대로 하게.”

“마지막 밤이 될지도 모르니 잠을 자는 게 아깝군.”

혈상은 탁자 위에 놓인 술병을 하나 집어 들고는 귀상의 옆자리로 다가섰다.

“한 가지 궁금한 게 있네. 자네가 날 친구로 생각한다면 숨김없이 말해주기를 바라네.”

“무엇을 말인가?”

“자네의 신분!”

혈상은 태사의에 털썩 앉으며 귀상을 직시했다.

“대체 자네는 누구인가?”

“이미 말하지 않았는가? 귀곡문의 제자라고 말일세.”

“자네의 사문을 묻는 게 아닐세. 그동안 자네의 출신 내력이 정말 궁금했네. 이제 솔직하게 털어놓게나. 오늘이 내 마지막 밤이라면 숨길 이유가 없지 않은가?”

귀상은 그의 강렬한 눈빛을 마주 응시하다가 씁쓸한 웃음을 머금었다.

“그렇게 알고 싶은가?”

“그러하네. 자네에게 고문을 가해서라도 듣고 싶은 심정일세.”

“친구로서 부탁한다면 거절할 수가 없군. 하지만 재미 삼아 간단한 내기를 하세나.”

“내기? 좋아. 어떤 내기인가?”

귀상은 찻잔을 비우고 잔에 가득 술을 따랐다.

“새벽까지 나와 대작할 수 있다면 내 신분에 대해 말해주겠네.”

“대신 그만한 가치가 있는 얘기겠지?”

“물론일세. 세상 그 누구도 모르는 비밀이기에 들을 가치는 충분하네.”

혈상은 잔을 끌어다 술을 가득 채웠다.

“카핫, 그렇다면 밤이 새도록 건배를 해야겠군. 자, 드세나.”

건배를 한 두 사람은 웃음을 교환하고는 다시 잔에다 술을 채웠다.

은천전(隱天殿)은 총상전을 개조한 일도살의 거처였다.

국왕의 처소답게 기둥에는 금룡이 조각되었고 바닥에는 황금빛 융단이 깔려 있었다.

일도살은 군왕의 아들로 태어났지만 서자로서 설움과 박대를 받으며 자라왔기에 화려함에 몹시 집착했다. 침소에 이르는 복도 좌우는 진귀한 그림과 글씨, 장식품으로 가득했고, 어둠을 밝히는 등잔은 금과 옥으로 제작되었다.

침소로 들어선 일도살은 가볍게 소매를 저었다.

“잠시 쉴 것이다. 모두 물러가라.”

“예, 전하.”

시녀들은 정중히 배례를 올리고는 물러갔다.

화려하게 꾸며진 침소는 아주 넓었다. 침상까지의 거리가 십 장도 넘어 거대한 원형 침상이 장난감처럼 작게 보였다.

일도살은 곤룡포를 이끌며 걸음을 옮겼다. 일순 싸늘한 기운을 직감한 그의 눈빛이 가늘어졌다.

쐐애액!

파공성을 느꼈을 때는 이미 세 자루 기형검이 그의 삼대요혈로 파고들고 있었다. 복면을 쓴 세 명의 자객은 바로 영천왕부의 금위대 소속 자객 용, 연, 추였다.

일도살은 기습을 당하고도 별반 당황해하지 않았다. 그는 요혈로 파고드는 세 자루 기형검을 무시한 채 곧바로 반격을 펼쳤다.

퍼퍼퍽!

정확히 일도살의 요혈을 찌른 용, 연, 추 세 자객은 척살에 성공했음을 확신했다. 어떤 절세고수라도 치명적인 요혈 세 곳이 찔린 상태에서 목숨을 부지할 수 없기 때문이다. 그러나 그들의 확신은 크나큰 오판이었다.

아수라파천마공을 수련한 일도살은 극마지체를 이루었기에 도검불침의 몸이었다. 세 자루 기형검은 곤룡포를 뚫고 그의 피부에 흠집을 냈을 뿐 별다른 치명상을 입히지 못했다.

용, 연, 추 세 자객은 검극을 통해 빠른 속도로 번져 오는 시뻘건 기운을 인식하는 순간 기혈이 들끓었다. 기형검을 뽑으려 했지만 일도살의 요혈에 박힌 기형검은 꼼짝도 하지 않았다. 그사이 검을 물들인 핏빛의 기운이 그들의 손을 타고 전신으로 퍼졌다.

"커억!"

대번에 심장이 터진 세 자객은 피를 토하며 튕겨져 나갔다. 일도살의 요혈에 꽂힌 기형검은 강렬한 열기에 그대로 녹아버렸다. 실로 가공할 마공이 아닐 수 없었다.

한데 이때였다.

또다시 세 가닥 기운이 일도살을 향해 날아들었다. 도, 검, 창으로 척살을 펼쳐 온 세 자객 역시 금위대 소속의 자객 일, 성, 월이었다.

그들의 공격 부위는 눈과 심장, 명문혈이었다. 어느 한곳이든 가볍게 찔리기만 해도 목숨이 위태로운 치명적인 부위였다. 용, 연, 추 자

객이 실패할 경우에 대비한 척살이기에 앞선 척살보다 보다 강력했고
살벌했다.

　게다가 또 한 명의 자객이 천장에서 소리없이 떨어지며 일도살의 뇌
정혈을 노리고 있었다. 바로 천왜잔왕이었다.

　일도살은 빙그르르 회전하며 양손을 교차시켰다.

　"차앗!"

　붉은 광휘가 뿜어지며 그의 전신을 두텁게 감쌌다. 그가 아수라파천
마공을 마저 펼친다면 네 명의 자객은 한순간에 핏물로 화해 사라질
것이다.

　한데 무슨 연유인지 일도살은 몸을 보호하는 데만 주력했을 뿐 천왜
잔왕과 일, 성, 월 세 자객을 죽이지 않았다.

　천왜잔왕이 솟구치며 천장을 밟고 매달렸다. 일, 성, 월 세 자객도
급히 물러서며 기둥을 등지고 섰다. 그들은 비로소 상대가 불침지체에
이른 초극의 고수임을 깨닫게 되었다.

　죽일 수 없는 자를 척살하려 했으니 이제 그들이 죽을 차례였다.

　일도살은 뒷짐을 지며 천왜잔왕을 올려다보았다.

　"천왜잔왕, 당신이 날 척살하려 하다니 실망이군."

　"……."

　"앞서 죽은 자객은 용, 연, 추이겠군. 난 그들이 천예사원의 자객인
줄 알고 가차없이 죽이고 말았다."

　훌쩍 몸을 뒤집어 바닥으로 내려선 천왜잔왕은 세모꼴 눈을 가늘게
떴다.

　"은룡왕자, 그 말씀은… 우리를 죽이지 않겠다는 의미요?"

　"본좌는 은천마국의 국왕이다. 그것을 인정하지 못하겠다면 차라리

일도살로 호명해라.”

일도살은 준엄하게 꾸짖고는 언성을 다소 누그러뜨렸다.

“천왜잔왕 그대는 왜 이렇게 어리석은가? 십 년이 넘게 영천왕 전하의 그림자가 되어 충성을 다 바쳤지만 결국은 버려졌군.”

“우리는 금룡왕자의 복수를 위해 왕명을 받고 침투한 것이오. 척살에 실패했기에 죽는 것이지 버려진 것이 아니요.”

“후훗, 날 척살하겠다고? 전하는 이미 본좌가 아수라파천마공을 터득해 불침지체에 이르렀음을 알고 있다. 그것을 알면서도 그대들을 침투시켰다면 그 의도가 무엇이겠는가?”

“……”

“살인멸구! 한낱 자객들이 왕부의 기밀을 너무 많이 알고 있다는 것을 우려한 조치이지. 즉, 태상전으로 침투시켜 그대들 모두를 죽이려는 것이 전하의 뜻이다.”

천왜잔왕이 첨도를 거두자 일, 성, 월 세 자객도 병기를 거두고 바닥으로 내려섰다.

“국왕, 우리를 보내주시면 영천왕의 수급을 가져오겠소.”

천왜잔왕이 한쪽 무릎을 꿇으며 청하자 일도살은 뒷짐을 진 채 천천히 걸음을 옮겼다.

“그 척살은 허락할 수 없다. 영천왕이 현 상황에서 척살을 당하면 모든 죄는 본좌가 뒤집어써야 한다. 영천왕부를 떠나왔다면 차라리 본좌의 금위가 되어라. 본좌는 그대들과 함께 영광과 향락을 함께할 것이다.”

천왜잔왕은 일, 성, 월 세 자객들을 빠르게 돌아보았다. 영천왕의 배신과 차도살인 계책에 심한 배신감을 느낀 그들은 기꺼이 마국에 복속되기를 원했다.

"국왕께 충성을 맹세합니다."

일도살은 회심의 미소를 지으며 그들을 내려다보았다.

"은천마국의 일원이 된 것을 환영한다."

한 시진 후 요상이 은천전을 방문했다.

"기뻐하십시오, 국왕. 잔상이 국왕에 대한 충성을 맹세하고 백도 격파에 선봉으로 나설 것을 자청했습니다. 그와 패상이 은마계로 내려가 구대 구관주에게 새벽에 펼쳐질 대 공세를 주지시키고 있습니다."

요상의 활달한 어조에 일도살은 가볍게 주먹을 쥐었다.

"그렇다면 이제 태상전 내의 문제만 마무리지으면 되겠군."

"국왕, 혈상을 죽이기는 너무 아깝습니다. 그의 무공은 마상들 중 으뜸이며 혈마공들 중 상당수가 그를 존경하고 있습니다."

"그렇다면 더욱 죽여야겠다."

"국왕……?"

"본국의 제자들은 오직 국왕인 본좌만 존경하고 두려워해야 하오. 더군다나 혈상은 절대 본좌에게 충성을 맹세하지 않을 자요. 복속시킬 수 없다면 죽이는 것이 당연한 조치요."

요상이 다소 우려의 표정을 지었다.

"국왕, 혈상의 좌도우검은 실로 가공할 절기입니다. 게다가 귀상이 아수라파천마공의 약점이라도 알고 있다면 상대하기가 더욱 까다롭습니다. 그들은 지금 의사청에서 대작을 하고 있습니다. 정면 공격보다는 묘책이 필요합니다."

"하핫, 묘책이라면 당연히 있소."

"예에?"

"새로이 충성을 맹세한 금위들에게 척살을 명할 것이오."

일도살이 자신을 척살하러 온 금위대에 대해 간략하게 말해주자 요상은 미간을 찌푸렸다.

"믿을 수가 없군요. 아무리 영천왕이 보낸 금위대라도 태상전까지 침투할 수는 없습니다."

"영천왕은 본국에 대해 상세한 비밀을 알고 있소. 그리고 귀상은 금위대가 파견된 것을 알고 있기에 금라마관을 일부로 열어두었을 것이오. 천왜잔왕의 말로는 먼저 귀상을 척살하려 했지만 혈상과 같이 있기에 시도를 하지 못했다고 했소. 그래서 무모하게도 은천전으로 침투해 날 척살하려 한 것이오."

요상은 질린 듯 고개를 흔들었다.

"정말이지, 귀상의 두뇌는 무섭군요. 그렇다면 자신을 노리는 금위대의 척살이 두려워 혈상을 보내지 않고 술을 대작하고 있었다는 겁니까?"

"후훗, 그렇다고 봐야겠지. 하지만 이번에는 자신의 교활함에 당할 차례요. 날 죽이기 위해 보내진 자객의 손에 죽게 될 테니까."

일도살은 곤룡포 위에 피풍의를 둘렀다.

"자, 반도들을 제거하러 갑시다."

2

여명까지는 아직 이른 시각.

귀상은 혈상을 상대로 두 시진이 넘게 술을 대작하면서도 전혀 취한 모습이 아니었다. 평소 술을 물 마시듯 즐기던 혈상이 오히려 먼저 취할 정도였다.

함께 대작을 했지만 그들은 여느 술꾼처럼 함께 담소를 나누는 것과는 거리가 멀었다. 귀상은 시와 사(辭), 부(簿)를 읊조리며 박식함을 과시했고, 혈상은 그의 풍류를 모두 무시했다.

술만 함께 마실 뿐 남과 다를 바 없었다.

일순 술잔을 입으로 가져가던 혈상의 붉은 동공에 싸늘한 살기가 피어올랐다.

그는 전음을 펼쳐 귀상에게 주의를 주었다.

"쥐새끼들이 숨어들었군. 세 마리일세."

귀상은 그의 주의를 들었지만 여전히 술잔을 쳐들고 시문을 읊조리기만 했다.

이때 의사청 안으로 세 줄기 섬광이 날아들었다. 사람의 형상은 보이지 않고 세 자루 병기만 보였다. 도, 검, 창 세 자루 병기의 표적은 혈상이었다.

혈상은 돌아보지도 않은 채 어깨에 교차해 멘 좌도우검 중 좌도를 쥐었다.

쐐애액!

쾌도는 빠르면서도 지극히 강력했다. 하늘에서 내리꽂히며 지상을 강타하는 벼락 같은 위력을 담고 있었다.

퍼퍼펑!

세 줄기 폭음과 함께 세 자루 병기가 대번에 박살났다. 모습을 드러낸 일, 성, 월 세 자객의 눈빛이 경악으로 물들었다.

일도살은 불침지체이기에 죽이지 못했지만 그래도 근접 거리까지 공세를 펼칠 수 있었다. 한데 혈상의 경우에는 접근도 하기 전에 발각돼 병기마저 박살난 것이다.

일, 성, 월 세 자객은 급히 세 방향으로 흩어져 달아났다.

"훗, 달아나겠다고?"

혈상의 신형이 스러지기가 무섭게 등에서 혈검이 발출되었다.

번쩍!

일, 성 두 자객은 혈도에 의해 베어졌고 월 자객은 혈검에 의해 후두부가 관통되었다.

세 자객 모두 의사청을 빠져나가기 전에 고혼이 되고 말았다. 특급 자객으로서 십여 년 넘게 영천왕의 비밀 경호를 맡았지만 최후의 척살 상대는 너무도 강했던 것이다.

그러나 그들의 척살은 유인책이었고 그들은 희생양이었다.

어느새 의사청 천장을 타고 귀상의 머리 위까지 접근한 천왜잔왕이 소리없이 떨어지고 있었다. 그의 첨도는 귀상의 뇌정혈을 향해 내리꽂혔다.

애초부터 표적은 귀상이었던 것이다.

"피해!"

혈상은 다급히 외치며 몸을 빙그르르 회전시켰다.

쐐애액!

핏빛 광선이 그대로 허공을 가로질렀다. 초상승 검도인 어검술이 펼쳐진 것이다. 하지만 귀상을 구하려는 그의 의도는 지나친 노파심이었다.

귀상의 몸이 모래알처럼 흩어졌다. 초극의 경공인 풍사잔영표. 잔상의 독문 절기인데 귀상은 훨씬 더 능숙하게 구사했다.

찰나지간 표적을 놓친 천왜잔왕은 자신의 눈을 의심했다. 세상에 이렇듯 신묘한 신법이 존재할 줄은 꿈에도 생각지 못했다. 그리고 귀상의 흔적을 찾는 순간 그의 몸은 날아든 어검술에 의해 관통되고 말았다.

"커억!"

천왜잔왕은 외마디 비명과 함께 나동그라졌다. 공포의 대 자객이란 그의 명성을 감안한다면 너무도 허무한 최후였다.

어검술을 회수한 혈상의 표정이 딱딱하게 굳어졌다. 그는 비로소 귀상의 숨겨진 무공을 깨닫게 되었다.

귀상은 태상전 마상들 중에서 상인 신분인 보상을 제외하면 무공이 가장 약한 것으로 알려져 있었다. 하기에 모두들 귀상의 깊은 지략과 심계만을 경계했었다.

한데 그것이 아니었다.

귀상은 칠대마상 중 최강자였다. 다만 그것을 드러내지 않았을 뿐이다.

혈상의 고막으로 귀상의 육합전성이 들려왔다.

"유감이군, 혈상. 자네를 떠나보내려 했지만 일도살이 이렇듯 노골적으로 나온 이상 마국과 함께 뼈를 묻을 수밖에 없겠어."

육합전성은 사방에서 메아리치는 음성 때문에 들려오는 방향을 예측할 수 없다. 그것을 전음으로 펼쳤기에 혈상조차도 귀상의 행적을 찾아낼 수 없었다.

혈상은 건조한 음성으로 내뱉었다.

"결국 자네는 나까지 속였군."

귀상의 육합전음성이 조금씩 멀어졌다.

"내가 일도살을 잘못 보았네. 난 그를 무림의 제왕으로 키워 가문의 한을 씻으려 했건만 놈은 제왕의 재목이 아니라 악마였네."

혈상은 가까스로 육합전음성이 들려온 방향을 찾아내 전음으로 외쳐 물었다.

"자네는 누구인가? 대체 어떤 신분인가?"

잠시의 정적이 흐른 후 탄식과 함께 귀상의 전음성이 들려왔다.

"난 건문(建文)의 후예일세."

좀처럼 동요를 하지 않는 혈상의 눈이 부릅떠졌다.

"……!"

너무도 엄청난 충격에 그는 다시 확인하려 했지만 귀상의 행적은 이미 멀리 사라진 후였다.

혈상의 입가에 희미한 미소가 피어올랐다. 이어 그는 소리없는 웃음을 지었다. 단 한 마디였지만 그는 귀상의 신분과 은천마국 창건에 대한 내력을 한순간에 간파할 수 있었던 것이다.

"크훗, 그랬었단 말인가? 십수 년간을 감쪽같이 속였지만 그래도 최후의 순간에는 진실을 털어놓았군."

오랜 의혹을 해소했기에 그는 홀가분한 심정이 되었다.

본래부터 생사에는 무관심한 그였기에 목숨을 구하기 위해 도주한다는 것은 그의 자존심상 있을 수 없는 일이었다. 누군가 자신을 죽이려 한다면 마땅히 맞서 싸울 뿐이었다.

그리고 그 순간이 바로 지금이었다.

쿠구구궁!

요란한 진동 소리와 함께 의사청 전체가 붕괴될 듯이 흔들렸다.

허공을 딛고 선 일도살이 의사청을 향해 쌍장을 겨누고 있었다. 아수라파천마공이 발출되면서 하얀 대리석으로 건립된 의사청 전체가 핏빛으로 물들었다.

콰아아앙!

엄청난 굉음과 함께 거대한 의사청 건물이 삽시간에 박살이 나버렸다. 한데 놀랍게도 건물 외곽만 흔적도 없이 사라지고 내부는 멀쩡했다. 마치 마법과도 같은 절기였다.

피어오르는 돌 먼지 속에서 붉은 광채가 빛을 발했다.

붉은 호신강기로 몸을 감싸고 있는 사람은 혈상이었다. 그는 의사청이 박살나는 순간에도 피하지 않고 호신강기를 펼친 채 제자리를 지키고 있었다.

일도살은 깃털처럼 가볍게 내려서며 그와 마주했다.

폭음에 놀란 태상전 경비무사들이 속속 의사청 주변으로 내려섰다.

가장 낮은 신분이 은마령 이상이기에 그들의 신법은 하나같이 뛰어났다. 그들은 박살난 의사청을 보고 경악했으며, 국왕과 대치하고 있는 혈상을 대하고는 충격을 금치 못했다.

요상이 뒤로 물러서며 손을 높이 쳐들었다.

"아무도 나서지 마라! 혈상과 귀상이 감히 반역을 꾀해 국왕께서 친히 역도들을 단죄하기 위해 납시셨다."

그녀는 태상전 무사들이 딴 생각을 하지 못하도록 계속해서 명령을 내렸다.

"반도 귀상이 금라마관을 열어놓았을 테니 순찰마장은 외부의 침입을 철저히 통제해라!"

지시를 받은 금마장들이 앞서 움직이자 은마령들은 상사를 따를 수밖에 없었다. 아직도 태상과 귀상의 반역이 믿기지 않았지만 혈상이 국왕과 맞서고 있는 상황을 직접 보았기에 믿지 않을 수가 없었다.

일도살은 주변의 허물어진 돌 무더기를 살피다가 고개를 갸웃거렸다.

"귀상은 어찌 된 것이냐?"

"네놈이 영천왕부의 금위대를 보내 죽였지 않느냐?"

"후훗, 죽었다면 시체라도 있어야 하는데 일, 성, 월과 천왜잔왕의 시체뿐이군. 설마 귀상의 신분으로 달아나기라도 했단 말이냐?"

혈상은 팔짱을 끼며 일도살을 직시했다.

"일도살, 네놈은 큰 실수를 했다. 넌 국왕으로 추대된 것에 만족했어야 옳았다. 그것이 널 국왕의 권좌에 추대한 사람들에게 보답하는 길이었다."

"내가 할 소리다, 혈영자(血影子). 날 국왕으로 받들었다면 목숨을 바쳐 충성을 다했어야 옳았다. 귀상과 작당해 감히 날 시해하려 했으니 참으로 어리석구나!"

혈영자는 혈상의 오래전 별호다. 일도살이 그를 별호로 호명했다는 것은 마상으로 인정하지 않겠다는 의도였다.

냉소를 친 혈상은 좌도와 우검을 동시에 뽑아 들었다.

"난 너를 죽일 생각이 전혀 없었는데 네 스스로 죽겠다면 마다하지 않겠다."

일도살은 양손을 가슴 앞에 교차시켰다.

"반역자의 피로 내 칼을 더럽히고 싶지 않다. 전설의 아수라파천마공으로 상대해 주겠다."

"큭, 어리석은 놈. 천세무광에 의해 정화된 아수라파천마공은 그저 평범한 마공에 불과하다. 진정한 아수라파천마공을 터득하려면 네놈이 악마가 되어야 가능하다. 하지만 네놈은 그럴 자질도 없다. 그저 탐욕스런 악귀일 뿐이지.

"카하핫, 그렇다면 네 목숨을 걸고 막아봐라!"

일도살은 허공으로 둥실 떠올랐다.

일순 강렬한 핏빛 광채가 그의 전신에서 폭사되었다. 마치 일출의 태양처럼 강렬한 광휘에 모두가 눈을 가리며 고개를 돌렸다. 폭발적인 마기의 분출을 직시할 수 있는 사람은 오직 혈상과 요상뿐이었다.

혈상은 눈을 반쯤 뜬 채 좌도와 우검을 교차시켰다.

번쩍!

섬광이 번득이며 혈상의 모습이 스러지며 좌도와 우검만이 빛을 발했다. 허공으로 치솟은 두 자루 병기는 유성과 같은 긴 꼬리를 이끌며 일도살을 향해 날아들었다.

어검술과 어도술!

이렇듯 병기에 의한 초상승 절학을 동시에 구사한 사람은 무림사 이래 그가 처음일 것이다. 적어도 도검을 구사하는 능력에 대해서는 초극에 경지에 이른 그였다.

일도살은 동시에 펼쳐진 어검술과 어도술을 정면으로 대하자 일순 당황함을 금치 못했다. 혈상의 좌도우검에 대해서는 깊이 인식하고 있었지만 초절정 비기가 한꺼번에 전개되리라고는 미처 예상치 못했다.

악귀의 울음소리와 같은 파공성을 발하던 아수라파천마공이 일순 일축되었다.

일도살은 천마혈도(天魔血刀)를 뽑아 들지 않은 것을 후회했지만 이제 와서 도법으로 맞서기에는 너무 늦었다. 극한의 공력을 운집한 그는 두 손바닥을 합치시켰다.

"카오오오!"

섬뜩한 괴성과 함께 그의 신형이 허공을 디딘 채 팽이처럼 회전했다. 동시에 태양처럼 강렬한 광휘가 급속도로 확산되었다. 극렬한 열기와 파괴력을 지닌 핏빛 광휘는 부딪치는 모든 것을 파괴하는 파멸광선이었다.

쾅쾅!

두 번의 대 폭발과 함께 소용돌이가 허공 높이 치솟고 핏빛의 폭풍이 사위를 휩쓸었다.

의사청 주변을 장식한 정원수들은 한순간 재가 되어 부서졌고, 인공적으로 형성해 놓은 냇물이 모두 말라 버렸다. 바위와 금속을 제외하고는 모두 타버린 것이다. 이 와중에 은마령 십여 명이 핏빛 폭풍에 휘말려 뼈와 살이 녹아버리는 참상까지 전개되었다.

실로 가공할 아수라파천마공의 위력이 아닐 수 없었다.

"크으윽!"

바닥으로 내려선 일도살은 답답한 신음을 토하며 비틀비틀 다섯 걸음을 물러섰다.

그의 화려한 곤룡포는 심하게 찢겨 있었다. 극마지체를 연성한 몸이었지만 초극의 절기 어검술과 어도술 역시 금강불괴지신이라도 파괴할 위력을 지녔기에 상당한 내외상을 입고 말았다. 특히 어검술과 어도술에 의해 관통된 옆구리와 어깨 부위는 허연 뼈가 드러날 정도였다.

만일 그가 아수라파천마공을 터득하지 못했다면 양대절학에 의해 산산조각이 났을 것이다.

요상은 바싹 긴장한 눈빛으로 혈상 쪽을 바라보았다.

혈상의 몰골은 더 참담했다. 강렬한 마기에 이글이글 타올라 하반신

은 이미 무릎까지 녹아버린 상태였다. 오장육부까지 타버렸는지 시커
먼 피가 입을 통해 꾸역꾸역 흘러나오고 있었다.

육신과 함께 영혼마저 저승으로 향한 것이다.

그가 핏물 속에 고꾸라지자 요상이 한쪽 무릎을 꿇으며 환호를 외쳤
다.

"반도 혈영자를 단죄하신 국왕의 신기에 감복할 따름입니다!"

금마장과 은마령들도 부복하며 하례를 올렸다.

"국왕께서는 과연 천하제일이십니다!"

"국왕 전하 천천세!"

일도살은 상당한 부상을 입었지만 자신의 손으로 칠대마상 중 최강
이라는 혈상을 해치웠다는 자부심에 절로 어깨가 으쓱해졌다. 과거에
는 감히 넘볼 수 없는 혈상의 무공을 능가했다는 생각에 비로소 아수
라파천마공의 가공함을 실감하게 되었다.

'역시 금지된 악마지공답군.'

그는 진기를 들이켜 공력을 회전시켰다. 어검술과 어도술에 관통된
부상 부위가 몹시 쓰라렸다.

문득 그는 한 가지 의혹에 젖게 되었다.

'난 아수라파천마공을 구성 이상 터득했다. 한데도 부상을 당했다는
것은 아직 완벽한 극마지체에 이르지 못했음을 의미한다. 대체 무엇이
부족한 것일까?'

그는 수하들에게 부상당한 모습을 보이기 싫어 피풍의로 둘러 상처
를 가렸다.

이때 두 명의 은마령이 약병과 붕대를 받쳐 들고 그 옆으로 다가왔
다. 모두들 일도살을 치료하기 위함이라 생각하기에 누구도 그들을 의

심하지 않았다.

한데 참으로 예상치 못한 변괴가 발생했다.

쐐애액!

두 줄기 섬광이 번득이는 순간 쾌검과 쾌도가 일도살을 향해 뻗어나갔다. 그것도 앞서 혈상의 절기에 관통당한 부상 부위를 노리는 계획된 척살이었다.

두 명의 은마령은 놀랍게도 천예사원의 자객 갑영과 을화였던 것이다.

第70章
진정한 철학은 평범함에 있다

을화의 칼은 어깨의 상처를 헤집고 목으로 파고들었으며, 갑영의 검은 옆구리 상처를 꿰뚫고 심장으로 향했다.

사실 그들은 진작부터 태상전에 잠입한 상태였다.

한번 은마계에 잠입한 적이 있기에 두 번째 잠입은 보다 수월했다. 게다가 은마계에서 태상전으로 이르는 금라마관이 활짝 열려 있었던 것이다.

태상전에 침투한 그들은 과연 누구부터 척살을 해야 할지 고민되었다.

일도살에 대한 원한을 감안한다면 우선적으로 척살을 펼쳐야 했지만 극마지체에 도달한 자를 죽이기란 쉽지 않다. 아무리 깊은 원한을 품고 있어도 자객의 도를 망각할 그들이 아니었다.

그들은 일차 표적을 귀상으로 삼았다.

귀상은 은천마국 창건을 계획한 자이며 온갖 사악한 음모와 술수로 천하를 혼란에 빠뜨린 자다. 태상전 마상 중에서도 핵심이기에 그들은 귀상을 척살하기로 결정을 내렸다.

한데 태상전에 침투한 자객은 그들 둘만이 아니었다.

은밀하게 침투해 있는 또 다른 자객들을 발견하게 되었다. 바로 천왜잔왕이 이끄는 영천왕의 금위대. 그들의 침투는 새로운 변수였다.

갑영과 을화는 잠시 척살을 보류한 채 사태를 관망하였다. 한데 상황이 예기치 못한 방향으로 전개되었다.

일도살을 척살하기 위해 은천전으로 침투했던 금위대 자객들이 돌연 일도살의 지시를 받아 의사청으로 뛰어들었다. 불행히도 금위대의 척살은 실패로 끝났고, 귀상은 달아났다. 이어 일도살이 직접 나서 혈상과 격돌했고, 그들이 지켜보는 와중에 승부가 결정된 것이다.

절호의 기회!

혈상이 펼친 어검술과 어도술로 인해 일도살은 극마지체의 일부가 훼손되는 부상을 당하게 되었다. 그것은 이제 척살을 통해 일도살을 죽일 수 있다는 것을 의미한다.

은마령으로 변장해 관전하고 있던 갑영과 을화는 자연스럽게 일도살에게 접근하였고, 마침내 회심의 척살에 성공할 수 있었다.

그들은 각자의 병기에서 전해지는 느낌만으로 일도살의 몸속 깊이 병기가 파고들었음을 확신했다.

"크아아!"

일도살은 손끝을 갈퀴처럼 세워 자신의 목과 갈비뼈 사이로 쑤셔 넣었다. 실로 섬뜩한 임기응변이었다. 자신의 살과 근육을 움켜쥐는 것으로 숨통과 심장이 뚫리는 위기를 모면한 것이다.

칼과 검을 맨손으로 움켜쥔 일도살은 살기 어린 웃음을 흘렸다.

"크흐흣, 실망이군. 날 지도한 수석 교두와 부수석의 척살 능력이 고작 이 정도였다니 말이야."

을화가 칼끝에 혼신의 공력을 주입시키며 차갑게 외쳤다.

"지독한 새끼! 네 형제까지 죽인 주제에 무슨 영화를 보겠다고 악착같이 살려는 것이냐?"

일도살은 손에 쥔 병기를 통해 아수라파천마공을 발출했다.

"크흐흣, 너희야말로 무슨 영화를 누리겠다고 자객으로 이십 년을 살아왔단 말이냐?"

병기를 통해 아수라파천마공이 스며들자 갑영과 을화는 오장육부를 태울 듯한 강렬한 마기에 울컥 피를 토했다. 그러나 그들은 병기를 놓치지 않았고 물러서지도 않았다. 일도살과 동귀어진을 할 각오로 끝까지 공력을 운기해 대항했다.

지켜보던 요상은 워낙 첨예한 대치 상태이기에 감히 끼어들 수가 없었다. 주변의 마인들 역시 병기를 뽑아 들었지만 상황이 종료될 때까지는 한 발자국도 다가설 수 없는 상태였다.

갑영과 을화가 서서히 핏빛으로 물들어갔다. 그들의 손에 쥐어진 병기가 불덩이처럼 달궈지며 불꽃을 피워냈다. 그들마저 태워 버릴 듯 강렬한 마화(魔火)가 이글이글 타올랐다.

일도살의 입가에 오만한 미소가 감돌았다.

"갑영, 을화, 천예사원은 내가 접수하겠다."

한데 이때였다. 폭음과 함께 마인들의 포위망이 한순간에 갈라졌고, 그 사이로 푸른 인영이 쏜살같이 날아들었다.

"일도살, 네놈의 목숨부터 내가 접수하겠다!"

어깨에 자색 검을 걸치고 있는 푸른 인영은 다름 아닌 일검향이었

다. 그는 엽청이 마인들의 포위망을 갈라 버리는 틈을 타서 빛살처럼
파고든 것이다.

일검향의 어깨에 늡혀진 자청검의 검집이 바로 세워지는 순간 일도
살은 가슴이 덜컥 내려앉았다.

'허억! 무검파천황?'

전설의 쾌검은 단지 빠르기만 한 것이 아니었다. 빛처럼 빠른 극쾌
는 그 어떤 것도 벨 수 있는 강력함마저 지니고 있다.

일도살은 혈상의 공격으로 상당한 부상을 입으면서 자신이 아직 극
마지체에 이르지 못했음을 깨달았다. 그런 와중에서 전개된 갑영과 을
화의 기습적인 공격을 아직 해소하지 못한 상태였다.

'피해야 한다!'

그는 피를 뽑는 듯한 괴성을 토하며 손목을 휙 비틀었다.

퍼펑!

아수라파천마공이 해소되면서 칼과 검이 박살이 났다. 마기에 심하
게 침해당한 갑영과 을화는 붉은 피를 토하며 뒤로 날아갔다.

"국왕!"

일도살을 감싸안은 요상은 급히 뒤로 미끄러지며 외쳤다.

"어서 국왕을 경호하라!"

사실 일검향은 무검파천황을 전혀 구사하지 않았다. 다만 쾌검을 펼
치려는 자세만으로 일도살을 물러서게 만들어 갑영과 을화를 구출하려
한 것이다.

을화를 안고 내려선 그는 급히 혈도를 찍어 마기의 확산을 막았다.

"누님?"

을화는 흐릿한 눈으로 잠시 그를 올려다보고는 힘없이 고개를 꺾었

다. 혼수상태에 빠진 것이다.

갑영을 부축해 내려선 엽청이 이형환위 신법으로 다가섰다.

"노제는 동문들을 보살피게. 사형을 해친 악적 일도살은 내가 처치하겠네."

"노형님, 일도살은 사문의 반도이자 원수입니다. 제게 기회를 주십시오."

"내게도 역시 사문의 원수일세. 내가 만일 놈의 손에 죽게 되면 그때 자네가 나서게나."

갑영을 일검향에게 맡긴 엽청은 미끄러지듯 일도살을 향해 날아갔다.

요상은 엽청의 접근에 가슴이 덜컥 내려앉았다. 십수 년 전 엽청과 겨룬 적이 있는 마상들을 통해 그의 걸출한 무공에 대해 익히 들었던 것이다.

"침입자를 죽여라!"

금마장을 비롯한 은마령들이 괴성을 지르며 엽청을 향해 달려들었다. 은마령들은 중간 관리자에 불과하지만 뛰어난 일류고수들로 웬만한 문파의 장로 급에 버금갈 정도다.

그러나 초극의 경지에 이른 엽청을 상대하기에 그들은 너무도 허약했다. 엽청이 넓은 소맷자락을 휘젓자 희뿌연 철수진기가 뿜어지면서 십수 명의 은마령이 낙엽처럼 날아갔다.

태상전 호위들은 비로소 하늘 밖의 하늘을 보게 되었다. 국왕과 마상들만이 천하제일인 줄 알았는데 그것은 커다란 오판이었다. 국왕과 버금가는 고수가 존재했고, 그런 고수가 그들의 적으로 나타난 것이다.

"난 은천마국의 전 국주 천세무광의 사제되는 엽청이란 사람이다."

엽청은 태상전 호위들을 향해 엄하게 질책했다.

“일도살은 마국주를 살해한 흉악한 놈이다. 아무리 마도의 무리라 해도 도리가 있는 법이다. 너희는 어찌하여 저런 놈을 국왕으로 섬긴단 말이냐?”

“…….”

“이미 마국은 종말을 고했다. 너희도 유명계와 수라계가 해체되었다는 소식은 들었을 것이다. 일도살의 야욕 때문에 태상전마저 붕괴되었으니 이제 남은 것은 은마계뿐이다. 하지만 은마계 하나로 어찌 백도연합의 공세를 막아낼 수 있겠느냐?”

엽청이 걸음을 옮길 때마다 호위들이 좌우로 갈라졌다.

“백도연합의 목적은 마국의 해산이지 괴멸이 아니다. 너희가 떠나기를 원한다면 누구도 막지 않을 것이다. 개죽음에 휘말리지 말고 속히 이곳을 떠나도록 해라.”

질책과 더불어 사려 깊은 충고에 태상전 호위들은 심한 혼란에 휩싸였다.

믿을 수 없지만 국왕이 전대국주를 살해했다면 이는 중대한 하극상이었다. 더군다나 태상전에서 가장 중요한 역할을 담당해 왔던 귀상과 혈상이 갑작스럽게 반역자로 몰린 것도 석연치 않은 부분이었다.

한데 이때였다.

태상전 호위들 뒤편에서 두 줄기 인영이 날아들었다. 모래알처럼 부서지는 기괴한 신형을 펼치는 잔상과 번천도를 쥔 패상이었다.

잔상은 만나는 상대와 무조건 삼 초를 싸운다는 규칙대로 다짜고짜 일격을 날렸다.

“엽청, 잘 만났다!”

천잔마강이 전개되자 패상도 번천도를 휘둘러 합공을 펼쳤다.

"차앗!"

마국 내에서 신처럼 군림하던 그들이었지만 상대가 엽청이기에 협공도 마다하지 않았다. 과거 그들을 압도한 엽청의 무공을 감안한다면 단독 대결은 무리임을 깊이 인식하고 있었다.

요상은 잔상과 패상의 출현에 겨우 안도하며 호위들을 대동해 금라마관으로 향했다.

"잔상, 금라마관을 폐쇄할 테니 어서 삼 초 대결을 끝내요!"

폭음과 함께 튕겨져 올라간 잔상은 풍사잔영표를 펼치며 현란한 발차기를 전개했다.

"차아앗!"

한편 일검향은 갑영과 을화의 안위 때문에 일도살을 추격하지 못한 채 그들의 상세를 지켜보아야 했다. 아수라파천마공의 마기에 침해된 갑영과 을화 모두 위중한 상태이지만 갑영은 아직 의식을 잃지 않고 있었다. 그는 자신에게 공력을 주입시켜 주는 일검향의 손을 밀쳤다.

"엽 선배를 도와 마… 마상들을 죽이고 일, 일도살을 추격해라."

일검향은 갑영의 어깨를 누르며 엄한 어조로 말했다.

"대천살, 천예사원의 제이대 원주는 나요. 어떤 행동을 취할 지는 내가 결정하오."

"……."

"자객들의 합의에 의해 결정한 사항을 번복하겠다는 거요?"

갑영은 앉은 채로 정중하게 손을 모았다.

"예를 올리지 못해 송구하오, 원주."

"대천살, 원주로서 명하겠소. 내 지시가 없는 한 절대 죽지 마시오. 이것이 대천살과 이천살에게 내리는 첫 번째 명령이오."

“명심하겠소, 원주.”

“그럼 내 진기를 받아 마기를 몰아내시오. 대천살 스스로 운기할 수 있는 상황이 되어야 나도 마음 놓고 이천살을 치료할 수 있소.”

“알겠소.”

일검향의 지시를 수용한 갑영은 지그시 눈을 감고는 운공조식을 취했다.

한편 잔상은 세 번째 공격으로 독문절기인 투살마광을 발출했다.

“뒈져!”

그의 독목에서 뿜어지는 살인광선은 지독히도 강력했다. 더군다나 패상의 번천도가 살인광선 뒤에서 쏘아졌다.

엽청은 넓은 소맷자락을 힘차게 휘둘렀다.

“여의천압(如意天壓)!”

물안개처럼 희뿌옇게 피어오르는 강기는 그의 절학 중 하나인 철수진기였다. 소매를 통해 뿜어내기에 그 힘은 유연하면서도 지속적이었다.

퍼퍼펑!

연이은 폭음과 함께 철수진기에 차단된 투살마광과 도강이 바닥을 때리며 무수한 구덩이를 만들어냈다.

“크으윽!”

잔상은 눈으로 피눈물을 흘리며 나동그라졌고, 패상은 발목까지 바닥에 빠진 채 뒤로 밀려났다. 단신으로 두 마상을 상대로 싸워 격퇴시켰으니 엽청의 무공은 가히 무신지경이었다.

패상은 침통하게 내뱉었다.

“믿을 수가 없군. 우리 역시 인간 한계에 이르렀거늘 너 하나를 감당하지 못한단 말인가?”

그는 잔상을 부축해 급히 몸을 날렸다.

태상전은 더 이상 그들의 은신처가 아니었다. 자객들에 의해 연이어 돌파당한 태상전보다는 일천 마인들이 운집해 있는 은마계가 더 안전한 장소였다.

엽청 역시 상당한 내상을 입었지만 곧바로 그들을 추적했다. 두 마상만 제거하면 백도연합의 피해를 줄일 수 있다는 생각에서였다.

한데 금라마관으로 향하는 출입구가 이미 파괴되고 말았다. 일곱 색깔의 돌기둥이 흉물스럽게 쓰러져 있었다. 이것은 태상전에서 외부로 나가는 출구가 폐쇄되었다는 것을 의미했다.

엽청은 철수진기를 일으켜 돌기둥을 색깔별로 복원시켰지만 나선형 출구는 형성되지 않았다.

"허어, 이런 낭패가 있나? 꼼짝없이 갇히게 되었군."

그는 허공을 밟고 뛰며 폐허가 된 의사청으로 돌아왔다.

혼자서 운공을 취하고 있는 갑영의 피부에서 점차 핏빛 기운이 가시고 있었다. 오장육부를 태워 버릴 듯한 마기의 위협에서 겨우 벗어나고 있는 상황이었다.

일검향이 을화를 치료하다가 물었다.

"어찌 되었습니까?"

"놈들은 달아났네. 게다가 금라마관으로 향하는 출구가 폐쇄되었어. 내 혼자 힘으로는 파괴할 수가 없었네."

"알겠습니다. 곧 누님의 치료가 끝납니다."

일검향은 을화의 명문혈에 손바닥을 붙였다. 천불성승이 전수해 준 범천강기는 불문의 무공이라 마기를 제압하는 데 아주 효과적이었다.

이 순간 참으로 예기치 못한 변괴가 발생했다.

“콜록콜록!”

죽은 것으로 알았던 혈상이 밭은기침을 토하며 되살아났다. 하반신이 이미 훼손되었고 오장육부마저 녹아버린 상황에서도 죽지 않은 것이다.

엽청이 그 옆에 서며 탄식을 터뜨렸다.

“혈영자, 네 꼴이 이게 뭐냐? 결국 키우던 개한테 물리고 말았구나!”

혈상은 내장 조각이 섞인 피를 울컥울컥 토해냈다.

“크으윽… 키우던 개가 아니고… 귀상에게 속은 것이다.”

“귀도산인에게? 대체 무엇을 속였다는 것이냐?”

“그자는 나와… 마상들, 그… 그리고 천하를 농락했다.”

“어디로 숨었느냐?”

혈상의 입가에 음산한 웃음이 배어 나왔다.

“크으… 사… 사심마관으로…….”

엽청은 곧바로 둥실 떠올랐다.

“내가 귀상을 잡아오겠네. 그자라면 금라마관의 출구를 열 수 있겠지. 연후 일도살과 함께 놈을 단죄하겠네.”

일검향이 우려를 표명하기도 전에 엽청은 사심마관 쪽으로 사라져버렸다.

을화에 대한 치료를 끝낸 일검향은 혈상에게 다가섰다. 혈상은 양심신공을 터득한 몸이기에 육신이 만신창이가 되었어도 아직 죽지 못하고 있었다. 일검향은 그의 숨통을 끊어주기 위해 손을 세워 들었다.

“한 번 더 겨루지 못해 유감이군.”

혈상은 시뻘건 피를 흘리며 기괴한 웃음을 흘렸다.

“크흐흐, 일검향. 네놈들의 승리로 생각한다면… 큰 오산이다. 진… 진정한 승자는… 귀상이다.”

"일도살에게 쫓겨 달아난 귀상이 승자라고?"

"우욱! 귀… 귀상은 도주한 것이 아니라… 단지 양패구상을 지켜볼 뿐이다……. 귀상이야말로 천하제일……."

일검향은 가슴이 덜컥 내려앉았다. 그는 엽청이 사라진 방향으로 시선을 돌리며 물었다.

"그렇다면 네가 의도적으로 귀상의 행방을 말해주었단 말이냐?"

혈상은 죽어가면서도 웃고 있었다.

"크흐흐… 그래, 엽청은 물론이고… 네놈 역시 귀상에 의해 죽게 될 것이다."

허공을 밟고 솟구친 일검향은 범황운룡권을 내질렀다.

퍼억!

머리가 으스러진 혈상은 그대로 절명했다. 아무리 양심신공을 터득한 그라도 다시는 살아날 수 없을 것이다.

"노형님!"

사심마관으로 들어선 일검향은 자청검을 어깨에 걸쳤다. 혈상의 말이 사실이라면 엽청은 함정에 빠진 상황이다.

동부는 아주 조용했다. 천장의 야명주가 별빛처럼 어둠을 밝힐 뿐 폭음 소리 하나 들려오지 않았다. 일검향은 연공실로 향하면서 불안감을 다소 해소했다.

'아직 무사하신 것 같군. 엽 노형님의 무공은 당대 최강이다. 귀상이 아무리 본신 무공을 숨기고 있다 해도 한순간에 당하실 분이 아니야.'

한데 연공실로 들어선 순간 그는 석상처럼 굳어지고 말았다.

피투성이로 변한 한 사람이 바닥에 엎어져 있었다. 오른팔이 어깨까지 으스러져 핏물로 화한 상태였다. 죽었는지 살아 있는지는 알 수 없지만 참담한 패배를 당한 모습이었다.

그는 물론 엽청이었다.

흑백이 어우러진 장포를 걸친 노인이 물끄러미 엽청을 내려다보고 있었다. 그는 들어선 일검향을 쳐다보지도 않은 채 입을 열었다.

"늦었구나."

"……."

"하지만 아주 늦은 것은 아니다. 네 판단 여하에 따라 엽청과 네 동문들을 구할 수 있다."

일검향은 어깨에 걸친 자청검을 불끈 쥐었다.

"내 판단은 간단하다. 만악의 원흉인 널 죽일 뿐이다."

"크흐훗, 노부가 만악의 원흉이라고?"

"넌 이십 년 이래 무림을 네 마음대로 찢고 짓밟았다. 네 손에 희생된 수많은 단체 중 하나가 바로 천예사원이다. 넌 적어도 천예사원만큼은 건드려서는 안 되는 것이었다."

"한낱 자객 집단 따위가 그 무슨 대수냐?"

"이유는 분명하다. 천예사원의 자객 중 한 명이라도 살아남는다면 네가 죽기 때문이다. 그리고 지금이 그 상황이다."

귀상은 마른 웃음을 흘리고는 손가락으로 엽청을 가리켰다.

"네가 엽청보다 강하다고 자부할 수 있느냐?"

"……."

"너는 엽청과 같은 초극의 고수를 단 일 초에 제압할 수 있는 무공이 존재한다면 과연 믿겠느냐?"

일검향은 잠시 할 말을 잃었다.

사실 엽청의 패배는 그에게 엄청난 충격이었다. 그가 엽청의 뒤를 이어 사심마관 연공실로 들어선 시간을 감안한다면 불과 반각의 차이다. 그 짧은 시간에 엽청이 귀상에게 패해 바닥에 쓰러져 있었다는 것은 도저히 믿을 수 없는 불가사의였다.

단신으로 잔상과 패상을 상대할 만큼 초극에 이른 엽청이 대체 무슨 수법에 의해 쓰러진 것일까?

만일 사술이나 독공이 아닌 진정한 무공에 의해 그가 패했다면 귀상의 무공은 인간의 무공이 아니라 신의 절학일 수밖에 없었다.

일검향은 짧게 숨을 들이켰다.

"네가 인간이라면 죽일 수 있다."

"크흐훗!"

귀상은 기괴한 웃음을 흘리고는 뒷짐을 지며 천천히 걸음을 옮겼다.

"일검향, 다른 자객의 말이라면 귓전으로 흘리겠지만 너의 말이라면 조금은 생각해 볼 수 있다. 난 네가 당대 최고의 자객임을 인정하니까."

"……."

"그래도 넌 날 죽일 수 없다. 아니, 죽여서도 안 된다. 만일 날 죽이려 한다면 마국 창건에 적극적으로 동조한 영천왕부터 죽이는 것이 순서일 것이다."

"영천왕의 죄는 금룡왕자가 죽음으로 속죄했다."

귀상은 고개를 저었다.

"그게 아니야. 군왕이라는 신분 때문에 죽이지 못하는 것이겠지."

"자객은 신분을 가리지 않는다. 만일 영천왕이 금룡왕자의 복수심에 치우쳐 친히 정벌에 나섰다면 내가 저지했을 것이다."

“진심이냐?”

“그렇다.”

귀상은 의미심장한 미소를 지으며 고개를 끄덕였다.

“좋다. 네 앞에는 오직 한 가지 길만 있다. 은마계로 내려가 일도살과 마상들을 척살하는 것이다. 그들 수뇌들만 제거할 뿐 마정의 대결에는 개입하지 마라. 천하대전에 의한 혈투는 무림계의 오랜 관례이니까.”

일검향은 엽청 쪽으로 천천히 걸음을 옮겼다.

“네가 굳이 알려주지 않아도 그렇게 할 생각이다. 다만 그 전에 먼저 해결할 문제가 있다.”

“뭐냐?”

“네 목을 베는 것이다.”

귀상은 병기고의 문을 어루만지며 어처구니없다는 실소를 지었다.

“일검향, 왜 이렇게 어리석은 것이냐? 너의 망동으로 너 자신은 물론이고 두 동문과 엽청이 죽게 된다. 그리고 난 마정의 대등한 대결을 유도하기 위해 감소채를 비롯한 백도연합 수뇌들을 죽일 것이다.”

그는 일검향을 향해 돌아섰다.

“이것이 과연 네가 원하는 결과란 말이냐?”

일검향은 삼 장 거리를 두고 그와 마주 섰다.

“여태까지는 네 뜻대로 이루어졌겠지만 이번만큼은 그렇게 되지 않을 것이다.”

“…….”

귀상은 잠시 그를 응시하다가 나직이 한숨을 내쉬었다.

“만일 네가 자객이 아니었다면 네게 무림천하를 주었을 것이다. 넌 제왕이 될 자격을 갖춘 자다. 일도살이 아니라 널 마국왕에 봉했어야 했어."

"마지막으로 한 가지 묻고 싶은 게 있다."

"말해봐라."

"왜 스스로 은천마국의 국왕이 되지 않고 일도살 따위를 국왕으로 추대한 것이냐?"

귀상은 쓸쓸한 고소를 머금었다.

"일도살을 국왕으로 추대한 것은 황족의 피가 흐르기 때문이었다. 군왕의 자식으로 태어나 한을 지녔다는 점에서 나와 유사한 심정임을 감안했는데… 그것이 실책이었다. 놈은 불우한 용이 아니라 사악한 이무기였던 것이다."

"황족의 피……? 유사한 심정……?"

"나의 피는 일도살보다 더 고귀하다. 세상이 바뀌지 않았다면 난 황제가 되었을 테니까."

일검향은 무검파천황을 발출하려던 자세를 해소했다.

"황제가 되었을 것이라고? 대체… 네 정체가 뭐냐?"

귀상은 하늘을 향해 예를 올리는 자세로 두 손을 모아 쳐들었다.

"난 건문의 후예이며 황태손이다!"

한바탕의 폭풍이었다.

일검향은 눈을 부릅뜬 채 귀상을 직시했다.

건문의 후예!

건문이라 함은 제이대 황제 건문제(建文帝)를 말한다. 그는 숙부인 연왕(燕王)에 의해 축출돼 금릉에서 실종되는 바람에 사라진 황제로 오랜 세월 인구에 회자되었다.

건문제를 몰아내고 황제로 즉위한 연왕이 바로 영락제이며 현 황제는 영락제의 후손이다.

그러나 백여 년의 세월이 흘렀어도 비운의 황제 건문제를 기억하는 사람이 아직 많았다. 비록 문약한 기질 때문에 황제 자리에서 축출됐지만 그가 권좌에서 쫓겨나야 할 만큼 커다란 죄를 짓지 않았기 때문이다.

만일 연왕의 반정이 실패했다면 건문제의 후손이 황위를 계승했을 것이기에 귀상이 황제 자리에 오르는 것은 당연한 결과였을 것이다.

귀상은 감회 어린 눈빛으로 암공을 바라보았다.

"건문제께서는 연왕에게 황위를 빼앗겼지만 후손들에게 절대 복위에 집착하지 말 것을 유명으로 남기셨다. 그저 평범한 양민으로 살아가기를 원하셨지. 황실의 내란으로 이 나라가 흔들리기를 원치 않으셨던 것이다."

일검향은 지그시 눈을 감았다. 위대한 혈통을 지니고도 드러내지 못하는 불우함은 충분히 동정을 받을 만했다. 황제의 일족이 아니라 직계 후손이기에 가슴속에 맺힌 원통함은 충분히 이해가 되었다.

그러나 울분과 한을 씻으려는 방법이 잘못됐다. 적어도 황제의 혈통을 이은 고귀한 신분이라면 이토록 엄청난 피바람을 일으켜서는 안 되는 것이었다.

일검향은 엽청을 안아 한쪽으로 옮겼다. 그는 적개심을 다소 누그러뜨렸다.

"귀상은 왜 건문 황제의 유명을 따르지 않았소? 왜 마국 따위를 창건해 세상을 어지럽힌 것이오?"

귀상은 뒷짐을 진 채 천천히 걸음을 옮겼다.

"내가 귀곡문의 후예가 되면서 운명이 바뀌었다. 난 가문의 아픔을 잊기 위해 귀곡문의 기학과 현묘한 무공에 심취했다. 귀곡문은 문무를 깊이 연구하고 수련을 통해 자기 성찰을 중시하는 문파이지. 하기에 나도 삼십 년간은 동문들과 함께 세상을 잊고 살 수 있었다. 한데 막상 하산을 해서 세상을 직접 대하니 가슴에서 피가 끓었다. 만일 할아버님의 준엄한 유시만 없었다면 난 연왕이 그랬던 것처럼 반정을 꾀했을 것이다."

"……."

"세상으로 나선 나는 처음으로 무림계를 접했고, 그 특별한 매력에 흠뻑 젖게 되었다. 강호무림은 세상 밖의 세상이기에 연왕의 후예가 다스리는 천하에 속하지 않는 별개의 세상이었다. 그런 세상이 존재할 줄이야! 이곳이 바로 내가 원하는 세상이었던 것이다."

귀상은 감회 어린 표정으로 이야기를 계속했다.

"난 영천왕을 만난 성공적으로 은천마국을 창건하게 되었다. 무림 속에서 또 하나의 세상을 만들어 나의 것으로 삼은 것이다. 그리고 그 세상을 다스릴 체제를 두루 갖추었지. 난 황제가 되었으면 되었지 군왕은 원치 않았기에 다른 자를 은천마국의 국왕 자리에 봉하는 것으로 만족할 수 있었다. 그리고……."

일검향은 한 손을 쳐들어 그의 말을 끊었다.

"얘기는 그 정도면 충분한 것 같소. 당신의 입장은 충분히 공감하지만 황제의 혈통이라도 당신이 지은 죄를 사할 수는 없소."

"실로 무엄한 놈이구나. 너도 이 나라의 백성이 아니더냐?"

"축출된 황제의 후예라면 당신 역시 황태손이 아니라 백성에 불과하오. 아니, 현 황제의 적통이라도 난 당신의 죄를 묵과할 수 없소."

귀상은 멀리 눕혀져 있는 엽청을 가리켰다.

"일검향, 너도 저 꼴이 되고 싶은 게냐?"

"그것은 겨뤄봐야 알 일이오."

"진정 어리석구나. 왜 모든 것을 잃을 줄 알면서 고집을 부리는 것이냐?"

"이유는 이미 밝히지 않았소? 당신이 세상을 향해 어떤 음모와 술수를 펼쳐도 상관없지만 천예사원을 건드리지 않았어야 했소. 난 천예사원 제이대 원주로서 사문과 동문의 원수를 갚아야만 하오."

일검향은 자청검을 어깨 위에 걸쳤다.

"불우한 황제의 후손에 대한 예우는 여기까지다. 이제 당신은 내가 죽여야 할 원수일 뿐이다!"

냉랭한 일갈에 귀상은 일검향을 회유하려는 생각을 접었다.

"오냐, 자객 따위가 그토록 대단한 신분이라면 자객 귀신으로 만들어 주겠다."

그는 한 손은 낮추고 다른 한 손은 하늘 받치듯 쳐들었다.

"오너라, 일검향."

그의 자세를 직시한 일검향은 상당한 충격에 젖었다.

'이것은 천세무광의 만류천종귀전이다!'

비로소 그는 엽청이 어떻게 일 초 만에 치명상을 입고 쓰러졌는지 이해가 되었다.

만류천종귀전은 거울과 같아 강한 적을 상대할 때 더 강하게 그 빛을 발한다.

엽청은 세상에 적수가 없는 초극의 고수였지만 만류천종귀전의 현묘함을 전혀 몰랐기에 자신이 펼친 수법에 고스란히 당할 수밖에 없었다. 그가 펼친 절학이 되돌아와 자신에게 쏟아질 줄은 전혀 생각지 못했던 것이다.

일검향은 애써 감정을 드러내지 않았지만 머리 속은 무척이나 복잡했다.

'귀상 역시 무고에서 만류천종귀전의 흔적을 찾아냈다. 그의 두뇌라면 나보다 더 높은 경지에 이르렀을 것이다. 그렇지 않고서는 노형님을 일 초에 쓰러뜨린다는 것은 불가능했을 것이다. 노형님이 당했다면 무검파천황으로도 귀상을 죽이기는 어렵다. 오히려 내 몸이 먼저 전설의 쾌검에 베어질 것이다.'

귀상은 마치 권무(拳舞)를 추듯 두 손을 유연하게 교차하고 있었다.

눈빛은 잔잔했고 입가에 서린 미소가 한결 여유가 있어 보였다. 격돌을 위한 대치라기보다 이런 상황을 즐기는 듯한 모습이었다.

일검향은 냉철하게 상황을 판단했다.

'귀상은 확실히 나보다 강하다. 게다가 고금제일의 비기인 만류천종귀전마저 터득한 상태다. 그 외에도 얼마나 더 많은 절기를 보유하고 있는지 알 수 없다. 반면 그는 나와 마상들과의 대결을 지켜보았기에 나의 수법을 정확히 알고 있다.'

이런 상황이라면 그가 이길 가능성은 거의 없다고 해도 과언이 아니었다. 그러나 아직 귀상도 모르는 한 가지 비밀이 있다.

'만류천종귀전! 귀상은 내가 그 비기를 수련했음을 아직 모르고 있다. 격돌이 전개되어도 최후까지 드러내지 않아야 한다. 그것이 내가 승리할 수 있는 유일한 방법이다.'

마음을 결정한 일검향은 어깨에 눕힌 검집을 바로 세웠다. 그것이 무검파천황이 펼쳐졌음을 알리는 유일한 징표였다.

무형무음의 검법 무검파천황. 형체도 없고 파공성도 없기에 상대가 미처 깨닫기도 전에 영혼을 베어버리는 전설의 쾌검.

사도진성에게 처음 절기를 전수 받았을 때에 비하면 현재 그의 성취는 최고 수준에 이른 상태였다. 워낙 빠른 쾌검이기에 심검과 겨룰 정도였다.

무검파천황이 펼쳐지는 순간 귀상의 신형이 모래알처럼 부서졌다.

"카하핫, 과연 전설의 쾌검이구나!"

잔상의 절기로 알려진 풍사잔영표이지만 귀상의 신법이 훨씬 빨랐고 신기막측했다. 찰나지간 허공 곳곳에 나타났다 사라지는 신법은 인간 한계를 넘어서고 있었다.

일검향은 빈 허공만 벤 채 쾌검을 회수해야 했다.

돌연 무수한 쾌검이 그의 전신으로 내리꽂혔다. 그가 펼쳤던 무검파천황이 고스란히 되돌아온 것이다. 바로 귀상의 만류천종귀전에 의한 현상이었다.

"끝났어!"

귀상은 자신의 승리를 확신하며 두 손을 교차시켰다.

이 순간 상상도 못할 변화가 전개되었다. 일검향의 몸이 모래알처럼 부서지며 사라지면서 쏟아지는 쾌검을 모두 피해낸 것이다.

"허억, 풍사잔영표?"

귀상은 위기를 직감하며 분신술을 펼쳐 몸을 피했다.

꼬리를 물고 이어지는 잔영(殘影)이 허공을 가득 채웠다. 워낙 현란한 움직임이라 본신과 잔영을 구별할 수가 없었다. 그러나 놀랍게도 일검향 역시 자신과 유사한 분신술을 구사하고 있었다.

그의 심장으로 날아드는 검식은 아주 평범했다. 쾌검은 아니었고 그렇다고 느리기만 한 둔검도 아니었다. 그저 평범한 삼류무사가 찔러대는 평범한 수법이었다.

퍼억!

귀상은 자신의 심장으로 파고드는 극렬한 고통에 입을 쩍 벌렸다. 빼어난 쾌검이 아니었기에 그는 처음부터 심장이 관통되는 고통을 고스란히 맛보아야 했다.

귀상은 경악의 눈빛으로 자신의 심장에 검을 꽂고 있는 일검향을 직시했다. 입술을 달싹였지만 말 대신 신음 소리만 흘러나왔다.

일검향은 그의 심장에 꽂은 검을 아주 천천히 뽑았다.

"당신은 모든 것을 알고 있었지만 한 가지 모르는 것이 있었어. 사실 나도 천세무광의 비기를 터득한 상태였지. 그리고 그 신기막측한 비기를 격파하기 위해서는 평범한 수법이면 충분하다는 것도 깨닫게 되었다."

꽂혔던 검이 뽑히자 귀상의 상처 부위에서 댓줄기 같은 피가 뿜어져 나왔다.

귀상의 입에서 비로소 공허한 탄식이 터져 나왔다.

"검향… 넌 진정… 자객이구나!"

영혼은 순식간에 소멸되었고, 육신은 뿌리를 잃은 석상처럼 앞으로 고꾸라졌다.

일검향은 잠시 그를 내려다보다가 무거운 한숨을 내쉬었다. 사문에 대한 원한 때문에 애도를 표할 수 없었지만 그의 불우한 혈통에 대해서는 동정을 금할 수 없었다.

'귀도산인 당신은 귀곡문을 나서지 말았어야 했소.'

2

은마계 은천각(隱天閣).

예전에는 총상이 머물던 총상각이었지만 일도살이 국왕으로 즉위한 뒤 은천각으로 개명되었다. 여명이 밝아오는 은천각 주변으로 아홉 구관주를 비롯한 금마장들이 삼엄한 경계를 펼치고 있었다.

요상은 일도살의 외상을 천으로 단단히 동여매 주었다.

아수라파천마공을 터득한 일도살은 회복 능력이 아주 빨라 외상을 어느 정도 자체적으로 치유한 상태였다. 하지만 갑영과 을화의 예리한 공격에 당한 장기의 부상은 쉽게 치유되지 않았다.

요상이 우려의 모습으로 권했다.

"국왕, 상처가 너무 깊습니다. 결전은 후일로 미루고 요양을 하셔야 합니다."

"백도 놈들이 은마계 접경까지 진입했는데 결전을 미루라고?"

"휴전도 하나의 방책입니다. 놈들도 유명계와 수라계를 해체한 이상 귀환할 명분은 세웠습니다. 양측 모두가 몰살할 수도 있는 전면전은 피하고 싶을 것입니다."

일도살은 잠시 생각에 잠기다가 고개를 끄덕였다.

"일단 내상부터 치료한 후 패상, 잔상과 상의해 보겠소."

그는 침상 위에 가부좌를 틀고 앉은 채 양손을 가슴 높이로 쳐들었다.

"운공조식을 취해야 하니 잠시 공력을 지원해 주시오."

"예, 국왕."

일도살과 마주 앉은 요상은 아무런 의심 없이 그와 손바닥을 마주 댔다.

자신의 심후한 내공을 감안한다면 일도살에게 약간의 진기를 주입시켜 준다 하여 내공이 소진될 우려는 없었다. 한데 장심을 맞대고 진기를 주입시켜 주는 순간 그녀의 손바닥과 팔이 핏빛으로 물들기 시작했다. 일도살의 아수라파천마공에 휩싸인 것이다.

"국… 국왕! 어서 마공을 거두십시오!"

요상이 기겁을 하며 외쳤지만 일도살의 몸에서 뿜어지는 핏빛 광휘는 더욱 짙어졌다. 요상은 공력 주입을 중단하려 했지만 그녀의 육신은 이미 일도살의 마공에 의해 제압된 상태였다.

그녀는 장심을 통해 자신의 모든 공력과 정혈이 빨려 나가는 것을 의식하면서도 비명 한번 지르지 못했다.

공력이 소진되면서 그녀가 수련했던 주안술마저 깨지고 말았다. 그녀의 팽팽하던 피부에 나무껍질처럼 주름이 패었고 머리카락이 백발로 변했다. 이내 쪼글쪼글한 노파로 변모한 것이다.

물론 이것이 고희를 바라보는 요상의 본모습이었다.

그녀의 모든 정혈과 공력을 흡수한 일도살이 장심을 떼자 그녀는 피를 토하며 옆으로 쓰러졌다.

"크으윽, 이… 악마 같은 놈!"

태상전 칠대마상의 하나로 세상 위에 군림하던 요상의 참혹한 최후였다.

침상에서 내려선 일도살은 주먹을 불끈 쥐었다.

"카하하! 이제야 극마지체를 이루었구나!"

흡정마공으로 요상의 엄청난 내공력을 흡수하면서 내상이 말끔히 치유되었다. 게다가 그동안 미흡했던 아수라파천마공을 십성까지 터득하게 된 것이다.

콰콰쾅!

그의 광소성에 침소 전각이 통째로 날아가 버렸다.

은천각을 나선 그는 잔상과 패상을 비롯해 아홉 구관주 모두를 호출했다.

"백도연합이 어디까지 진격했소?"

제일구관주가 우렁찬 음성으로 대답했다.

"삼십 리 밖이외다, 전하! 잠시 전 당도하였기에 진영을 구축하는 중이외다!"

"제일구관주, 감히 본국에 침입한 놈들에게 편히 쉴 기회를 줄 생각이오?"

"그럴 리가 있겠습니까? 출동 명령만 내려주시옵소서!"

일도살은 주먹 쥔 손을 쳐들며 차갑게 외쳤다.

"은마계 전 제자들은 모두 출동해라!"

아홉 명의 구관주는 성문을 활짝 열고 휘하 마인들을 출동시켰다. 근 이천에 달하는 대 병력이었다. 은천마국의 최정예들이라 할 수 있는 그들은 함성과 함께 백도연합의 일곱 개 부대를 향해 돌격을 펼쳤다.

일도살은 성곽 위에서 넓은 평원을 내려다보고 있었다.

아침 햇살이 빠른 속도로 어둠을 밀어냈기에 전체적인 상황을 한눈에 굽어볼 수 있었다.

백도연합과 은천마국의 격돌은 근 오천여 명에 달하는 대규모 혼전이었다. 전투는 성채와 같은 은마계 주변의 평원 전체에서 전개되기에 몹시 어지러웠다.

일도살은 패상과 잔상에게도 지시를 내렸다.

"두 분은 북쪽 구역을 지휘하시오. 백도의 수뇌 급 몇 놈만 제거하면 본국의 승리요. 난 남쪽 구역을 지휘하겠소."

"알겠소."

잔상과 패상은 즉시 북쪽 성문으로 몸을 날렸다.

일도살은 허공을 밝고 선 채 천리마안(千里魔眼)을 전개해 전황을 살폈다.

워낙 혼잡스런 전투라 승패를 예측하기가 힘들었다. 어느 구역에서는 은천마국이 우세였고, 다른 구역에서는 백도연합이 마인들을 밀어붙이고 있었다.

일도살은 도검불침의 극마지체를 이루었기에 어떤 상황도 두려울 게 없었다. 혼자서 백도연합 모두를 상대한다 해도 이길 자신이 있었다. 그가 신경을 쓰는 할 상대는 오직 세 명뿐이었다.

금위대의 척살을 피해 사라진 귀상, 천세무광의 사제인 엽청, 그리고 일검향.

그는 금라마관 쪽으로 시선을 돌렸다.

'백도 놈들을 몰아낸 후 너희를 상대해 주겠다. 너희 셋만 제거되면 난 마황제로 등극할 수 있다.'

득의의 미소를 머금은 그는 허공을 밟고 남쪽 성문 쪽으로 날아갔다. 순간 무형무음의 검기를 감지한 그는 풍사잔영표를 펼쳤다.

콰콰쾅!

요란한 폭음과 함께 반경 오 장 이내가 폐허로 변했다.

바닥으로 내려선 일도살은 오만한 미소를 머금으며 눈을 가늘게 떴다.

"고맙게도 네 스스로 찾아와 주었구나, 검향."

일검향은 삼 장의 거리를 두고 그와 마주섰다.

"이제 정리를 할 때가 됐다, 도살."

"크훗! 어째서 네놈 혼자냐, 엽청은 어디 가고?"

"안심해라. 노형님은 오지 않는다."

"안타까워서 하는 소리다. 한꺼번에 죽일 수 있는 기회를 놓쳤으니 말이다."

일검향은 그의 전신에서 뿜어지는 핏빛 기운이 더욱 투명해졌음을 간파할 수 있었다.

"도살, 너의 아수라파천마공이 최고조에 이른 것 같구나."

"카하하, 정확히 보았다. 난 완벽한 극마지체를 이루었다. 이제 어떤 신병과 절기로도 날 쓰러뜨릴 수 없다."

일도살은 일검향을 향해 일지를 튕겼다.

광선처럼 뻗어 나간 지강은 일검향 앞에서 갑자기 확산되며 거대한 불덩이로 화했다.

일검향은 무검파천황을 전개해 불덩이를 간단히 베어버렸다.

"유감이군. 이 자청검은 평범한 장검이지만 네 목을 베기에 충분하니 말이다."

둥실 떠오른 일도살은 가슴 앞에 양손을 교차시켰다.

"카하하! 아수라파천마공의 진정한 위력을 보여주겠다!"

그가 교차한 양손을 좌우로 펼치자 하늘의 태양도 빛을 잃었고, 세상이 온통 핏빛이었다.

어마어마한 광휘에 이어 지상을 휩쓸 폭풍이 악귀의 호곡성과 함께 몰아쳤다. 핏빛 광휘에 물든 지상은 화염으로 타올랐고, 전각의 기둥이며 기와는 재로 변했다.

실로 가공할 파멸마공이 아닐 수 없었다.

아수라파천마공 앞에 서 있는 일검향은 거대한 해일 속에서 출렁이는 외로운 돛단배처럼 위태롭게 보였다.

일검향은 검무를 추듯 유연하게 자청검을 대각선으로 내리그었다.

그것이 전부였다. 한데 그 순간 도저히 상상할 수 없는 신기가 연출되었다.

일도살의 몸에서 분출되던 핏빛 광휘가 급격히 축소됐다. 단순히 축소되는 것이 아니라 마기의 공세가 오히려 일도살을 향해 되돌아간 것이다.

"허억?"

입을 쩍 벌린 일도살은 공력을 배가해 되돌아오는 마공에 대항했다. 그러나 그의 아수라파천마공이 강해질수록 선회되는 마력 또한 급증되었다.

콰아아앙!

묵직한 굉음 속에 처절한 비명 소리가 하늘 높이 메아리쳐 올랐다.

믿을 수 없게도 일도살의 몸은 온통 피투성이였다. 도검불침의 극마지체가 깨진 것이다.

공력마저 상실된 일도살은 전신을 와들와들 떨었다.

"크으으, 네… 네놈이 사술을?"

일검향은 검을 늘어뜨린 채 천천히 다가섰다.

"일도살, 극마지체에 이른 네 몸은 오직 아수라파천마공에 의해서만 파괴될 수 있다. 만일 네가 천예사원에서 수련한 도법을 펼쳤다면 결과는 달라졌을 것이다."

"대체… 대체 어떤 사악한 대법을 펼친 것이냐?"

"어리석은 놈. 내가 펼친 비기는 천세무광이 창안한 최후의 절기다. 네 손에 타계한 천세무광은 만류귀종의 이치를 토대로 만류천종귀전이라는 신비로운 절기를 창안했다. 만일 네가 사악한 마음만 품지 않았다면 넌 천세무광으로부터 고금제일의 비기를 하사받을 수 있었을 것이다."

일도살의 입에서 붉은 피가 흘러나왔다.

"크으, 그… 그 미치광이의 절기였단 말이냐?"

"진정한 절기는 평범함에 있다는 것이 만류천종귀전의 원리였다."

"난… 군왕의 아들이다. 내가… 너같이 천한 놈에게 당할 줄이야!"

일도살은 천마혈도를 뽑아 들었다.

"누구도 날 죽일 수 없다!"

그는 자신의 목을 향해 천마혈도를 휘둘렀다. 남의 손에 죽기보다 자결을 택한 것이다. 한데 일검향의 검은 그의 자결마저 용서치 않았다.

차앙!

천마혈도를 튕겨낸 일검향은 차갑게 내뱉었다.

"일도살, 넌 스스로 죽을 자격도 없다!"

그는 몸을 한 바퀴 틀면서 자청검을 휘둘렀다.

일도살의 목이 서서히 베어졌다. 검의 속도가 빠르지 않았기에 그는 죽음의 고통을 오래도록 느껴야 했다. 자신의 목이 떨어지는 마지막 순간까지 그는 처절한 공포를 맛보아야 했다.

은룡왕자 일도살.

한을 품고 살아온 그의 삶은 결국 한을 품은 채 마감되었다.

허탈했다. 그토록 벼려온 복수를 이루었지만 오히려 가슴이 저미도록 아팠다. 일도살을 죽여서가 아니라 그로 인해 목숨을 잃은 동문들의 모습이 환영처럼 피어올랐기 때문이다.

그리고 영원히 잊을 수 없는 부모의 참상이 다시금 그를 괴롭혔다.

'사문의 원한은 해소했다. 하지만 부모님의 원수는 아직 찾아내지 못했다. 결국… 나의 복수는 이루어지지 않는 것일까?

종결(終結)

이룩지 못한 복수,
그리고 추억의 장(章)

다각다각……!

한 대의 쌍두마차가 한적한 부락을 향해 천천히 이동하고 있었다.

마부석에는 한 쌍의 청춘 남녀가 다정하게 앉아 있었다. 여인은 추위를 막기 위해 담비 목도리를 둘렀는데 귀염성 있는 용모가 아주 매력적이었다. 사내는 영준한 용모를 지녔음에도 불구하고 평범한 분위기로 애써 수려함을 감추고 있었다.

그들은 다름 아닌 일검향과 추가영이었다.

은천마국 내에서 벌어진 천하대전은 닷새 전 종료된 상태였다.

화산신검과 태청 진인에 의해 잔상과 패상이 죽고, 국왕 일도살마저 타계했다는 비보에 사기가 떨어진 마인들은 도주하기에 바빴다. 워낙 대규모 싸움이라 백도 고수들의 사상자도 무려 천여 명에 달했지만 실로 값진 승리가 아닐 수 없었다.

만일 일검향이 전투에 개입했다면 백도연합이 보다 수월하게 승리를 쟁취할 수 있었겠지만 이번만큼은 일검향도 자객의 본분을 지켜 정마의 싸움에 끼어들지 않았다.

유일한 개입은 죽기를 바란 사람처럼 격전을 벌이던 감소채를 전장에서 빼내온 일이었다.

백도연합의 승리로 천하대전이 마감되면서 은천마국은 철저하게 해체되었다.

부상을 당한 엽청은 요지선자가 자청해서 요지선궁으로 옮겼기에 일검향과 추가영은 갑영과 을화를 마차에 태우고 사천성 춘추봉으로 향하는 중이었다.

추가영은 한적한 부락을 둘러보며 물었다.

"정말 여기가 검랑의 고향이에요?"

"그래. 너무 궁색한 산골이라 실망했어?"

"훗, 조금은요. 시쳇말로 개천에서 용 난 격이군요?"

일검향은 피식 실소를 지었다.

"가영도 마찬가지 아니야?"

추가영은 혀를 날름 내밀었다.

"그래요. 나도 먼 변방에서 온 촌년이에요."

이때 마부석과 이어진 작은 쪽문이 열리며 을화가 고개를 내밀었다.

"정말 이곳이 원주의 고향 맞아요?"

아직 체내의 마기가 해소되지 않아서인지 그녀의 얼굴 피부가 울긋불긋했다.

일검향은 부락 여기저기를 가리켰다.

"그렇소. 지금은 얼어붙었지만 저 개울에서 동무들과 물고기를 잡았소. 어머님이 엄격해 이십 리가 넘는 학당을 다니기도 했소.”

을화가 부락을 두루 살피다가 눈알을 또르르 굴렸다.

“가만, 어째 오래전에 한번 와본 기억이 있네?”

그녀는 마차 안에서 조용히 책을 보고 있는 갑영의 어깨를 흔들었다.

“대천살, 한번 내다봐. 예전에 함께 온 적이 있는 곳 같지 않아?”

갑영은 측면 창문을 열고는 밖을 내다보았다. 무심한 눈빛으로 부락을 세심하게 살핀 그는 간단히 대꾸했다.

“맞아.”

쌍두마차는 허름한 초옥과 약간 떨어진 곳에 멈춰 섰다.

일검향은 감회 어린 눈빛으로 초옥을 응시하며 물었다.

“두 분이 이런 외진 부락에는 왜 왔습니까? 그저 평범한 촌민들만 사는 데 말입니다.”

을화는 기억을 더듬기 위해 관자놀이를 문질렀다.

“십 년쯤 된 것 같군요. 한 건의 척살을 위해 이곳에 온 적이 있지요.”

순간 일검향은 벼락을 맞은 듯 부르르 떨었다.

“처… 척살이라고 하셨소?”

을화는 허름한 초옥을 바라보다가 손뼉을 쳤다.

“아, 맞아요. 저 집이었어. 나와 대천살이 저 집에 살고 있던 부부를 척살한 적이 있지요.”

세상이 빙글빙글 돌았다.

을화가 몇 마디 말을 더 했겠지만 일검향의 귀에는 들려오지 않았다. 너무도 엄청난 충격에 그는 기혈이 솟구쳐 연거푸 피를 토해냈다.

놀란 추가영이 급히 그의 어깨를 부축했다.

“검랑! 검랑! 왜 이래요?”

일검향의 눈에서 절로 눈물이 쏟아졌다. 그는 덜덜 떨리는 손으로 허름한 초옥을 가리켰다.

“저… 저곳이 내… 내 집이었어…….”

악몽인지 현실인지 분간을 할 수가 없었다.

가위에 눌린 듯 공포와 두려움 속에서 그는 깨어날 수가 없었다. 허공을 움켜쥐었지만 아무것도 잡히지 않았다. 다시 손을 뻗었을 때 부드러운 손이 그의 손을 감싸 쥐었다.

“검랑! 검랑! 제발 정신 차리세요!”

일검향은 비로소 가위에서 깨어날 수 있었다. 벌떡 일어나 앉은 그는 주변을 둘러보았다.

마차 안이었다. 갑영과 을화는 보이지 않았다.

일검향은 충격을 감내하기 위해 깊은 숨을 몰아쉬었다. 먼저 확인부터 해야 했다. 자신이 잘못 들었는지, 아니면 을화의 기억이 잘못되었는지.

“형님과 누님은?”

추가영은 눈물을 펑펑 쏟으며 그의 가슴에 얼굴을 묻었다.

“흑흑, 검랑.”

일검향은 너무도 무서운 추측에 피가 싸늘하게 식었다.

“말해봐. 대체… 대체 어떻게 된 거야?”

“두 분은… 떠나셨어요.”

“떠났다고? 왜… 왜?”

추가영은 서럽게 울어댔다.

"흑흑흑, 언니와 오라버님이 바로… 검랑이 그토록 찾던 자객이었어요. 어떻게 이럴 수가 있단 말입니까?"

오랜 세월 황폐했던 묘소가 말끔하게 단장돼 있었다.
부부가 합장된 묘 앞에는 퇴색된 비석이 세워져 있었고, 비석 아래 비단으로 감싼 물건이 놓여 있었다.
추가영과 함께 묘소 앞으로 다가선 일검향은 여전히 혼란과 충격에서 헤어나지 못하고 있었다. 아무리 냉정함을 유지하려 해도 감정을 억누를 수가 없었다.
갑영과 을화가 부모를 살해한 자객. 그가 그토록 찾아 헤매던 원수였단 말인가?
묘소 앞에 털썩 무릎을 꿇은 그는 세차게 고개를 흔들었다.
'그럴 리가 없어. 천예사원의 자객이 왜 한낱 촌 부부를 척살했단 말인가? 만일 사소한 원한 관계였다면 일반 자객 단체가 나서도 충분히 해결할 수 있는 일이었어. 대체 무슨 연유로 대천살과 이천살이 직접 척살에 나섰단 말인가?
그는 떨리는 손으로 비단 보따리를 풀었다.
먼저 동강난 검과 칼이 눈에 들어왔다. 한눈에도 갑영과 을화의 병기임을 알 수 있었다.
그리고 피에 젖어 있는 기름종이가 보였다. 기름종이를 풀어헤친 일검향은 가슴이 턱 막혔다.
"허억!"
추가영은 차마 볼 수가 없어 두 손으로 얼굴을 가렸다.
"흑흑! 언니, 오라버님!"

기름종이에 감싸진 물건은 여인의 팔뚝과 사내의 눈알이었다.

일검향은 떨리는 손으로 서찰을 펼쳐 들었다.

사랑하는 동생 검향,

천예사원을 떠나는 몸이기에 원주가 아닌 검향으로 칭하고 싶구나.

이것이 자객의 악연인가. 나와 대천살이 척살한 촌 부부가 너의 소중한 부모님일 줄이야 어찌 상상이나 했겠니?

비록 어떠한 감정에 의한 척살이 아니더라도 너를 대할 면목이 없구나. 마음 같아서는 자결을 해서라도 네게 속죄를 하고 싶지만 그 또한 네게 엄청난 고통이기에 나의 팔과 대천살의 눈으로 대신 속죄를 한다.

검향 네게 충격일 수 있겠지만 밝히지 않을 수가 없구나.

너의 부모도 자객이었다.

너의 부모는 살명회(殺冥會) 소속 자객으로 일급에 해당되는 솜씨를 지녔다. 자세한 내막을 알 수 없지만 너희 부모는 사랑을 하게 되면서 자객 생활을 청산한 듯싶구나. 너도 알다시피 총수의 허락이 없는 도피는 명백한 배신이기에 추살이 결정되었고, 그들의 의뢰를 받아 우리 천예사원에서 척살에 나서게 된 것이다.

또 한 번의 충격과 경악이었다.

'부모님이… 내 부모님이 자객이었단 말인가?

일검향은 머릿속이 터질 것만 같았다. 한순간에 밀어닥친 충격은 그의 굳건한 의지로도 감당할 수 없을 만큼 강력했다.

일검향은 눈물이 앞을 가려 서찰을 마저 읽을 수가 없었다. 하지만 가장 중요한 비밀이 밝혀진 이상 나머지 내용은 중요하지 않았다.

묘소 앞에 부복한 그는 비통하면서도 서글픔 심정을 고했다.

"아버님, 어머님, 소자는 복수를 위해 자객이 되었습니다. 부모님의 원수를 갚겠다는 일념으로 죽음의 수련을 넘어설 수 있었습니다. 그리고 잠시 전 부모님을 척살한 자객을 찾아냈습니다. 하지만 소자는 절대 복수를 할 수가 없습니다. 그들은 소자에게 있어 친형님과 친누님과 같은 분이기 때문입니다. 복수를 할 수 없는 소자를 용서해 주십시오."

근 십 년 만에 찾은 고향을 떠나오면서 일검향은 천예사원의 원주 천사명왕을 떠올렸다.

수련 기간 중 수련생 한 명이 피살되면서 수련생들 모두가 원주의 심문을 받은 적이 있었다. 당시 그는 자신의 모든 내력을 밝혔다.

원주는 그 순간 자신이 찾으려는 자객이 갑영과 을화임을 알고 있었을 것이다. 하지만 원주는 그 사실을 밝히고 싶지 않았기에 귀견쌍살이라는 부부 자객을 거론했다.

'그래서 내가 여러 번의 실수를 저지르고도 원주님의 용서를 받을 수 있었던 거였어. 또한 원주님은 임종을 맞으면서 내게 미안하다는 말씀을 남기셨던 거야.'

복수는 영원히 잊어야 했다. 갑영과 을화가 속죄를 한 이상 원한을 덮어야 했다.

그의 부모가 자객이었기에 끔찍한 피살을 자객의 운명으로 생각할 수밖에 없었다. 자신 또한 자객이기에 그 모든 상황이 충분히 납득이 되었다.

'춘추봉으로 돌아가자. 이제… 천예사원을 재건하는 일만 남았어.'

2

세 명을 제외하고는 모두 사내였다. 두 명을 제외하고는 모두 한족이었고 한 명만이 불구자였다. 나이는 열두 살에서 열네 살 사이였다.

단상에서 선 일검향은 수련생들을 하나씩 쓸어보았다.

"내가 천예사원(千藝死院)의 제이대 원주이다. 너희들은 향후 십 년간 자객 수련을 받게 될 것이다. 전부 삼십육관이다. 첫 번째 혼정관(昏精關)을 통과했으니 이제 삼십오관이 남은 셈이다. 너희 중 몇 명이 모든 관문을 통과할지는 알 수 없다. 모두가 통과할 수도 있고 모두가 죽을 수도 있다."

그는 십 년 전 수련생의 자리에 서 있었을 때 천사명왕에게 들었던 훈시를 그대로 들려주었다. 역수에서 비장한 시를 남기고 떠난 자객 형가의 내력에 대해서는 보다 상세하게 말해주었다.

하나같이 긴장된 수련생의 모습에 그는 감회가 새로웠다. 과거의 자신을 보는 것만 같았다.

훈시를 마친 그는 단상을 내려왔다.

당시 자신을 비롯한 수련생들이 너무나 긴장한 바람에 천사명왕에게 인사도 하지 못했듯이 이번 수련생들도 석상처럼 굳어 있었다.

수련생들을 지도할 교두는 다훼였고, 추가영이 특별 교두를 자청했다.

수련생 중 과연 몇 명이 살아남아 천예사원을 계승할지는 누구도 예측할 수 없다.

마음 같아서는 한 명의 낙오자도 없기를 바라지만 그것은 불가능한

바람일 것이다.

　철그렁철그렁……!

　생사철교가 봄바람에 세차게 출렁이고 있었다. 생사철교 위에 서 있는 일검향의 모습은 흔들림 속에서도 위태로워 보이지 않았다.

　"여기까지 찾아와 주다니 뜻밖이오."

　여인을 바라보는 그의 눈빛에 묘한 흥분이 감돌고 있었다.

　여인은 머리를 궁장으로 틀어 올려서인지 하얀 목덜미가 유난히 희고 가늘어 보였다. 두 눈은 보석은 박아놓은 듯 신비로웠고 입술은 석류 속처럼 붉었다.

　바로 일검향에게 있어 영원히 잊지 못할 추억의 여인 감소채였다.

　은천마국이 괴멸되면서 의천맹도 해체되었기에 더 이상 군사의 신분이 아닌 자유인이었다.

　그녀는 일검향을 향해 공손히 예를 올렸다.

　"검 공자 덕분에 혈겁이 종식되고 무림이 안정을 되찾았습니다. 검 공자는 진정 당대의 영웅이십니다."

　"난 그저 사문의 원수들을 죽였을 뿐이오."

　"무림계의 종주들이 검 공자에게 무림 영웅의 칭호를 헌상하고 싶어 합니다."

　일검향은 피식 실소를 지었다.

　"내게 자객 생활을 접어달라는 요구를 하는 거요?"

　"그럴 수도 있습니다. 누구도 검 공자의 척살을 막아낼 자신이 없으니까요."

　"난 무림영웅보다 천예사원의 자객이 더 명예롭소."

감소채는 춘추봉이 위치한 운무를 바라보았다.

"소녀에게 천예사원을 견식할 영광을 주시겠습니까?"

"유감이지만 외부인은 춘추봉에 발을 들여놓을 수 없소."

"……."

"하지만 감 소저가 수련생들을 지도하기 위한 특별 교두가 되어준다면 모셔가겠소."

감소채의 입가에 감미로운 미소가 피어올랐다.

"소녀에게 교두가 되어달라는 청을 하시는 겁니까?"

"그렇소."

"얼마나 오래 걸리는 일입니까?"

"별로 길지 않소. 한 십 년 정도."

"십 년이요?"

감소채는 다소 놀라는 표정을 짓다가 쾌히 승낙했다.

"좋아요. 자객 선생으로 십 년을 보내는 것도 흥미로울 것 같군요."

그녀가 생사철교 위에 발을 올리자 일검향이 그녀의 손을 잡아주었다.

"길이 험하니 내 손을 꼭 잡으시오."

잠시 그를 응시한 감소채는 그를 포옹하며 얼굴을 묻었다.

"왜 소녀를 구하신 겁니까? 그 바람에 소녀는 싸움을 회피한 비겁한 계집이 되었습니다."

"당신은 이미 충분히 위험을 겪었소. 여인의 몸으로 왕부와 마국에 잠입하면서 천하를 위해 몸을 아끼지 않았소. 그리고… 무엇보다 난 당신이 죽기를 원치 않소."

"죽어야 할 소녀를 구했으니 책임을 져야 하실 겁니다."

일검향은 두 팔로 그녀를 감싸 안았다.

“내가 아까 기간을 잘못 말했소. 십 년은 너무 짧은 것 같소.”

“그럼 몇 년이면 되겠습니까?”

“백 년은 너무 긴 것 같고, 오십 년이면 어떻겠소?”

감소채의 눈가에 이슬 같은 눈물이 맺혔다.

“소녀에게는 영원히 잊지 못할 사람이 있습니다.”

“알고 있소. 지금에야 밝히지만 그 사람이 내게 당신을 부탁했다면 믿겠소?”

“물론 믿습니다. 소녀도 영봉의 약속을 지키기 위해 당신을 찾아온 것이니까요.”

감소채는 그의 목에 두 팔을 둘렀다.

일검향은 그녀의 뺨에 얼굴을 비볐다. 형용할 수 없는 감동으로 콧등이 시큰해졌다. 마침내 가슴속 추억이 현실로 다가온 것이다.

그는 그녀의 보석 같은 눈을 응시하며 뜨겁게 속삭였다.

“소채, 이 순간을 기다렸소. 지난 십 년 동안.”

〈완결〉

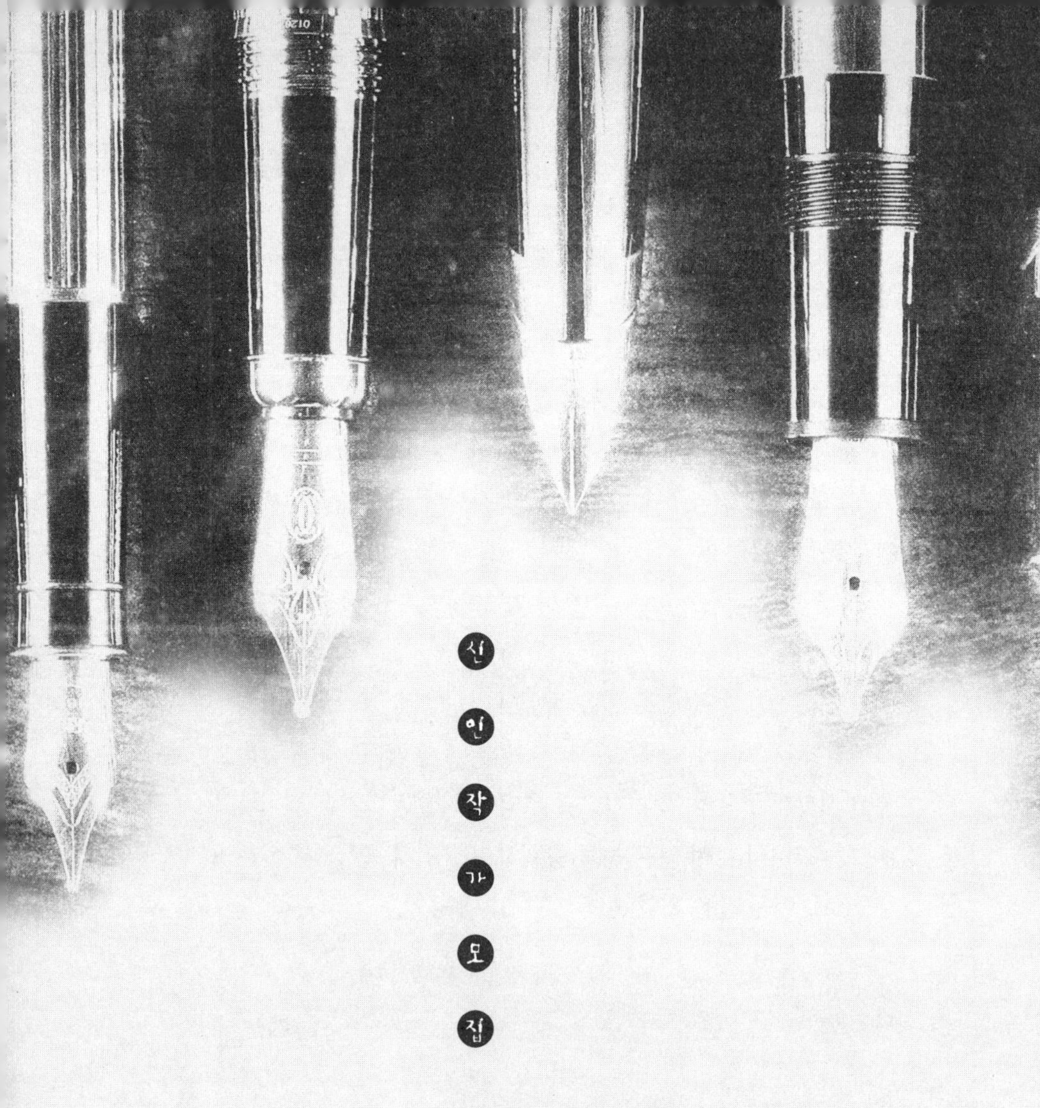